ドン・キホーテの世紀

ドン・キホーテの世紀

スペイン黄金時代を読む

清水憲男

岩波書店

ドン・キホーテの世紀　目次

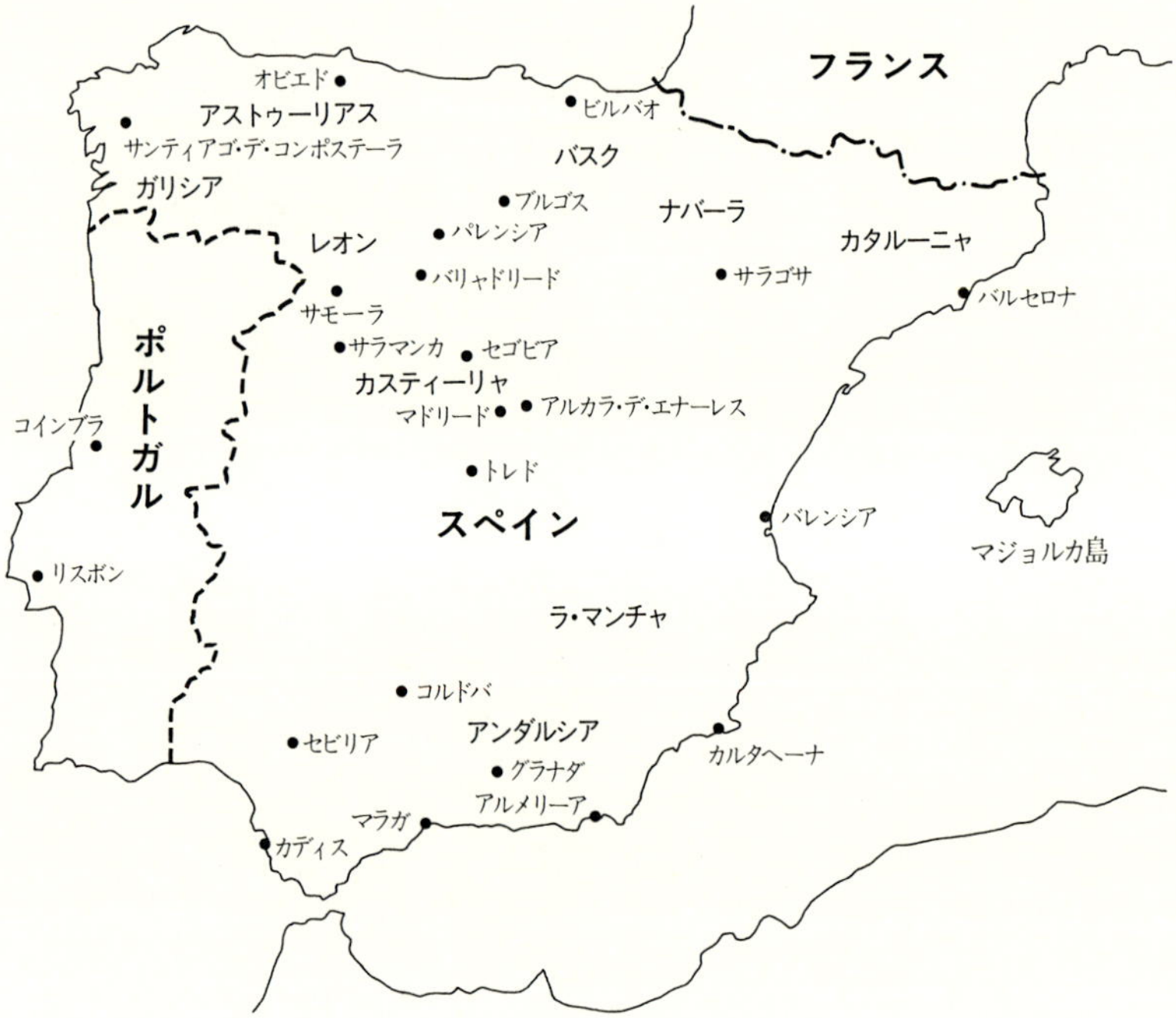
フランス
オビエド
アストゥーリアス
サンティアゴ・デ・コンポステーラ
ガリシア
ビルバオ
バスク
ブルゴス
ナバーラ
パレンシア
レオン
カタルーニャ
バリャドリード
サラゴサ
サモーラ
バルセロナ
ポルトガル
サラマンカ
セゴビア
カスティーリャ
マドリード
アルカラ・デ・エナーレス
コインブラ
トレド
スペイン
バレンシア
マジョルカ島
リスボン
ラ・マンチャ
コルドバ
アンダルシア
セビリア
カルタヘーナ
グラナダ
マラガ
アルメリーア
カディス

序　章

ミゲル・デ・セルバンテス（Miguel de Cervantes 1547-1616）

スペインは妙な国である。ヨーロッパの各国にそれぞれ大きな魅力があるのはもちろんだが、観光旅行であれ一度スペインにのめり込んだ者は、もはやその魔力から逃れることはできない。一生その呪縛から逃れられないといっても決して過言ではない。スペイン文化は、それに関する知識を持たぬ者にも鮮烈なインパクトを与え、その直観の奥底に、スペインの焼印を決定的におしてしまうのだ。

そのスペインが十六、七世紀に「黄金時代」を築き上げた。美術や文学の分野で多くの天才が登場する。並外れた才能をただひとり勝ち誇ったかのように披露するのが天才のはずだが、この時代は違っていた。強烈な個性をもった天才が一人ではなく、あまたひしめきあっていたのである。数多くの強烈な個性が同時代に集中した時、その国の文化状況はどのようなものになるのか？　はたして均質的な「黄金時代」が可能だったのか？　もし可能だったとしても、その内側には、なにか異形の実態がうごめいていたのではないか？

たとえばここで、この時代を代表する人物セルバンテスの場合を、モデル・ケースとして取りあげてみよう。セルバンテスは幸せな男だった。一国家の長い歴史のなかでも稀有な激動期を個人として集中的に体験しえただけでなく、その体験を長時間かけて発酵させたうえで、己れの創作に没頭できたからである。絶好の時代環境を得ることによって、彼の天稟は『ドン・キホーテ』という世界文学史上、稀有の名作を生み出したのだった。

新大陸の発見、イスラム教徒からの国土回復戦争の終結、ユダヤ人追放令発布などの大事件が重なった一四九二年から、すでに約半世紀が経過していた一五四七年にセルバンテスは生まれたのだが、スペイン内外は決して安定しているわけではなかった。生まれる二年前の一五四五年には、ルターらのプロテスタントの脅威に対抗すべく、トリエント公会議が召集される。翌年ルターは死んだが、宗教改革の脅威が失せたわけではない。その脅威に対抗するには、カトリック内部のモラルをみずから刷新しなくてはならなかった。

そのスペイン・カトリックの刷新に重要な役割を果したのはエラスムスだった。セルバンテスが生まれたのは、奇しくもこのエラスムス思想が濃厚に反映した新設大学のあるアルカラ・デ・エナーレス(マドリードの東北東)だ。成人したセルバンテスはマドリードで、やはりエラスムス思想を支持する人文学者の学塾で学ぶ。エラスムス思想に接することは、スペインのカトリック思潮の歴史的な流れを反省する好機が与えられることを意味した。

一五六九年九月、セルバンテスはローマに到着している。ちょうど一〇年前に、スペイン人の海外留学を極度に制限する勅令がフェリペ二世によって出されたが、幸いセルバンテスは学問の道を歩みに来たのではなかった。

ギリシャにある小湾レパントでキリスト教連合軍の一員として参戦し、トルコ軍の銃火を浴びて重傷を負ったのは、イタリアに渡って二年目の一五七一年九月だった。左手の自由は失ったものの、ペンを握る右手は幸い無事だった。このオスマン＝トルコの地中海制海権を粉砕した戦いで活躍したセルバンテスは、勝利の美酒に酔うと同時に、みずからの死と直面することによって生《せい》の重さを実感した。また長期療養生活を通して、彼はイタリア・ルネサンスの残照を瞼に焼きつける機会に恵まれることにもなった。

一五七五年、約五年ぶりのスペインへの帰路、セルバンテスは海賊の手に落ちてアルジェーに連行され、捕虜生活を余儀なくされる。レパントの海戦でスペイン軍総指令官を務めたファン・デ・アウストリア（Juan de Austria）やシチリア副王のセッサ公爵（Duque de Sessa）からの推薦状を携えていたセルバンテスは、よほどの重要人物とみなされて特別待遇を受ける。四六時中、手かせ足かせの状態で暗やみの牢獄にいたわけではなかった。ことごとく失敗に終わったとはいえ、四回もアルジェー脱走を企てたこと自体が、そのあたりの事情を物語っている。読書や知的対話の機会とは絶縁した毎日を過ごすセルバンテスは、異教の人と文化、そしてなによりも自分を見つめた。

コンスタンチノープル送りになる寸前に、故国の司祭たちが掻き集めてくれた高額な身の代金と引き換えに五年ぶりの自由を得たセルバンテスは、一五八〇年に帰国する。ポルトガルがスペインに併合された年である。十余年ぶりの帰国となったが、この間は実に貴重な歳月だったといえる。それからは演劇を中心に執筆活動をしたものの、大成功には至らなかった。それさえも「自然界の怪物」（セルバンテス自身の言葉）ロペ・デ・ベガの登場によって、身のほどを痛感させられて断念することになる。

レパントの海戦に象徴されるスペインの栄光に、そろそろ影がさし始める。異国で思い描いていたスペイン像が、音をたてて崩れ去ってゆくのをセルバンテスは目のあたりにするのだった。その好例が一五八八年の、いわゆる「無敵艦隊」の敗北である。レパント再現の夢はかなわず、戦いはイングランドの勝利に終わる。両者の海戦の間には一七年の歳月が流れ、セルバンテス自身も血気盛んな青年から四十の齢を迎えた中年になっていた。国王フェリペ二世はこの年の書簡で「勝つも負けるも神の御胸のまま」としたためたが、神の御胸はもはや正統カトリック国スペインを見放したかのようだった。

セルバンテス個人の暮らしも一向に楽にはならなかった。うだつの上がらないスペインを離れる意思を固め、新大陸での職を求めるが（一五九〇年五月）徒労に終わった。このことが、スペインひいてはヨーロッパの近代小説の歴史にとってどれほど幸いしたかは強調するまでもない。彼が新大陸に渡っていたら、『ドン・キホーテ』はなかったものとしなくてはならないからだ。

下級役人の職を得たセルバンテスは、主に南のアンダルシア地方を巡回する。一徹な言辞や行動が教会と抵触することによって、その権力の恐ろしさを嫌というほど味わった。さまざまな騒動に巻き込まれて数回の獄中体験も味わう。母国での囚人生活で、ピカレスク文学を地でゆくような社会の底辺を体験する。たび重なる苦難は彼の文学の滋養として着実に蓄積されていったのである。

彼の持てる全才能と苦渋の過去との集大成たる『ドン・キホーテ』（前編）の出版は一六〇五年一月である。五十七歳、円熟期に入ってからの作品であり、早熟な文才を乱舞させたものではなかった。一応の成功をおさめたが経済的見返りは少なく、試練は続いた。

逆境に抗するかのようにセルバンテスはペンを走らせる。一六一三年に短編小説集を出し、翌年には長編詩集も出す。この一六一四年、『ドン・キホーテ』後編の執筆も遅々として進まないセルバンテスに、驚天動地の知らせが飛び込む。脱稿してもいない後編が出版されてしまったのである。贋作家の名はフェルナンデス・デ・アベリャネーダ(Alonso Fernández de Avellaneda)。この贋作が出回ったことも、実は幸いだった。激昂したセルバンテスが真作脱稿を目指して、一挙に拍車をかけたからだ。もし贋作が出なかったとしたら、セルバンテスは後編を完成させぬまま他界(翌々年春)した可能性がきわめて高い。

以上の概観は、あくまでもセルバンテスを一つのモデル・ケースとして取りあげたうえで、彼とスペイン史の大事件との関係にしぼったものだが、一連の大事件には、スペインの十六、七世紀の知識人が大なり小なり共通して関わり、そして各自各様のドラマの世界を力強く泳いでいったのである。セルバンテス存命中に、カルロス一世、フェリペ二世、フェリペ三世と国王が変わった。ユリウス暦から現行のグレゴリオ暦にカレンダーも変わった。首府がマドリードに定められた。新大陸のみならず、日本を含めたアジアでの布教活動も展開されてゆく。

エル・グレコの生没年はセルバンテスのそれと近似し、セルバンテスが五十を過ぎた頃にスルバランやベラスケスが生まれる。ピカレスク文学、神秘主義文学、伝統詩ロマンセといった、もっともスペイン的な文学の三ジャンルが同時代に開花する。ロペ・デ・ベガは国民演劇を確立し、カルデロン・デ・ラ・バルカは高度な神学思想を携えたバロック演劇で頂点をきわめる――こうした中でスペインの国力は盛者必衰のことわりを体現していったのである。否、盛者必衰の歴史との沸騰的な交渉を経たがゆえに、文筆家たちがすぐれた作品群を残せたと言ったほうが正しかろう。

これらの文学作品は、時代の現実をどのように反映するのか。そもそも文学は、地殻の微妙な動きを鋭く洞察したうえで、来たるべき時代を予見するものなのか。問題は大きく、そして複雑だ。となれば、我々は大作・名作が数多く書かれたという文学史の表面的な事実に目を見張るだけではなく、敢えて文学作品の内部に分け入らなくてはならない。我々はいくつかのテーマを立てて、スペイン文学の黄金時代の作品を渉猟する作業を積み重ねてゆくことにしたい。

読者にその作業を一緒にたどっていただくことによって、黄金時代のスペイン文学の怪奇で魅惑的な世界に分け入っていただけたらと思う。気軽に、本書のどこから読み始めていただいても構わない。読み進む順序はどうあれ、できることなら、全部を読んでいただきたいとも思う。項目同士が意外な共鳴や不協和音を立てるのを耳にされるはずだからだ。そしてその共鳴音と不協和音は、それなりに、文学世界と現実世界とのアナロジーもしくはメタファーとして、読者に働きかけるはずだ。

第1章　人さまざま

マテオ・アレマン(Mateo Alemán 1547-1615？)

郷士

『ドン・キホーテ』の正式な題は『ラ・マンチャの才知溢れる郷士ドン・キホーテ』、前編の有名な冒頭は「名は思い出したくないが、ラ・マンチャのさる村に、さして昔のことでもないが、槍かけに槍、古びた盾、痩せぎすの馬と足の早い猟犬をもった型通りの郷士が一人住んでいた」だ。この「郷士」で早くもつまずいてしまう。われわれはドン・キホーテの身分を明らかにすることから始めなくてはならない。

郷士を思い切って簡単に説明すると下級貴族ということになる。身分制社会も時代の流れの中で少なからぬ変化を見せてゆくが、貴族はさしあたって大きく三ランクに分けることができる。まず大公や爵位を持った超上流貴族、騎士、それと郷士だ。

古くは一一九七年の法令集から登場する郷士(hidalgo)の語源は、hijo(息子)+de(~の)+algo(なにか)が縮まったもので「なにかの子」だ。では「なにか」とはなにか? 「なにか」を「資産、財産」と理解する立場もあるが、スペイン中世の王で「賢王」の名をほしいままにしたアルフォン

ドン・キホーテとサンチョ・パンサ（1618年版の挿絵）

ソ十世（一二二一―八四）が編纂した法令集『七部法典』によれば、この場合の「なにか」は家系がよくて品行方正であることを指すものと説く（第二部二一条二項）。G・ディエス・デ・ガメス（一三七八？―一四四八頃）は自分の尊敬する伯爵を扱った伝記の中で、郷士を「善の子孫、立派な家系の子孫、終始善人で善行をほどこした人物の子孫」だと解説する。

となると「子孫」、つまり家系の中身を検討しなくてはならない。ここで大事なのは、郷士の家系を決めるのは父親の家系ということだ。非嫡出子であっても、父親さえ郷士なら、子は郷士を名乗ることができる。逆に言えば、父親が平民で母親が貴族であった場合、子供は貴族とはなれずに平民とされる。また郷士の女性が農民と結婚した場合、自分の肩書きに郷士を用いることはできなくなり、二人の間に生まれる子供も男女を問わず、平民となる。しかしながら夫が死んだ場合、妻は馬の鞍を持ち出して亡き夫の墓に詣で、鞍を墓石に三回ぶつけ、各回ごとに「平民よ、平民の身分を持って行け。そして私に郷士の身分を返せ」と唱えることによって、名誉回復（?・）も可能だったという（十四世紀半ばの

『旧法令集』第一書五条一七項)。

郷士の身分を有するのが父親側だけでも子供は郷士となる、ということからしても確認されるように、郷士は上流貴族ではない。しかし、下級とはいえやはり貴族としての特典がなくてはならない。最大の特典は他の貴族同様、直接税が免除されたことだ。セルバンテスが生きていた時代に、どの程度の人がこの特典に浴していたかはさだかではないが、十六世紀前半のスペインでは一三パーセントの人が直接税を免除されていたと概算する歴史家がいる。

また興味深いのが、刑罰に関する特典だ。『七部法典』第七部三一条ではさまざまな刑罰が詳述されており、郷士にたいしては屈辱的な刑罰を免除するとの規定もある。具体的には、火あぶり、八つ裂き、絞首刑、引きずり回しの刑、猛獣類をけしかける刑などが免除される。同じ処刑でも打ち首、窒息死などの方法がとられ、重罪を犯しながらも死刑を免れた場合には、その土地からの追放処分が適用される。借金を返済しないからといって、住居、家畜、武器などが差し押さえられる心配もなかった。鞭打ちなどの拷問(国王への謀叛の嫌疑を除く)や徒刑船送りの心配もない。一般人と較べると、明らかに優遇されていたわけだ。

特典がある以上、それに見合った義務・責任が伴うのが本来なのだろうが、郷士が家系によるものであることも手伝って、どうも判然としない。十六世紀中頃に出た傑作短編小説『ラサリーリョ・デ・トルメスの生涯』(作者不詳)に「そもそも郷士というのは神と国王に対して以外には何の義務もない」(第三話)と、開き直りとも取れる発言が見られるが、この説明はあながち間違っているとも言えないのである。というのも、自分が仕える領主との関係もはっきりしないからだ。たとえば小作人なら御領主様、地主様になにがなんでも仕えなくてはならなかったが、郷士のほうは自分が不当な扱いをされたと判断したら自由意思で領主から離れることも可能だった。

では、かりにご主人様から離れたとしたらどうするか？　経済的に逼迫せざるをえないのは目に見えている。元来が武力・腕力を誇るはずの郷士だったが、十五世紀末に専業軍人が台頭して恒久的な軍隊が組織され始めることによって、郷士の存在理由はただでさえ薄れ、その社会的役割も空洞化してきていた。ところが当人は特権階級の意識を捨て切れない。自分とはレベルの異なる平民のように、商売や農耕、あるいは手仕事で一旗あげる気になかなかなれるものではない。その板ばさみに苦しみながら、ある者は質素な農園の地主として生計をたて、ある者は屈辱を味わいながらも手仕事に励み、なかには自尊心を堅持しながら物乞いになった郷士もいる。

ドン・キホーテはどうかというと、「狩猟の楽しみも、はては畑仕事のさしずもすっかり忘れ去って」、読書三昧の毎日を送っていた（前編一章）。「狩猟」という貴族的なスポーツを楽しみにしていたことに注目する必要がある。しかも狩猟から「読書」という、ますます貴族趣味的な方向に傾いていったのである。スペインの歴史の流れ、厳しい現実の認識がまるでできていない男なのである。時間つぶしといえば、読書と知人との読書談義（それも極度に騎士道小説にかたよった）ばかりだ。自分もしくは同時代とは無縁のはずの過去への郷愁を糧に生きていたと言ってよい。つまり、ドン・キホーテは発狂以前に、すでに生《なま》の現実から離脱していたのだった。発狂のための環境は整備されつつあった。

ちなみに、昔への郷愁をつのらせる郷士の姿は、この作品の冒頭に限らず、後編の三章、四四章などでも巧みに浮彫りにされる。生活苦に悩みながら昔への郷愁をつのらせるばかりでは心身ともに疲れるばかりだ。やはり現実に目覚めて時の流れに身を任すか、さもなくば、ドン・キホーテのように発狂した上で冒険の旅にでも出るしかないのかも知れない。セルバンテスは劇作品『大女帝ドニャ・カタリーナ・デ・オビエド』の第三幕で「郷士なれども金はなし／我らが時代の罰当たり／郷士の身には貧乏が／ついてまわるものらしい」と郷士困窮の現実を訴える。そしてセルバンテスには、内実を伴わない当時の郷士の存在そのものが、すでに時代錯誤の「罰当たり」という認識があった。この郷士の肩書きをチラつかせるスペイン人は十六、七世紀に急増し、これが本当に過去のものとなるには、十八世紀にフランス・ブルボン王朝の改革が入ってくるのを待たなくてはならなかった。

ここで具体例を列挙するのは控えるが、郷士の困窮度、見栄に由来する茶番劇を皮肉らない同時代の作家を見つけるのは不可能に近い。ドン・キホーテが「私は土地も財産もあるし、五百スエルドの扶持があって、人に知られた昔からの郷士だ」（前編二一章）という時、それは現実把握能力を失っているための発言と読まなくてはならない。そしてまた、中世来の法律に通じていたことが知られるセルバンテスは、もう一方で伏兵を忍ばせておく。ここで「五百スエルド」と断るのは、「郷士は妾の子供に五百スエルドを与えることによって、その子供を郷士にすることができる」

(『旧法令集』第五書六条)または「騎士が準騎士もしくは婦人に傷を負わせたり、名誉を汚した場合には、いずれにも五百スエルドを支払わねばならず、法により被害者側はそれを受け取り、赦さねばならない」(同第一書五条一五項)といったあたりをさりげなく、しかも意味深長に踏まえた可能性が考えられるのだ。

今や郷士は政治的にも社会的にも影響力を失っていた。否、ただでさえ、その力は弱かったのである。しかもドン・キホーテで困ったのは、自分の影響力を確信してしまったことだ。その証拠に、みずからを「ドン」・キホーテと名乗ってしまう。元来、この「ドン」は身分の高い貴族しか使用できない尊称で、郷士ごときが勝手に利用できるものではなかった。となると、冒頭に引用した作品の正式表題そのものが、「ドン」と「郷士」とを並列している点で、すでに誤りであり、滑稽であることが了解されるわけだ。

当時のスペインでは、公文書などで自分の名前にむやみに「ドン」をつけたがり、事実、ある程度社会的地位を得ると、ドンをつけてしまう風潮が高まりつつあった。となると、小説の主人公ドン・キホーテは過去への郷愁を燃やしながら、進んで最新の風潮に飛び乗ろうとした、まことに不思議で曖昧な人物ということにもなる。

郷士との関係で、いま一つ曖昧な点がある。それは郷士の地理分布である。そもそもスペインの貴族は北のカンタブリア地方に集中し、中でもギプスコアやビスカヤといった町では全員が貴族の称号を用いることができたほどだ。となれば、下級とはいえ貴族である郷士も北部に濃く、南部に薄い分布となる。では、ドン・キホーテの出身地ラ・マンチャは？　マドリードより南という意味で南といえば南だが、アンダルシア地方のようなはっきりした南ではない。北部との相対性を考えるならば、郷士の密度が希薄になり始める、やはり微妙で曖昧な地方だと言える。

こうして見てくると、時間的にも空間的にも先細りの郷士とドン・キホーテとを結びつけたセルバンテスの設定は、絶妙な曖昧さそのものであり、主人公の先行きが不透明かつ多難であることを予測させるばかりでなく、冒頭からして破格の小説展開をめざした試みだったことが、今さらながらに認識されるのである。

騎士

この単語は元来三通りの意味で使われることがあって、それぞれの区別は必ずしも鮮明ではない。本来の「騎士」(caballero)階級に限定して使われる場合、身分の高い者の総称、そして馬(caballo)に乗って武器を用いる人の意味である。

騎馬戦をやるのが騎士と理解すれば、確かに一番わかりやすい。『七部法典』でも「軍人」と呼ばれていた人を「スペインではかよう(=騎士)に呼ぶが、それは他の家畜にまたがるよりも馬にまたがったほうが誇り高くなり、したがって騎士に選ばれた者は他の戦士よりも誉れ高いからだ。こうして騎上の人というところから騎士なる呼称が生まれた」(第二部二一条一項)と説明する。

しかしこの説明では、有産階級でありさえすれば騎士になれることになってしまう。家柄も教養も人徳も問題にされない。先に見たようにドン・キホーテは決して特別な有産階級に属してはいなかった。となると騎士の三通りの意味の可能性のうち、やはり最初の厳密な意味における騎士を念頭に考えていかなくてはならない。

騎士は前節の郷士よりも身分が高いわけだが、騎士の子孫＝騎士というわけにはいかない。十六世紀前半の宮廷詩人ガルシラソ・デ・ラ・ベガのように二十歳台前半で騎士の仲間入りをした者もあるかと思うと、画家のベラスケスのように死ぬ間際になってようやく騎士の称号を得た者もある。

では騎士になるための最低条件はなにか？　当然のことながら家系がしっかりしていなくてはならない。家系がしっかりしているということは、ユダヤの「不純な血」が混じっていない、つまり正真正銘の「昔からのキリスト教徒」であることだ。十五世紀の劇作家・詩人のゴメス・マンリケが「神は家系ではなく、人間を造りたもうた」と言おうが、キリスト教と深く関わるのが騎士であるからこそ、昔からの紛れもないキリスト教徒であることが重視されたのである。サンチョ・パンサも「私は昔からのキリスト教徒です。伯爵になるにもこれでじゅうぶん」（前編二一章）と言うし、同じくセルバンテス作の幕間劇『離婚裁判官』に「裁判官殿、そりゃあ確かに私は物乞いです。でも昔からのキリスト教徒なんですよ」という自負の言葉が出てくる。ただし血統のよさは騎士

騎士の図

になるための必要条件であれ、十分条件ではない。

　下級とはいえ郷士が貴族であることは前節で確認されたが、騎士のほうは生まれがいいからといって自動的になれるわけではなかった。『七部法典』によると昔は千人に一人の割合で騎士が選抜されたという。十五世紀の軍人で文人でもあったディエゴ・デ・バレーラは「王は騎士を任命できるも、郷士を任命すること能わず」という有名な一文を残しているが、王は一定の家系に属する郷士を騎士に昇任させることはできても、家系そのものを操作して平民を郷士にすることは王の権能をもってしてもできない。この一文はこのあたりの事情を指摘したものだ。ただそれと同時に、経済的に余裕のない郷士が、都市の中産階級もしくはそれ以上の社会的位置を確保し、自分で働かなくても例えば土地所有にともなう収益で一応の生活が享受できる騎士にあこがれないはずがなかった。スペインの説話文学の創始者ドン・フアン・マヌエル（一二八二―一三四八）は『身分の書』第一書九〇章で、騎士の称号は「ちゃんとした郷士以外には誰にも与えてはならぬ」と明言する。

　家柄にがんじがらめの身分制社会に歯がゆい思いがしないわけではないが、時代環境を考えればいたしかたないところだ。十六世紀に活躍した高名な文人ルイス・サパータは名著『雑録』の中で、「よい家系というのは身分の高い人の善行をひときわ照らし出す光のようなもので、身分の低い者を暗い人と呼ぶのはこのためだ」と言う。裏を返せば身分の低い人が善行を施しても、その家系の低さゆえに光はささないことになるわけだ。

　家系が財力と結びつきやすいのは言うまでもない。「持つ者と持たざる者」の関係は家系と直結させられた上で説明される。ロペス・デ・ウベダ作と言われる小説『莫連女フスティーナ』は『ドン・キホーテ』前編の出版と同じ一六〇五年に刊行されているが、その中に「スペイン、そして世界中を眺めても、ただ二つの家系しかない。一つは持つ者、いま一つは持たざる者だ」（第一書二章一番）とある。この発言は『ドン・キホーテ』後編二〇章の「私めのばあさまが申しておりましたが、世界には持つ者と持たざる者の二つの家系しかありません」という台詞と完全に一致する。たしかにこの時代のスペインには中流階級はなく、富める者と貧しい者との両極端ばかりが目立った。

しかしながら問題はむしろこれからだ。郷士と同様、職業軍人としての役目も薄れた騎士はなにをする人種なのか、なにをもって騎士らしいとされるのかが問われなくてはならない。メキシコ生まれでスペインで活躍した劇作家ルイス・デ・アラルコン（一五八〇頃—一六三九）は代表作『疑わしき真実』の中で、次のようなやりとりを展開させる。「ガルシアよ、君は騎士なのか？／自分をあなた様の御曹司と理解しております。／君が騎士であるためには、私の息子であるだけで十分かな？／そのように私は考えますが。／なんという間違った考えだ！　騎士というのは騎士らしくふるまってこそ初めて騎士なのだ」（第二幕九場）。

これからすると騎士は行動の人でなくてはならない。ドン・キホーテのように読書三昧では騎士として欠格者だ。騎士らしくという以上、文武両道に通じていなくてはならない。主君にたいして忠義を尽くし、品行方正にして威厳を保ち、いかなる時も自制心を失ってはならない。このあたりについて、中世スペインの神秘主義者として知られるラモン・リュルの著作『騎士道の書』に興味深い指摘がある。「騎士の仕事は聖なるカトリックの教えを守ることにあり」(第二部一章)、加えて主君を守り(同八章)、正義を守り(同九章)、さらには未亡人、孤児、恵まれない人に手を貸す(同一九章)。まさに正義の味方だ。

正義の味方や弱者の味方ということだけなら、騎士でなくてもできる。問題はキリスト教だ。前掲の散文作家ドン・フアン・マヌエルは『騎士と準騎士の書』で、騎士の心を維持するには神の恩寵、聡明さ、それと恥じる心が必要だと言う(一九章)。『七部法典』(第二部二一条四項)の指摘を待つまでもなく、騎士には正義を守るために毅然とした態度とともに慎重さ、慎み深さ、名誉を尊ぶ心が要求される。慎み深さと徳性はセルバンテス自身、特に強調するところだった。「真の気高さは徳性にある」(『ドン・キホーテ』前編三六章)という言葉をはじめ、後編六章などでも騎士のそなえるべき徳性をしきりに強調する。かりに経済的困窮に陥ったとしても、騎士たる者、徳性を大事にして思いやりの精神を持ち続けなくてはならない(後編一七章)。またバルタサール・グラシアン(一六〇一—五八)の手になる哲学的長編小説『論評の書』では「名誉は徳性の影。徳を追いながら追いつけず、名誉を探し求める者からは逃げ去り、遠ざける者を逆に求める」(第二部一一評)と、含蓄のある言葉が記されている。

またディエス・デ・ガメスは『ドン・ペロ・ニーニョの年代記』で、立派な騎士になるには「用心深くて慎み深いこと、確かな判断力があること、温厚で道理をわきまえていること、腕っぷしが強くて勇敢であること、これに加えて、神への深い信仰をいだき、その栄光に希望をいだくこと

（中略）、他人への慈愛と思いやりの心を持つこと」（序説八章）と言う。やはり客観的な判断基準としては、およそ使いものになりそうにない。

こうして見てくると、真の騎士はキリスト教倫理を重んじると同時に、文武両道をきわめなくてはならないことが一層明らかになる。このあたりの事情をもっとも的確に捉えたのがセルバンテスの文学上のライバルで大劇作家のロペ・デ・ベガ（一五六二－一六三五）の作品『貴族のありかた』の次の一節である。いやしくも騎士たる者は「慎ましき者には慎ましく／おごれる者には毅然と／貧しき者にはやさしく／憐れみの心を持つ」（第三幕）ことだ。

先に指摘したように、騎士は郷士と違って、所定の手続きを経ることによって、初めてその資格を得る。『七部法典』（第二部二一条一一項以下）によれば、騎士を任命できるのは騎士の地位にある者、もしくは以前騎士として活躍の経験があって、現在は騎士道を教える立場にある男性でなくてはならない。たとえ女王といえども女である限り、騎士を任命することはできない。男性であっても聖職者や十四歳以下の者には他人を騎士に任命する資格はない。

肝心のドン・キホーテはどうだろう。ドン・キホーテの姪にとって叔父の最大の狂気は、騎士の称号を受けていないくせに自分を騎士だと思い込んでしまったことだ。しかも騎士道小説の読みすぎで発狂した郷士は、よりによって「遍歴の騎士」として冒険の旅に出てしまう。十五世紀のスペインでは諸国行脚の遍歴の騎士が実在したことが知られているが、セルバンテスの時代、すなわち十六世紀半ば以降では時代錯誤もはなはだしい。

騎士の正式認定を受けていないドン・キホーテは、後ろめたさも捨て切れない。形式主義者の彼は、宿屋のご主人に叙任式をつかさどってもらう。欠格者のドン・キホーテが、同じく無資格おやじに頼んだわけだ(前編三章)。本来の式次第は必ずしも一定していなかったが、大まかに説明すると次のような順序になる。認定式の前夜、騎士候補者は夜を徹して教会で祈りを捧げ、翌朝のミサで聖体拝領を受ける。次に頭部を除いて武具をつけてから、称号を授与してくれる騎士の前に進み出て騎士志願を表明する。担当騎士は馬に乗るための拍車を志願者の足につけ、さらに腰に帯剣させる。志願者は剣を手にして、信仰、主人、お国のために死をもいとわないと宣誓する。そしてクライマックスを迎える。担当騎士が志願者の首もしくは肩に、象徴的な峰打ちをくらわせるのだ。

ドン・キホーテの時代に遍歴の騎士が実在せず、本来の騎士道精神も希薄になっていたということは、少なくとも理屈の上では、崇高な精神が薄れ、世の中の諸悪と闘う有志がいなくなっていたことを意味しよう。だからこそ、ドン・キホーテは正真正銘の騎士になる必要がどうしてもあった。時代錯誤は同時代の不義を正すために不可避だったのである。メキシコの現代詩人オクタビオ・パスは「われわれが物を本当に眼で把えようと思うなら、発狂を覚悟でなければならない」と言うが、眼、しかも心眼で現実を把えてしまったドン・キホーテは、すでに狂気の王道を驀進中だった。ニセとはいえ心底騎士になりきったドン・キホーテがたとえ作品の終結部で死んだところで、それは高潔な騎士道精神を高揚するという一大使命を果たした上でのことだったのである。認定式での象徴的峰打ちの痛みは、ドン・キホーテではなく、われわれ読者が感じ取らなくてはならないものだったのではないだろうか。

ピカロ

国王フェリペ二世(一五五六―九八年在位)の時代のスペインは「太陽の沈むことのない国」とまで言われた。こういう標語めいたものが複雑な実情を単純化しすぎてしまい、かえって誤解を招くことが多いのは洋の東西を問わない。なるほど新大陸の発見以降、スペインに膨大な富が流入してきたのは確かに重要な一面ではある。ところがそれに劣らず膨大な赤字と借金を抱え、スペインの国庫は当時まさに火の車だった。しかも太陽の輝く所、必ず影ができる。その輝きが鮮やかであればあるほど影も密度を増す。さらに沈まないまでも、太陽が中天から西の空に傾くにつれて、影の面積は着実に広がってゆく。

文化の「黄金時代」などと言われる時代に、スペインでは物乞いや浮浪者が急増していた。しっかりした国勢調査が行われていたわけではないので厳密なところは不明なのだが、フェリペ二世の晩年、すなわち十六世紀末のスペインには一五万以上の放浪者がいた(別の歴史学者によると、十六世紀半ばですでにこの数に達していたともいう)。騎士たちが胸に抱いた崇高な理想とはちょうど裏腹な思いを胸に秘めてうごめく巨大な一団、しかも仲間同士の統一はまるでとれず、個人主義、勝手気ままを信条とした一団がスペインの都市に集結してきたのである。

ちょうどこの頃のスペインの内情を知るために格好の文献がある。ペドロ・フェルナンデス・ナバレーテの著した『国家維持論』(一六二六年初版)がそれだ。本書には次のような一節がある。「ある者は貴族であることを口実に、またある者は乞食を隠れ蓑にまでして、大多数のスペイン人はなにもしなくなってしまった。マドリードの通りという通りは怠け者や浮浪者で溢れ、ひねもすカード遊びに興じたり、修道院で食べさせてもらう時間や強盗に押し入る時間をうかがったりしているのを目にするが、これは由々しきこと。またこうした怠惰な生活をするのが男ばかりでなく、そこかしこの広場にはだらしのない女どもが溢れ、連中たちの悪癖でもって都を堕落させている様子には目に余るものがある」(第九講)。

放浪者や乞食が増加しただけなら、政治経済力の低下に出来する社会現象といって済まされるのかもしれないが、スペインの場合、それだけではかたづけられない文化現象、つまり精神構造の問題としてクローズ・アップされてくる。社会の底辺で生息していた彼らのことを、今かりにピカロと呼んでおく。一六一三年に出版されたセルバンテスの一二編からなる『模範小説集』のうちの一つ『身分高きはしため』の中にも、次のような一節がある。「不潔で太っていて、脂光りした見掛け倒しの文無し、身体の不自由も表向きだけ(中略)、ピカロという呼称でひとからげにされるその烏合の衆ども!」

このセルバンテスの台詞からも想像できるように、とりわけ当時の文学に頻出するピカロの中身は決して単純ではない。悪漢、悪者、ならず者などと訳されることがあるが、いずれもピカロの一面を指したものでしかない。なぜならピカロは盗みや強盗を専業とするわけではないし、婦女暴行をするわけでも通りがかりの人に因縁をつけるわけでもない。むしろ人間味豊かで、ユーモア感覚に満ち満ちている。盗むといっても、それはひもじさに耐え切れずに必要最低限の物を他人様から失敬するのであって、それだけが目的である以上、暗殺事件などとは無縁だ。社会道徳に背くといっても、背くこと自体に快感を覚えるような騎士ドン・ファンとは対極にあるのだ。

こうしたピカロの特性に合わせたかのように、ピカロの語源も定まらない。古代ローマ人たちが捕虜にした敵を奴隷として売りさばく際、地面に突き立てた槍(ピカ)に商品の奴隷を縛りつけたことに由来するという説から始まって、スペインの軍人が北フランスのピカルディー地方の軍人たちの悪影響を受けた、もしくは同地方の悪質な移住者がスペインに流入してきた、アラビア語の「早起き」、「虚偽」、「流れ者」などがなまった、ボヘミア地方の流浪の民ベガルトと関連する、中世フランドルに創始された修道会ベギン会またはベガルド会の名称と結びつき、「生ぐさ坊主」のイメージと結びつきやすかった、スペイン語の「つまむ」の意味の動詞ピカールと関連し、ピカロは食べ物を他人様から失敬してつまみ食いをした、等々がある。過去約二〇年の間に、スペインのピカロ、またはこのピカロの生きざまを描いたピカレスク文学の研究は飛躍的に進んだが、それでも語源は完全に特定されていない。邦訳もあるピカレスク文学代表作の一つ『ラサリーリョ・デ・トルメスの生涯』（一五五四年）にいたっては作者も不明だ。住居不定のピカロはまことに捉えどころがなくて魅力的だ。

疲弊したスペイン経済の中で、体面だけを取り繕おうとする社会生活に疲れ、新大陸発見に伴う一攫千金の幻想からはとっくの昔に覚め、名誉や体裁ばかりに神経をすり減らす「英雄主義」に反発したピカロたちは、行動する場合、みずからの素朴な発想そのものを行動規範とする。逆境にでくわした場合も不屈の精神力で乗り越えるのではなく、ブラック・ユーモアをもって超然と開き直る。自活できない以上、都会に出て「持てる者」のそばで寄生虫のごとき毎日を過ごす。いつまでたっても財力はつかない。一人前の泥棒にもなれずに、その日暮らしで深酒もする。

興味深いのは、経済的に亀裂を見せ始めていたスペイン社会に適応できなくなったピカロたちが一五七〇年あたりから急増し、ただの放浪者にとどまることなく、文学作品を通して逆に積極的に着目され、さらにはピカロ的（ピカレスク）発想が社会上層部にまで波及していったことだ。こうした放浪者の姿が、スペインでは文学、フランス、イタリア、ドイツなどではむしろ絵画を通して描かれた事実も興味深いところだ。スペインにあってはピカロたちも愚弄されるだけではなかった。それどころか彼らを愚弄することはスペインを自嘲することであり、一歩間違えば危険な自己否定にもつながりかねなかった。

今世紀のスペイン研究に金字塔を打ちたてたフランスの碩学マルセル・バタイヨン（Marcel Bataillon 一八九六―一九七七）は「十六世紀後半から、スペイン社会は上から下まで、ピカロの精神

ピカロ（『ラサリーリョ・デ・トルメスの生涯』1554年アルカラ・デ・エナーレス版）

にどっぷりつかっている」とまで言うが、これはあながち誇張ではない。ピカロ的な精神は社会の底辺の人たちの発想だけでなく、当時のスペイン人の一つの人生哲学を暗示するものにもなったからだ。一六二〇年に出たファン・デ・ルナ（一五七五頃－一六三五頃）の『ラサリーリョ第二部』に「本音を言わせてもらうなら、ピカロの人生こそ人生で、他の生き方なんて人生の名に価しない。もしも金持ちどもが、この味〔＝ピカロの生き方〕をしめたならば、それと引き換えに自分の財産を投げ出すだろう」（八章）とある。それほどまでにピカロの生き方は自由気ままだったようだ。生まれがセルバンテスと同じ一五四七年の小説家マテオ・アレマンも傑作長編小説『グスマン・デ・アルファラーチェ』の中でピカロの生き方を指南しながら賛美する。

「命令も威厳も無用の長物。名誉などは欲しくも見たくもない。わが友グスマンよ、あるがままの自分でいるのだ。（中略）自由に抜けられない所には入るな、怖い思いをする危険な場所には近づくな。（中略）生きるに足るだけのものを食べろ。それ以上のものは押しなべてくだらない。そのおかげで金持ちが生きるわけでも、かといって貧乏人が死ぬわけでもない。それどころか、いろいろなものを食べすぎるのは病いも同じ」（前編〔一五九九年〕第一書四章）。

しかし、やけっぱちとも思えるこの人生観に基づいた物乞いや開き直りの猫ばばが、本物の「気ままな暮らし」には直結しそうにない。高望みはしないまでも、ピカロは楽をして空腹をしのぎたいのだ。その結果、かりに彼らが職を求めるとしたら、ラサリーリョがその典型であるように、適当なご主人様を見つけて食を確保することになる。紀元一世紀に活躍したコルドバ生まれの哲学者セネカばりの禁欲主義を身につけたピカロは、時と場合によってはケチなご主人にいじめられて空腹を体験しても、奉公口をかえた場合、もっとひどい飢えを体験させられるかも知れぬと見越して現状に耐えぬこうとする。またピカロがご主人に「仕える」のは、愛と忠誠とを宣誓して貴婦人に「仕える」騎士の宮廷愛の立場を見事に倒置させたものであることを見落としてはなるまい。

ところで薄汚れた浮浪者がはびこる現状を、いわゆる当局側は黙認したのだろうか？　このあたりの事情を調べ始めると、かなり複雑な様相を呈していたことがわかる。一五四五年、北部三都市（サモーラ、サラマンカ、バリャドリード）で各町の貧民を登録させて、その人たちを積極的に保護する法令が発布された。この法令では特に盲人が優先された。それから二〇年後、国王フェリペ二世は働けない人のリストを教会の各教区で作成するように命じ、該当者はその旨の証明書を持つことによって指定区域内で物乞いをする資格を得た。もちろん正式な手続きを踏まない放浪者が多かったのは推測に難くない。さらに十七世紀に入ると聖職者や修道院の数がスペイン全土で急増し、キリスト教の徳として恵まれない人に施しをすることが奨励された。ちなみに国王フェリペ四世（一六二一―六五年在位）側近の記録によれば、当時のスペインには二〇万の聖職者と九〇八八の男子修道院があったという。

放浪や貧困に対して、奨励しないまでも、寛大な姿勢がとられたことは注目に値しよう。ところが、この雰囲気に便乗する不心得者が出始める。十六世紀の後半にフェリペ二世は、身体障害などの理由で就業できない人の保護を目的とした法律を定めたが、その法律の弊害が目に余るようになる。ついには一六〇五年、つまり『ドン・キホーテ』前編の出版と同じ年に、放浪者一掃のための法令が北の町バリャドリードで出される。「十歳以上の就業可能な健康な男女は物乞いをしてはならない。当法令が公布されて二週間以内に職につかぬ場合、鞭打ち百回に加え、男子は四年の徒刑船送り、女子は追放に処す」というものだった。この法令は予想にたがわず効果を発揮しない。わずか四年後に、取り締まり強化の残酷な新法令が出される。腕か背中に焼き印をおしてしまうのだ。放浪者(vagabundo)ならV、泥棒(ladrón)ならLと、それぞれの頭文字を焼き込む。ちなみに一五九〇年、スイスのフライアムトでは、物乞い資格のある現地の乞食と外来の無資格乞食とを区別するために、前者には相応の証明書を与えて首から下げさせたという。

十七世紀の後半になってもピカロたちの災難は続く。一六七五年には主要な通りや広場から浮浪者を追い払うべしとの通達が各市の市長に伝えられる。三年後には、三日以内にマドリードから退去しないと投獄されるだけではなく、地方からマドリードに上って来た者は、二日目にその旨を官庁に報告し、宿側も同じく外来者の宿泊を報告することが義務づけられ、これを怠ると一年の追放の憂き目にあうことになった。九二年にはマドリードの浮浪者は軍隊入りか、異教徒だらけのアフリカへの追放かの選択を迫られ、九九年にも大同小異の法令が出る。いずれも厳しい内容だが、頻繁にこの手の弾圧が繰り返されたということは、この類の法令の効き目が薄かったことを意味するばかりか、前に指摘したように、根本的にピカロの生きざまを黙認あるいは肯定する精神風土がスペインにあったことを意味しよう。そしてこの事実こそ、ピカレスク文学という独特の文学をスペインに開花させる素地となり、その土臭い小説のエネルギーはついにはフランスをはじめとする他のヨーロッパ諸国の文学に多大なインパクトを与えるまでにいたったのである。

郷士や騎士の高邁な精神を希求したセルバンテスは、『ドン・キホーテ』そのものの中でピカロを登場させるばかりでなく、先に引用した『身分高きはしため』以外にも『リンコネーテとコルタディーリョ』をはじめとする短編小説でしきりにピカロたちや、その世界の雰囲気を積極的に描き込んでいるし、具体的にピカレスク小説を引用して、その文学的な価値を評価する。それは高邁な精神を持ち続けるだけの強固な意思が人間独自のものなら、反対にひがめ気味に社会を透視しぬいたうえで、自分の生きざまをさらけ出すのも、実はやはり強固な意思が背景としてあるのであって、ともに正真正銘の人間的営為であるからに違いない。現代の哲学者オルテガの次の言葉は、強固な生命力を堅持しながらも、そのエネルギーを有効に発散させる術を知らないピカロの特性を見事に指摘したものと理解されよう。ピカロには「弓の中にあるうちに自分の的を忘れてしまった矢のごとき魂がある」。

大学生

スペインには古くから大学があった。記録によれば北の町パレンシア（東海岸の有名なバレンシアではない）に一二一二年頃、神学、教会法、論理学、文法の四講座をもつ小規模な大学が創設されたが、長続きはしなかった。現存する最古の大学となるとサラマンカ大学だ。当然のことながら、創設にいたるまでに何段階ものステップを踏んでいるため、何年をもって同大学が機能しはじめたかは厳密には特定しがたいが、一二一八年末もしくは翌年の初めと推定されている。さらに四八年にアルフォンソ十世、五五年にローマ教皇庁の正式認定を得る。この認定を受けることは、所定の課程を修めた学生に学位を与える資格を、大学として得ることを意味する。

パリ、オックスフォード、ボローニャの諸大学と並ぶ名門総合大学としてサラマンカ大学が成長した理由の一つとして考えられるのは、歴代のスペイン王家による積極的な支援だ。「カトリック両王」（イサベルとフェルナンド）との密接な関係を雄弁に示すのが、同大学の有名なファサードに彫り込まれたギリシャ語の文句「両王は学院へ、学院は両王へ」だ。それ以外にも一五三四年のカルロス一世（神聖ローマ帝国皇帝カール五世）（一五一六－五六年在位）の大学訪問を契機に助成金が増えたほか、一五四三年にはフェリペ二世が同大学で結婚式を挙げるなどの象徴的出来事もあった。

　その後しばらくしてスペインの大学は急増しはじめる。セビリア大学や現在のマドリード大学の前身アルカラ・デ・エナーレス大学が十六世紀初頭に開校されたのに続いて、北のバリャドリードや南のグラナダなどにも創設されてゆき、十七世紀初頭には、大学の名を冠するものが三三校にもふくれあがった。しかし依然として「あらゆる学問の教育で一番のサラマンカ」（Omnium scientiarum princeps Salmantica docet）をモットーとするサラマンカ大学には多くの学生が集まってきた。アルカラやバリャドリードよりも物価が安かったということもあるが、やはり学問のレベルそのものが総合的に抜きん出ていたからと言えよう。

大学の講義風景

　大学生の数はどうだろう。サラマンカ大学への登録者数だが、最古の記録は一五四六年から四七年にかけてのもので（セルバンテスは一五四七年生まれ）、五一五〇人という数字が残っている。五年後には五八五六人、さらに一五年後には七八三二人が登録している。

五千人を越えたというのは注目しなくてはならない。なにしろ今世紀一九二〇年のオックスフォード大学の登録が四六五一人、同年のケンブリッジ大学が五七三三人だ。

登録者数は学生実数と必ずしも一致しない。学生の特権や特典を得るために、貴族学生のお伴から下宿の主人までが登録してしまうことがあったからだ。しかも別の資料では一五六六年のサラマンカ大学の学生数は一万四千人と、まるで違う数字が記載されているし、作者不詳の短編小説『にせのおばさん』には次のような一節が見られる。サラマンカでは当時「一万から一万二千の学生さんたちが学んで住んでるんですよ。若くて、いたずら好きで向こう見ず。勝手で気だてがよくって女好き。金遣いが荒いわりには頭が切れる。やんちゃで愉快な連中」。他方、アルカラ・デ・エナーレス大学は十六世紀初頭に設立されたが（特徴は法学部がなかったこと）、この町で生まれたセルバンテスは『模範小説集』の一つ『犬の対話』で「その年に〔この〕大学で学んでいた五千人のうち二千人が医学生だった」と言う。セルバンテス時代に早くも大学のマス・プロ化が始まっていたことが以上から了解されよう。

セルバンテスの時代には、大学進学者の九〇パーセントが人口五千人以上の町の出身者で占められ、小さな村落から大学を目指す若者は一握りでしかなかった。十七世紀末のマドリードでは毎年約五百人が進学しているが、この数は当時の大学就学年に達した若者の三ないし四パーセントで、やはり大学が少数者のものであったことを示している。入学年齢のほうは平均十八歳ぐらいだが、詳しく調べると時代や専攻によって異なる。たとえばアルカラ・デ・エナーレス大学の文芸学部では一五五〇年に平均二〇・七歳の学生が入学しているが、一七七一年の同学部では十七・六歳に下がり、教会法の専攻課程では一五五〇年に二十四歳だったのが、一七〇〇年に十八歳と、やはり若返っている。学事日程は現在の欧米諸国のそれと大体一致しており、秋に始まる。聖ルカの祝日（十月十八日）が始業、洗礼者聖ヨハネの祝日（六月二十四日）が終業の目安だ。木曜日には授業がなく、学生たちは教授、教区司祭、修道院長などを訪ねて、いろいろ相談ごとをする習慣があった。

　ところで前掲の『にせのおばさん』もそうだが、十六、七世紀のスペイン文学には実に多くの大学生が登場する。そして多くの場合、学生は貧しく、飲み逃げや食い逃げの常習犯、つまりピカロの延長のような雰囲気の中で、かなり否定的に描かれている。不勉強な学生が多かったし、無責任な毎日を謳歌してばかりいる学生が少なからずいたのは動かしがたい事実だ。十六世紀後半にセバスティアン・デ・オロスコ（一五一〇頃—八〇？）が編集した『ことわざ集成』の中で、サラマンカ大学の学生たちが「夜中にふらついたり、女郎屋に通ったり、眠る、酔っぱらう、遊ぶ、その他、馬鹿げたことで時間をつぶす」（一

サラマンカ大学の教室

四八五番）と批判されている。

「馬鹿げたこと」で悪名高いのが、大学生の新入生いじめだ。文豪ケベード（一五八〇―一六四五）のピカレスク小説『ペテン師』（一六二六年）から一例を見てみよう。サラマンカにやって来た新入りが宿舎で目を覚ますと、同じ宿舎の先輩たちが押しかけてきて二四レアルの上納金を要求する。首尾よく巻き上げるると先輩たちは「我らの仲間万歳！　我らの仲間入りが叶えられよ！　我らの特権にあずかって疥癬にかかったり、みすぼらしい格好をしたり、皆と同じ空腹が味わえますように！」（第一部五章）と声を合わせる。二四レアルの上納金は高い。というのも、一五八四年に結婚したセルバンテスは、しばらくしていわゆる無敵艦隊のための食糧調達官として働くが、その時の日給が一二レアルだったからだ。一六一七年に出たスアレス・デ・フィゲロア（一五七一頃―一六三九頃）の小説『旅人』に、医者の収入が一日平均二〇―三〇レアルで、この額は「一家族の通常の支出に照らし合わせて悪くない」（第三章）とも言う。いずれにせよ貧乏学生からすればかなりの大金を、なんのいわれもなく先輩どもに没収されてしまう。悪質としか言いようがない。作者不詳の当時の幕間劇『野次馬たち』で「学生どもがやらないことは、悪魔でさえやらない」とまで槍玉にあげられるが、これでは無理からぬところだ。

十六世紀の中頃から、スペインの大学生の基礎学力は全般的にかなり低下してきたらしい。「すべての学問の出発点であるがゆえ」に重要だと国王カルロス一世が主張するラテン語でさえ、ろくに理解できない学生が急増した。国王は現状を嘆き、サラマンカ市にラテン語教育専門学校の設立を、不本意ながら命じたりもした。

これほど嘆かわしい状態とは裏腹に、一見知的で華やかな雰囲気の大学に若者があこがれないはずがなかった。前のピカロの項で引用したマテオ・アレマンの『グスマン・デ・アルファラーチェ』の主人公は、ついにアルカラ大学で神学の勉強を始めた時、感激のあまりに叫ぶ。「これ以上の自由をどこで満喫できるというのか？　これほど落ち着いた生き方を誰が享受できるというのだ？　(中略)勉学に熱心な者には同じ好学の士がいるし、落ちこぼれにはそれなりの仲間がいる。(中略)諸々の学芸、医学そして神学がこれほど見事に花開いた所がどこにあろう」(後編〔一六〇四年〕第三書四章)。

しかし実際のスペインの大学生が悪ふざけをしながら薔薇色の青春を謳歌できたかとなると、かなり怪しいところだ。というのも、悪ふざけをする大学生像は、古くから伝わる民話の叙述法を継承した修辞的側面が強いことに加えて、実生活のほうでは大学生を監視する厳しい規定があって、「悪さ」をするだけの余裕はなかなかなかったらしいからだ。一五三八年七月五日付でサラマンカで公布された下宿規定を見てみよう。十月一日から三月一日までは夕方七時を門限とし、正当な理由がない場合には門限遅れを閉め出す。外泊を三回重ねた場合、下宿屋はその旨、大学に報告のこと。朝夕、部屋を見回って大学への出席や勉強の様子をチェックする。家でのカードやダイス遊びは御法度。その他の規制も合わせ読むと、がんじがらめの昔のスペインの大学生にむしろ同情したくなり、文学作品の中で自由を満喫する大学生像は、むしろ厳しい現実への反動と理解されてくるのである。

多くの大学生は経済的にも苦しかった。入学時に調理師を含め二〇人以上の世話係を従えてサラマンカ入りを果たし、登下校とも馬、というような有力貴族の子弟も中にはいたが、経済的に恵まれない学生は、有産階級の学生の下男や居酒屋の下働きなどのアルバイトをしなくてはならなかった。また、バロック演劇を頂点にまで高めたカルデロン・デ・ラ・バルカ（一六〇〇—八一）はサラマンカ大学で教会法を学んでいたが、居住費未納などの理由で破門されたうえ、大学牢にまで入れられた経歴をもつ。

首尾よく進級を重ねていって、ようやく修士の学位を得ようとすると、恐怖の修了試験が待ちかまえている。難問ばかり、あるいは延々何時間にもわたるから怖いというだけではない。修了試験には多額の経費がかかる。一五二九年のサラマンカ大学学事規定が近年一冊の本として出版されており、その五二条に、修士号を得ようとする者は、修了試験を担当する博士や教師にフル・コースの食事とは別に、鶏三羽をはじめとするさまざまなものを献上する義務があり、これを怠ると修了証の発行は自動的に一年保留されるとある。

修士でこの程度なら、博士号を取るのは経済的にもっと大変だったのは容易に推察できよう。聖書に手を置いて新約のヨハネ伝冒頭「初めに言葉ありき……」以降をラテン語で朗読してクライマックスを迎える学位授与式は教会で執り行われたが、教授陣や神父を含め儀式出席者全員に現金で心付けをせねばならず、自分より先に学位を受けた先輩たちの家には、敬意を表する習わしとして手袋、砂糖、鶏をつけ届けする。祝賀の闘牛も自前で開催して、一〇頭の牛を殺す（別の資料では少なくとも五頭とある）。闘牛の見物人にはお菓子をふるまう。夕食にも大勢を接待しなくてはならない。

象徴的な具体例を一つ挙げておこう。一六〇〇年六月三十日、カルメル会の神父ペドロ・コルネホは畏れ多くもフェリペ三世国王夫妻列席のもとに神学博士号を授与されたが、神父は国王夫妻にまで手袋と心付けを献上しなくてはならなかった。こうした儀式の負担を軽減するために、数人の学生がまとまって授与式をやってもらうこともあったが、こんな小細工では経費節約もしれていた。この儀式は十五世紀から十八世紀半ばまでの長きにわたって続けられたという。学生としての頂点をきわめるには、資金調達の関門を越えなければならなかったわけだ。それができずに学業を放棄せざるをえなかった不運な学生は、それこそ数が知れない。

こうして見てくると、当時のスペインの大学は非合理的と決めつけたくなるが、意外な側面があったことをつけ加えておこう。それはスペインの大学における女性の問題だ。一五〇〇年頃、サラマンカ大学の教壇には女性教授が何人か立っていたという、当時としては驚異的な事実がある。その女性教授陣の中には近代ヨーロッパ語最初の文法書を著したアントニオ・デ・ネブリハ（一四四一／四一一五二二）の娘もいたことが知られている。女子大生が男子学生と同席して講義に出席することもサラマンカ大学では許された。時代背景を考えれば、こうした男女共学に批判が向けられないはずはない。ましてや男子学生に女性教師が教えるのは、男性の女性化を誘発するものとして極度に警戒された。結果的に十七世紀から十八世紀にかけて、大都市では次第に男女共学制が崩れてゆくのだが、ともかく中世からルネサンスへの移行期におけるスペインで、知的レベルで女性差別が具体的に取り除かれようとした時期があった事実は注目に値しよう。

修道女

言うまでもないことだが、スペインはカトリックの国だ。セルバンテスが生きた時代には対抗宗教改革の一大牙城ともなって、正統キリスト教を遵守する気運はいやが上にも高まった。すぐれた神父のみならず、神秘主義者として知られるイエズスの聖テレジア(一五一五—八二)を筆頭として、傑出した修道女が数多く登場する。しかし内情を調べてゆくと、当時の修道女たちが必ずしも敬虔な宗教色に染まりきっていたわけではないことがわかってくる。そこで、ここでは本来の修道生活からはみ出してしまったスペイン女性に着目しながら、女子修道院を訪ねることにする。

まず修道女の実数だが、諸説があってなかなか難しい。一五九一年の有名な調査があって、それによるとカスティーリャ地方では在俗司祭が三万三〇八七名、修道士二万六九七名、修道女が二万三六九名いたという。誤差の幅をかなり見ておく必要はあるにせよ、全人口一二八万二一五〇人(?)に対して、やはり相当数の修道女がいたことは確かだ。

十六、七世紀のスペインでそれほどの数の女性が修道院に入るのには、どんな理由があってのことなのだろうか。もちろん神への帰依をひたすら誓うことが第一義であることは間違いないが、意外な事情で修道院入りした女性も少なくない。

経済的に養えないとか、娘に相続税の過重負担をかけて、結局苦しい思いをさせてしまうことがないようにとの配慮から、愛する娘を修道院へ送った家庭もある。複数の女児をもうけ、一人分の結婚資金しか捻出できないために、やはりやむをえず同様の処置をとった家もある。経済的に余裕がない貴族の場合、問題は複雑で深刻だった。由緒正しい貴族に娘を嫁がせるのが当時の常識的流儀だった以上、経済的事情が許さぬ場合には、娘を修道院に入れて世間体を保つ。「貧しい騎士は／こういう事態に出会った時／品位と財力とが及ばねば／己れの血筋を汚さぬため／齢のいかぬ娘子を／修道院にみつぎます」――これはカルデロン・デ・ラ・バルカの演劇作品で、カミュなどにも大きな影響を与えた『十字架の奉献』(第一幕)に見られる台詞である。

経済的な困窮以外の事情が原因になる場合もあった。ソール・マルセーラ・デ・サン・フェリスといえば、大劇作家ロペ・デ・ベガが女優ミカエラに産ませた不義の子で、こうした不義の子や未亡人も世間体を気づかって修道院入りすることが少なくなかった。カルデロンの名作『サラメアの村長』に登場する豪農の娘イサベルは、軍人に強姦されて純潔を失ったために、結婚を断念して、泣く泣く修道院入りをしたのだった。

以上のような例もそうなのだが、当時、修道女は通常の社会生活を送る未婚者より社会的地位が高いとみなされたこともあって、現代の感覚では首を傾げたくなるような理由で修道院入りする女性が後を絶たない。既婚女性でも諸般の事情により社会生活が送れない場合、夫が長期不在の場合なども修道院入りすることがあった。厳しい道徳教育をしてもらうために、幼い娘を適齢期まで修道院にあずかってもらう親もいた。親戚の者がすでに修道女になっている場合には、とりわけこうしたケースが多かったらしい。いずれの場合も、実質的理由と世間体とを重んじる風潮がおもしろく交錯している。

このような修道院入りが敬虔な信仰と直結したものでないことは、あらためて指摘するまでもない。こうした現象を踏まえたうえで、有名なトリエント公会議(一五四五—六三年)で興味深い決議が下された。男女を問わず十六歳未満の者、修道服を着用して丸一年間修練院で過ごしたことのない者は修道誓願を認めないというものだ(二五部一五章)。さらに一五八九年には教皇シクストゥス五世(一五八五—九〇年在位)は、俗界の婦女子をむやみに修道院に招じ入れるべからずとの規定を出した。ただ、前者の公会議の決議同様、あまり徹底しなかったようだ。

家庭の経済事情の逼迫を緩和させるために修道院に入る女性が少なくなかったと先に指摘したが、実はここに矛盾する問題がある。修道院によっては法外な「持参金」を納めなくてはならなかったからだ。その額が五〇〇ドゥカード(一ドゥカードは前出の貨幣単位レアルの一一倍強)を越えることもあった。ゴシックの町として知られる北のブルゴスにあるベネディクト会のラス・ウエルガス(Las Huelgas)修道院に入るには、特に高額な持参金以外に、食費や蠟燭代などの必要経費を納めなければならなかった。一五七三年に同修道院入りをしたマルガリータ・デ・カルタヘーナの持参金は千ドゥカードを越えたという。修道院内の設備や芸術品に多額の出費のあった同修道院の維持管理はそれでも大変で、元来二〇〇人からいた修道女が次第に削減されていって、一六五四年には三〇人にまで減らされてしまったという。またカラトラーバの修道院のように持参金とは別に、貴族証明が必要な場合もあった。

十六世紀も終わりに近づくと贅沢な修道女が登場する。身のまわりの世話をする下女や奴隷つきで修道院入りする者が現れるのである。生活も個室で、食事も他の修道仲間とは別だ。シトー会でよく見られたこの現象は、十七世紀になるとさらに広まってベネディクト会でも見られるようになる。十七世紀後半にスペインを旅したフランスのドノア伯爵夫人は貴重な旅行記の中で、「この女性たちの住まいは立派で、それぞれいくつかの部屋からなり、家具調度品も素晴らしく、さながら自分のお屋敷です。実入りもよく、各人が三、四人の下女を抱えています」と書き記している。こうなると修道院なのか高級マンションなのかわからなくなってしまう。

持参金もあまり当てにできずに、経営が文字通り火の車だった修道院も多く、王家や市に援助を求めたり、持参金の値上げを試みたり、修道女が手仕事に精を出して経営難を乗り切ろうとした修道院も決して少なくない。

ブラック・ユーモア好きなスペイン文学がよく話題にしたのは、修道女の世俗性だった。必ずしもひたむきな宗教心に燃えぬ修道女がいる以上、俗世の側も彼女らを放置してはおかない。男性が女子修道院の面会室にしげく足を運んだり、お目当ての修道女と鉄格子、窓越しに談笑を楽しむ光景が、まま見られたのである。こうして修道女に近づく男性のことを、文豪ケベードは「荘厳なる恋人」(『ペテン師』第二部八章)と呼び、同時期のバロック詩人ゴンゴラ(一五六一―一六二七)は『修道女に敬虔で、多数の修道院をかけもちでまわっていた二人の男性に』と題する詩を一六〇八年に書いている。マテオ・アレマンの『グスマン・デ・アルファラーチェ』では、サラマンカ大学の有名教授が美人の修道女に恋をし、修道院に通った様子が描かれている(後編第一書二章)。作者不詳の詩に、こんな一節もある。「冷たい鉄格子の間で熱き炎/(中略)/甘美なる錯綜、卑しい想い/これぞ「敬虔」」……。

こういう事実が本当にあるとすれば、教会上層部が黙認するはずがない。イエズス会司祭のアロンソ・デ・アンドラーデは一六四二年と四四年にわたって二巻からなる重要な精神修業の著作『人徳案内と聖母倣いの書』を著し、その中で修道女の異性交際の実態を詳述したうえで、それを厳しく糾弾する(第二巻六書一九章以下)。某修道女がサラマンカの大学生と、修道院の聖域内で密会を重ねていたことがついに発覚してしまい、一五七一年、その男子学生は二度にわたる鞭打ちで、なぶり殺されたという興味深いデータもある(同二三章)。また一六三五年には、某修道女が老いらくの恋をして駆け落ちをしたものの捕らえられ、当人は終身禁固刑、下級貴族の相手男性は打ち首になった記録がある。男性がついにしびれを切らせ、思いを寄せた修道女の誘拐を試みた場合もある。そのあたりを反映させた文学作品まであるほどだ。前掲のカルデロンの作品の主人公も次のように言う。「彼女を閉じ込めている修道院を私は襲うのだ。/どんなに重い刑罰にもひるみはしない。

／あの美しさを自分のものとするように／激しい恋が私を駆りたてる。／腕力に訴えろと／回廊破りをしろと／そして聖域を犯せと」（第二幕）。

修道院の内外を問わず、彼女と直接話ができないとなれば、誰かに恋文を託すしかない。ロペ・デ・ベガなどと並び称される劇作家ティルソ・デ・モリーナ（一五八三？—一六四八）作とされる芝居『合図による恋』では「修道女のいる所には／恋文がつきものではありませぬか」（第一幕九場）と断言する。返事をしたためたり、手製の菓子類を贈ってくる律儀な修道女もいた。同作品に「彼女〔修道女〕に便りを書き送りなさいませ／さればお礼の品をいただけましょう／小歌かソネットの一編で／菓子パン一〇個はこちらのもの」とある。男性が修道女に贈り物をすることも無論ある。作者不詳の俗謡には「冬には毛皮の上着と腕套／足温着もやらねばならぬ。／夏には扇と花束だ」とある。極端に厚顔な修道女になると、向こうから貢ぎ物をせびってくる。「ある者は干菓子（中略）／ある者は髪飾り、また人によっては手袋、／こうした取るに足りない物をねだる者もあれば／黒玉の指輪をせがむ者もいる」（作者不詳の詩より）。

司祭と修道女が仲睦まじくなってしまうこともあった。イタリアであまりに有名な話としては、ルネサンス絵画の中心人物の一人で司祭の道を歩んでいたフィリッポ・リッピが修道女ルクレチアと恋に落ち、子供まで作ってしまった例がある。スペインでは司祭と修道女の頻繁な接触を警戒した規制が公布されたりもしたが、必ずしも遵守されず、時々厳刑が下っている。十五世紀末に人文学者ネブリハがラテン語文法の名著をラテン語で著し、間もなくイサベル女王の命令で、みずからスペイン語との対訳版を出す羽目になった。その理由は、神に仕える修道女が「男性の手を借りずに、少しはラテン語を修得することができるように」だった。この場合の「男性」は時代環境からして、主に司祭が意識されていたことは容易に推測でき、相互の接触を危惧した配慮とも理解できる。

もちろんこの類の話はおもしろおかしく誇張される場合が多い。現実には男性が修道女と精神的なレベルで親密な接触を持ちえた例にこと欠かない。その典型的な一例が、神秘体験の記述で知られる修道女アグレダ(一六〇二―一六五)と国王フェリペ四世(一六二一―一六五年在位)との交友で、両者は二〇年余りにわたって往復書簡を交わしているが、その親密さは高次の精神性に裏づけられたものだ。

修道女アグレダ

一六〇〇年代のスペインの修道女総数が三万五千から四万人と言われることを考えれば、先に列挙したような文学作品に見られる記述はむしろ例外で、偶発的な事件に取材したものでしかないと言えるのかも知れない。しかしここで、火のない所に煙は立ちにくいと反論するだけにとどめてはなるまい。ここには文学素材上の問題がある。同時代のスペインの文学者たちが、聖と俗という、実は多分に曖昧な境界区域に格好の文学素材を見出したことこそ大事なのである。しかも、その文学者たちの相当数が司祭だったことを想起する必要がある。俗人による聖域侵犯ばかりに注意を払ってはならない。聖職者側が俗界に分け入ることも、決して稀ではない。それほどにまで俗界というのは、聖職者にとってもたまらなく魅力的な世界なのである。

第2章　なりわいの諸相

ロペ・デ・ベガ(Lope de Vega 1562-1635)

医者

セルバンテスの父親ロドリゴがアルカラ・デ・エナーレスで生まれたのは一五一〇年頃だった。そしてちょうどこの頃、同市にアルカラ・デ・エナーレス大学が創立される。小さい頃からロドリゴは耳が不自由だったため、大学で高度の学問を追求することはできなかった。それと同時に、自分の母方の家系に著名な医者が何人かいたこともあって、医学への夢も捨て切れない。結局、正式な医師資格を断念して、いわゆる瀉血、血抜きの心得を身につけたのだった。

ともかく小説家セルバンテスは医者の息子として生を受けた(一五四七年)。このセルバンテスが生まれる四年前には、司祭コペルニクスが、時の教皇パウルス三世への献辞とともに『天球の回転について』を刊行して本格的に地動説を主張しはじめ、ヴェサリウスは『人体構造学』を出して解剖学の基礎を確立していた。特にヴェサリウスの場合はブラッセル生まれだとはいえ、父親はスペイン国王カルロス一世の宮廷薬剤師、そして当人も長じて一五四四年から同国王の侍医、五六年からはフェリペ二世の侍医を歴任しており、スペイン王室と密接なつながりを持った。しかしながら、これはセルバンテスの父親のような平の医者、否、「無資格医」からすれば、あずかり知らぬ天上界のことでしかなかった。

一六一一年にスペインで出版された辞書を見ると、医者が三種に大別されている。病気を治す通常の医者、主に外科治療を行う創傷治療者(日本でいえば金瘡医にあたる)、そして主に瀉血(sangría)や抜歯を行う「床屋医者」だ。辞書ではこのように区別されているものの、実際の医療で峻別されていたわけではなかった。ちなみにスペインに「サングリア」と呼ばれる甘い酒があり、これは「血」(sangre)と同じ色をしているところからついた呼称だとよく説明されるが、これはどうやら俗説で、飲むサングリアは「甘い」の意味のサンスクリット語と関連するようだ。

このように、昔の医者は建前として三分化されていたものの、実際には相互の境界線がはっきりしていなかった。ここでは伝統的で平均的な医療という視点から、そしてまたセルバンテスの父親のことを考慮にいれたうえで、主に瀉血医=床屋医者に焦点を合わせることにする。

昔の床屋(医者)は多角経営だった。たとえば作者不詳(十六、七世紀)の次の芝居の一節はどうか。「床屋さんを呼びましょう/一本ずつ抜歯をしてもらうように/(中略)/お金がかからなかったら/血も抜いてもらいましょうよ」。床屋(医者)は髭を剃ったり調髪したりするだけでなく、瀉血、抜歯、切り傷や腫れ物の治療、ヘルニア治療、さらには武器磨きまでやったのである。真偽のほどはともかくとして、今日でも理髪店の入り口でよく見かける赤、青、白の表飾が昔の床屋医者の名残であることは、繰り返し解説されるところだ。この説によれば三色は動脈血、静脈血、それに包帯(別の解釈では脂肪またはリンパ液)を指すのだという。

昔の床屋の目印と言えばギターだ。ギリシャ神話で医学の神アポローンが、たて琴をつまびく音楽の神でもあったことと関連づけられそうだ。ケベード作と言われる風刺作品『時間の勅令』では、のっけから「床屋が生来ギター好きであることが判明した以上、その店の所在をわかりやすくするために、カーテンや髭剃り皿の代わりに、二、三もしくはそれ以上のギターを吊るすか、その絵を描くように命ずる」とあるし、キニョーネス・デ・ベナベンテ(一五九三?—一六五一)の幕間劇『床屋』にも「ギターのない床屋なんて、いるもんかね」とある。ともに「床屋」と訳してみたものの、実際には床屋だけではなく、瀉血でも自慢の腕を見せていたことは十分考えられる。

ここで簡単に、スペイン以外で、古くから実践された瀉血の記録を二つだけ確認しておこう。古代ギリシャでは病人が各地の神殿に詣で、医神アスクレピオスに祈りを捧げたうえで、神のお告げに従って瀉血や薬物治療を行っていたと伝えられる。またケルト起源とされる有名な『トリスタンとイゾルデ』(一二一〇年頃、ゴットフリート版二四章)には、ある日イゾルデとトリスタンがマルケ王と一緒に瀉血治療を受けて終日寝ていて、翌晩トリスタンがイゾルデの寝台に無理をして飛び移ろうとしたために、自分の血管が破れて大量出血したエピソードが語られている。

スペイン語文献でも瀉血の記録は中世から見られる。アルフォンソ十世の『七部法典』に「瀉血医は広場や人の往来する通りではなく、離れた場所で切ったり剃ったりしなければならない」(第七部一五条二七項)と規定されており、ところ構わず瀉血が行われていたことを裏づける。また十三

アビケンナ

世紀中頃の長編詩で作者不詳の『アポロニオの書』に、瀉血医が仕事をたくさん抱えている旨の記述があるし（六二四連d）、イタの主席司祭ファン・ルイス（一二八三頃—一三五〇頃）のやはり長編詩『聖き愛の書』にも瀉血医が登場する（一四一六連a）。ハーヴェイの有名な『心臓の運動』（一六二八年）に見られる血液循環説が登場することによって血液に関する正確な知識が得られるずっと以前から、瀉血が先走りして実践されていたわけだ。

セルバンテス時代には瀉血そのものの効果に疑問を挟む人は例外的といってよかったのだが、瀉血に関する別種の大論争が起こった。どの血管から血を抜くかの問題だ。古代ギリシャ医学を継承する者たちが、疾患部位に一番近い血管から抜くことを主張したのに対し、アビケンナ（別名イブン・スイーナー）（九八〇—一〇三七）のアラビア医学の流れを汲む者たちは、ギリシャ方式では副作用が考えられるので、疾患部位とは反対側の足や腕から瀉血することを主張したのである。ギリシャ方式を直接導出、アラビア方式を誘導導出と呼ぶ。

歴史的に見ても、スペインはギリシャ医学とアラビア医学の双方が正面衝突した国である。どの血管から血を抜くのかは、文字通り死活問題だ。十六世紀になると両派の対立は一層激化した。従来、全体的趨勢としてはアラビア医学派のほうが優位だったものの、リスボンに移住したフランス出身の高名な医者ピエール・ブリソ(一四七八―一五二二)がギリシャ方式を採用するにいたって論争は泥沼化した。困惑した国王カルロス一世がサラマンカ大学医学部に判定を依頼した結果、同大学はギリシャ側に軍配をあげた。ちなみに国王の親類にあたるサボーヤ公の息子にアラビア式瀉血を試みたものの、手当てのかいなく肋膜炎で亡くなっている。しかし大学側のこの決断には興味深いものがある。というのも、一五二九年の医学部に関する同大学学事規定で見ると、主任教授はギリシャのヒッポクラテスなどではなく、アラビア医学理論の第一人者アビケンナを概説しなくてはならない旨、はっきりと指定(一一七条)されているからだ。

瀉血を受けるのは病人だけではなかった。中世では健康な人でも春に一度瀉血を受けることを勧められることが多かったし、国王フェリペ三世の侍医をつとめたこともある医者は、年に四、五回の瀉血を勧める。

次に関心があるのは、どの程度の血を抜くかということだ。劇作家ロペ・デ・ベガが恩人セッサ公爵(Duque de Sessa)に宛てた某書簡で「私は今日の午後はここにおりましょう。と申しますのも、四〇オンスの血を抜きましたので、外出しようにも外出できるだけの力が入らないのでございます」と言う。ロペの記述が正しければ、一一三〇ccからの多量の血を抜いたことになる。もっとすさまじい記録もある。十六世紀の重要な文人ルイス・サパータの記録書『雑録』には、肥満解消のために週二回ずつ瀉血を受けた貴族のエピソードが書かれていて、ある時七二オンス、つまり二千cc余の血を抜いたとある。こういう記録を読んだ後で、前掲のキニョーネス・デ・ベナベンテ作の別の幕間劇『恋の女瀉血師』の中で、ある貴婦人が「たった四オンスの瀉血で大丈夫」と言うのに出くわすと、正直なところ胸を撫でおろしたくなる。ただし、瀉血の料金をふっかけられる恐れもあった。「瀉血師に頭の血管から三オンス血を抜いてもらうと、我々の懐の血管から一〇オンスのお金を抜き取られる」とこぼすのはアントニオ・デ・ゲバーラ神父(一四八〇頃—一五四五)だった(『親密書簡集』一五二〇年十二月二十七日付)。

量の問題とは別に、所詮は血管に穴をあけるわけだから、瀉血を受ける者が恐怖心を覚えないはずがない。『恋の女瀉血師』に次のようなやり取りがある。「「血管をうまい具合に見つけるのが早いですね! あらかじめ言ってから切ってくださいよ」/「あっちを向いてなさいな、こっちのほうは見ないで。気絶しますよ」」。

サラマンカ大学で学び始めたものの、根っからの勉強ぎらいと経済的な事情から中途退学した学生の、克明な日記が出版されている。その中に瀉血に関する興味深い記録がある。先に指摘したように、今でいう床屋と瀉血医との区別は多くの場合不鮮明なのだが、幸いこの几帳面な学生の日記では、明確に単語が使い分けられているのだ。それによると、一五六九年四月に「散髪をするために半レアル」、「血を抜くために半レアル」の出費があったという。双方の料金が同一であるばかりでなく、この場合には瀉血の手数料が意外に安かったことが知られる。

しかし考えようによっては、動脈と静脈の区別さえ厳密に行われていない時代に、血管を切る外科処置が散髪と同じ料金で行われていたというのは恐ろしいとしか言いようがない。しかもこの瀉血は、種々雑多な病いにたいして無差別に行われることが多く、サパータの『雑録』には、頭部に瀉血治療を受けて、完全に発狂してしまったあわれな少年の話まで記録されている。もちろん一般的には肘静脈から血を取ることが多かったらしいが。恋の病いの治療に瀉血をした記録もあれば、瀉血で抜いた血に布地をひたし、愛する女性にプレゼントをした例まである。

さして効果が見られない瀉血治療がもっとも一般的だったこと、そしてセルバンテスの父親を含めて大した医学知識のない者がその治療に当たっていたことを考えると、文学やことわざの中で医者に非難が集中するのは不可避とも言える。以前にも引用したセバスティアン・デ・オロスコの『ことわざ集成』には無責任な医者の態度を排撃することわざとして、「下剤を飲ませて瀉血をしろ、そして死んだら埋めちまえ」(二四二五番)が採録されている。こういう痛烈な皮肉でずば抜けた才能を見せるのは、決まってケベードだ。小著『万物の書』で「調子がいい時に主治医を呼んで、健康を害していないからといってお金をやれ」(第一話二四番)とか、「世界で一番大事な三つのものを三種の人間が侮蔑する、すなわち医者は健康、軍人は平和、人にもよるが執務係りと法律家は真理をだ」(「予言」の章)。カルデロン・デ・ラ・バルカの傑作『自分の名誉のための医者』では、グティエレ・アルフォンソが瀉血師を使って自分の妻を出血多量で殺害してしまう。

瀉血をしまくるやぶ医者が横行するだけでなく、犯罪にまで瀉血が利用されるとなると、反対する人が出始めても不思議ではない。『ドン・キホーテ』前編六章でも言及される人文学者で、騎士道小説も書いているアントニオ・デ・トルケマーダ(一五一〇頃―一六九?)は『風刺対話』と題する一五五三年の著作で薬剤師と医者に関する章を設け、瀉血は本当に万策尽きた臨終の時に初めて試みられるべきだとする。重症患者にのみ瀉血をするべきで、それも他の医者と相談の上だと主張するのは、やはり人文作家でカルロス一世の王室年代記作家でもあるアントニオ・デ・ゲバーラ神父だ。ここで興味深いのは、こうした文学者の批判が、実際の医学的見地からの批判に先行したということである。しかしフランスの某男爵が一五九九年にスペインを訪ねた際、スペインでは「患者への最初の医療が瀉血で、相手が人間ではなく、牛かなにか他の大きな動物ででもあるかのように、腕から大量の血を抜いてしまう」などと訴えても、スペイン側の瀉血医たちはなかなか動じようとはしなかったのである。

肝心のセルバンテスはどうか? 当然のことだが、正式なすぐれた医者を認めるのにやぶさかでないのだが(たとえば『ドン・キホーテ』後編四七章)、自分の父親のような「やぶ医者」には痛烈な皮肉や攻撃を浴びせる。幕間劇『離婚裁判官』では、ある女性が離婚訴訟を起こし、理由は、相手が普通の医者だと思い込んで結婚したら、実はとんでもない外科医、つまり瀉血をする医者だったことが判明したからだという。『ドン・キホーテ』前編二四章でも、こうした医者のことを「ヘルニア取り」と罵倒する。こうしてセルバンテスは父親の伝統的職業に批判的だったのだが、実はこれに似た話がスペイン最初の騎士道小説『騎士シファールの書』の中に見られる。作者としてフェラン・マルティネスの名が挙げられるが、謎の部分が多く、執筆は十四世紀初頭と考えられる。この作品の中で、瀉血医の息子が父親の職業を嫌ったという一節があるが(二〇三章)、これはセルバンテスの言い分と単に偶然の一致をしただけなのだろうか、それとも本作品を熟知で、騎士道小説をじっと見据えながら執筆したセルバンテスが、こんな所でも周到な仕掛けを怠らなかったのであろうか。

出版

「悪魔が人間に仕掛ける最大の誘惑の一つに、名声と金銭とが一挙両得になるような本を書いて印刷させることができると思い込ませるものがある」――これは『ドン・キホーテ』後編序文の一節である。セルバンテスが生きた時代でこうなら、さしずめ現代は気軽な悪魔だらけということになる。それはともかく、悪魔がはびこる元凶が出版活動ならば、その活動の模様を少しく見定めておく必要があろう。

言うまでもなく、精神文化の歴史の中で最大の出来事は印刷機の発明による知の拡散と、それにともなう知の深化であった。ヨーロッパにおけるその一大革命は、セルバンテスの生まれる約一世紀前に胎動を始め、後のスペイン文化の「黄金時代」もこの革命に依拠するものだった。小説家ケベードは出版活動による知の拡散を、登場人物の印刷業者を介して次のように皮肉ってみせた。「我々はスペイン語の本やラテン語の翻訳本を出すようになって、本の価値を下落させてしまった。昔だったら賢者だけが希求していたものを、愚か者が身につけてしまうのだ。今や馬丁さえもがラテン世界に通じて、馬小屋でホラティウスをスペイン語で読んでしまうご時勢だ」(小説『夢』「地獄の夢」の章)。

書物の原型となったパピルスの巻き物は別として、世界最古の印刷物は日本にある。百万塔の陀羅尼がそれで、称徳天皇の時代、七七〇年頃のものだ。とはいえ本格的な印刷、すなわち寿命の長い金属活字を採用した印刷となると、やはり一般によく知られるグーテンベルクの『四二行聖書』(一四五四年)あたりまで待たなくてはならない。

このグーテンベルクの流れを汲む印刷技術がいつスペインに渡り、どこで何が初めて印刷されたかを特定するのは難しい。従来有力視されてきた説では、バレンシアに住むドイツ人が一四七四年に印刷した聖母マリア賛歌の詩集というものだ。これは当地のバレンシア語(カタルーニャ語の方言)による詩が四〇編、いわゆるスペイン語の詩が四編、それとイタリア語によるものが一編、合計四五編からなる詩集である。本書はスペイン印刷史の重要文献として復刻版も出ている。

ところが近年、この説が揺らぎ始めた。マドリード近郊で、壮麗なローマ水道のある町セゴビアから三六キロほど北にアギラフエンテ(Aguilafuente)という寒村がある。この村で一四七二年六月上旬に、教会会議が開催された。そこでの一連の議決事項がその年のうちに活字になっていて、それがスペイン最古の印刷物らしいのだ。「らしい」と言うのは、そこに肝心の印刷年月日が印刷されていないからだ。ただし会議終了後「ただちに印刷」という言葉が見られるのと、一四七二年中に発効しないと意味をなさない条項があることから七二年後半と推定される。印刷者としてはハイデルベルクのヨハン・パリクス(Magister Iohannes Parix de Heidelberga)の名があり、事実この男性が一四七二年から三年間ほど当地に滞在した模様であることもわかってきている。『アギラフェンテ教会会議議事録』は現在、セゴビア大聖堂に保管されている。セゴビアと言えば、ずっと後になって『ドン・キホーテ』初版を出すフアン・デ・ラ・クエスタも、ここでまず印刷所を開業し、一五九九年にマドリードに転居している。

その後スペイン各地でさまざまな文書が活字になってゆく。たとえばバルセロナとサラゴサで一四七五年、サラマンカで八〇年、トレドで八二年、ブルゴスで八五年といった具合だ。そして十五世紀のうちに二六の町が印刷所を擁するに至ったという。ドイツから来たミュンスター(Hieronimus Münster)なる人物は一四九五年にサラマンカ大学を訪問し、大学図書館が所蔵する印刷書籍の見事さに驚嘆したという。むろん同市が当時実質的にスペイン唯一の大学都市だったことを考えれば、これは当然のことだ。また、ドイツで出た初版本からの転載ではあるものの、スペインで最初の図版入印刷物が一四八〇年にセビリアで出版されている。マドリードの出版活動は大幅に遅れ、一五六六年、つまり首府がここに落ち着いてから五年後のことだった。

いったんこうした状況ができあがれば、後は加速度的に発展する。ある研究によれば、一五〇一年から二〇年の間に一三〇七種の出版物がスペインで刊行され、十七世紀になると最初の四半世紀にマドリードだけで一四九〇点からのものが活字化される。初期のスペインの出版活動で特筆されるべきは、『多国語訳聖書』と呼ばれる全六巻のもので、旧約聖書がヘブライ語、ラテン語、ギリシャ語（一部分アラム語を含む）、新約聖書がギリシャ語とラテン語で並記され、さらには語彙集から補足論までそなえた見事なものだ。準備から完成まで十数年を要し、セルバンテスの生地アルカラ・デ・エナーレスでの印刷完了は一五一七年七月十日となっている。ただし市場に出るには、まだ三年ほどかかった。完成は当地での大学創設から約一〇年後のことであり、大学はまさにこの『多国語訳聖書』刊行事業に触発される形で発展を遂げ、出版事業のほうも同市に知識人が集結することを受けて発展していったわけだ。そういえば筆者の個人所蔵で最古のものも、このアルカラ・デ・エナーレス刊行のもので一五二八年に出たラテン語の書物だ。

多国語訳聖書

さてセルバンテスの時代、つまり十六、七世紀のスペインでは原稿と出版社、それに印刷所があれば本が出せるというような生易しいものではなく、いく段階もの手続きを踏まなくてはならなかった。まずフェルナンド（一四七九―一五一六年在位）とイサベル（一四七四―一五〇四年在位）の「カトリック両王」が出版事業の

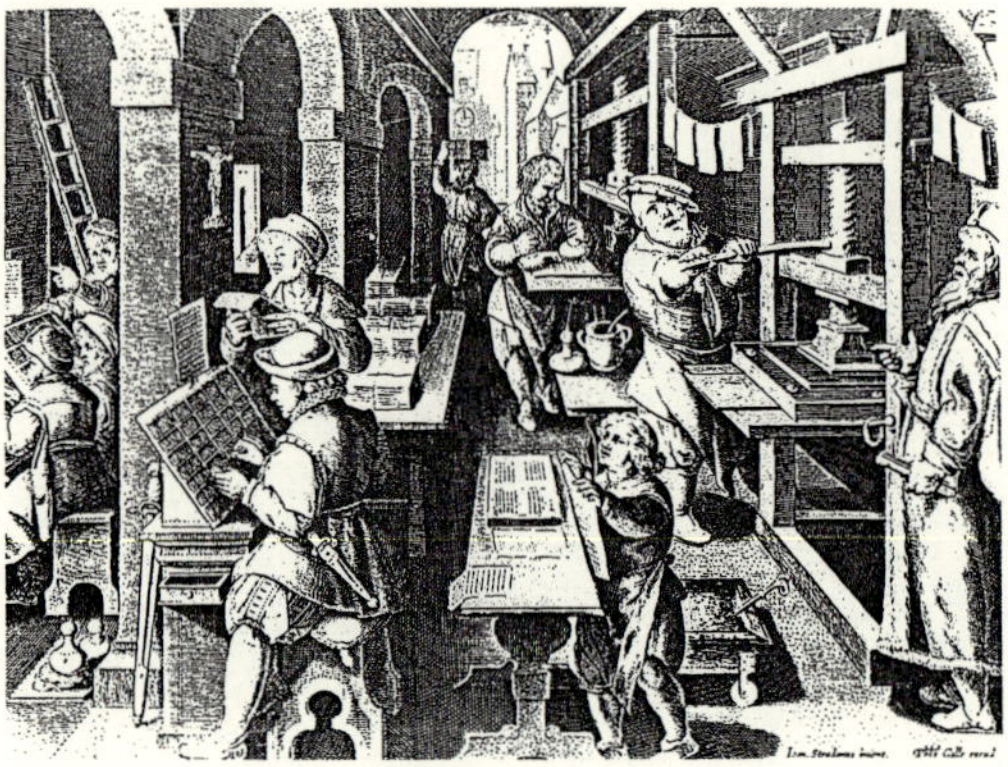

当時の印刷所の内部

重要性を認めてこれを促進し、その法的な調整を試み、一五〇二年七月八日にトレドで発布された勅令で、以後出版される書物に事前検閲をともなう認可を義務づける。この検閲を担当したのは主に聖職者だ。ただし一五五四年、カルロス一世のもとでの新法令では、検閲は聖職者から王立諮問院委員長に移行された。

次のフェリペ二世は「慎重王」と呼ばれるだけあって、さらなる細則を盛り込んだ改革を一五五八年九月七日付で発布する。この新しい勅令によると、出版社(当時の規模からすると出版人と呼んだほうが適当で、この出版人は印刷業者と本屋を兼ねることが多かった)は出版許可を得るために、原稿をまず王立諮問院に提出する。担当書記官によって検閲された原稿はページごとに朱印をおされる。審査後に原文の差し替えが行われるのを避けるためだ。さらに著作の特性を明示し、保証書を添付して異端審問にまわされる。

異端審問はオーソドックスなキリスト教に背く箇所がないかどうか審査する。断片的削除ですむ場合は該当箇所を黒インクで削り、巻末に断り書きが入れられる。もちろんあえなく焚書の場合もある。異端審問と文学作品出版との間には小ぜりあいが絶えなかった。たとえば聖職への痛烈な皮肉が見られる『ラサリーリョ・デ・トルメスの生涯』の場合には、初版出版の約五年後の一五五九年に異端審問から発禁処分を受け、七三年に一部削除のうえ刊行を認められ、もとのままの形で読めるようになったのは十九世紀になってからのことだ。『ドン・キホーテ』とて例外ではない。たとえば後編三六章の「中途半端で、いい加減に行われる慈善行為には価値がなく、なんの役にも立たない」の一節が一六三二年、枢機卿という高位聖職者から削除命令を受ける。

異端審問を通過した後、ようやく勅許状が下りて原文が印刷屋に差し戻される。ただしまだ油断はできない。これは出版を最終的に認めるものではなく、朱印がおされた原稿に忠実な試し刷りが一部だけ許されるものだ。この見本が刷り上がると、朱印のおされた原文と一緒に王立諮問院に再提出する。担当官は原文と試し刷りとの間に食い違いがないかを照合して、問題がなければ晴れて出版認可が国王の名において下りる。それでもなお教会司教区によっては、該当の教会の許可が必要とされる場合もあった。ちなみに著者が校正に携わることは通常なく、誤植探しは印刷者に任されていた。

だいたい以上のような繁雑な手続きを踏まなくてはならず、当時の出版業はお役所仕事にきりきり舞いをさせられていたことになる。最終的な許可が下りると、本の巻頭に査定書、検閲証明書、国王の名を借りた代筆勅許状、版権証明などを印刷しなくてはならない。このほかに著者序文、献辞、さらには知人による原作者もしくは作品本体を褒めちぎる詩文が書き添えられることが多かった。

査定書は平たく言えば定価だが、これは出版側で勝手に決められるものではなく、王立諮問院が質より量で売値の上限を決めたものだ。この方式はまず一五五八年にカルロス一世の末娘フアナ(Juana de Austria 一五三五—七三)によって採用が命じられ、その後フェリペ二世が輸入本の販売にまで拡大する。注意すべきは査定価格には製本代が含まれず、本体に限られることだ。

印刷に使用されたインクは亜麻仁油、テンペルチン、それに松やにを焼いた物の混合物が用いられた。また当時は現代のようなペーパー・バックはなく、通常の製本には白くて柔らかな豚の革が利用され、職人にはイスラム系の人が多かったという。

献辞だが、セルバンテスの場合もそうであったように、公爵や伯爵といった上流貴族や高位聖職者に捧げられることが多い。主な理由は出版の便宜をはかってもらったり、他人の誹謗中傷から、その貴族の名において逃れるためだ。ケベードの『夢』に冠された献辞には、はっきりと本音が書かれている。本は「書店から出て読者の手に渡ると同時に、万人の非難に晒されることになり、知識もなく理解力に劣る者にかぎって、そうしたがるのでございます」。有力者の名前が罵詈讒謗に対する防波堤になるのだ。

出版元の保護を目的とした版権の有効期限は一〇年から一二年程度で、この権利を同じ出版元が更新することは稀だった。版を重ねなければならないほど売れる本が少なかったことや、作品が売れて名が知れると、ナポリ、ブリュッセル、アントワープなどの出版社が複製版を出したり、版権を買い上げることがよくあったからだ。『ドン・キホーテ』の後編七〇章で言及されるように海賊版も珍しくなく、著作権も確立してはいなかった。

劇作家ロペ・デ・ベガのように自身の作品集二五巻のうち九巻目まで、自分の権利を取り沙汰してもらえなかった例もあるし、セルバンテスもこうした理不尽を『ドン・キホーテ』後編六二章のほか、長編遺作小説『ペルシーレスとシヒスムンダの苦難』(一六一七年)で次のように言う。「マドリードのどんな本屋(出版社)が二千ドゥカード出すと言ってこようと、私はこの本の著作権を譲ったりはしない。マドリードの本屋ときたら著作権を決まって無料、あるいはそこまでいかなくても捨て値でせしめてやろうとたくらみおって、著者のことなど頭にないのだ」(第四書一章)。セルバンテスは自著を出してくれる出版元にだいぶ懐疑的だった。短編小説『びいどろ学士』でも「(本屋は)著作権を買う時はお世辞たらたらのくせに、自費出版する作家には千五百部のかわりに三千部刷るようなひどいことをする。それに自分の本を売ってくれていると著者が思いきや、他人の本を売りさばいている」。

『びいどろ学士』も収録されている『模範小説集』を出した時セルバンテスは六十六歳、原稿報酬として一六〇〇レアルと刷り上がった自著二四冊を受け取っている。四十八歳の時に食糧調達官として受け取っていた日給が一二レアルだから、単純計算をすれば約一三三日分の収入になるが、その間一八年の物価上昇率を考えるなら、実質収入はかなり落ちよう。ちなみに当時の出版部数は一回に一五〇〇部程度がいいところだった。

こうして見てくると、当時出版業にかかわった人は、厳しいお役所と教会双方の監視の中で神経をとがらせ、ペンの力で財力をつけることが無理であることを承知の著者のほうは、お上と出版業者の双方に気をつかいながら、冒頭に引用した「悪魔の誘惑」と闘っていったことになる。出版業者はスペインの場合、さらに窮地に追込まれる。一五七二年にフェリペ二世が、『ミサ典書』と『ローマ聖務日課書』に関しては、アントワープつまりフランドル系の某印刷業者に実質的な独占権を与えてしまったからだ。この種の本の需要がスペインで比較的高かったことから、この処遇はスペインの出版業者にとって痛手だった。ある研究によれば、十六世紀初頭のスペインでの刊行物全体の約三一パーセントが神学や教会関係のものだったという。一般的に高度な精神文化が大きく展開する時、およそ意外なところで悪戦苦闘をしている人は少なくないのである。

仕立て屋

スペインの繊維産業は、その昔かなりの隆盛をほこった。生地そのものがよかっただけでなく、七一一年のイスラム教徒のスペイン侵略は赤、青、金のコントラストを強調するという色彩革命をもたらすことによって、今で言うファッションを刺激し、産業界も水を得た魚のごとく活気づいた(ただし色彩に関しては、後にイタリア・ルネサンスの影響で紫が好まれるようになり、赤と青のコントラストに柔らかみが出てくる)。

十六世紀になると絹織物と羊毛業は絶頂期を迎え、トレドでは当時三万台以上の織機が稼働して五万人の職人を数えたという。南のセビリアとグラナダでも、それぞれ二万台、北のサラゴサでも一万六千台からの織機が稼働していた。これ以外にもマラガ、セゴビア、クエンカなどが重要拠点で、羊毛はブリュージュをはじめとする外国各地に輸出されていた。たとえば十六世紀中頃には、ブリュージュに一箱一六ドゥカードの値の羊毛が年に四万箱も輸出されていたという。

ところが十七世紀になると繊維産業は急速に衰退し、特にトレドの没落ぶりは目を覆わんばかりだった。十六世紀のトレドに三万台あったと言われる織機は一六八五年に六百台という悲惨な状態にまで落ち込んだのである。

こうして見ると、十六世紀半ばに生まれたセルバンテスはスペイン織維産業の黄金時代とともに成長し、その没落に向けて人生の荒波を泳いでいったことにもなる。

さて、繊維が織物となって生地になったら仕立てなくてはならない。問題はこの仕立て屋である。十六、七世紀のスペインで、仕立て屋と靴屋ほど不当な誹謗中傷を浴びた職業はなかった。特に文学作品での差別には異常としか思えないものがある。「靴屋と仕立て屋が／揃って地獄に行きました」の一節が歌い込まれた当時の俗謡もある。

なぜ仕立て屋が差別されたかを詳しく論じる余裕はないが、その根底の一つにスペイン文化史の重要課題であるユダヤ人問題があるようだ。大まかに言うと、スペインでは同じ異邦人でもイスラム系の人間が農業に従事して閉鎖的になっていったのに対し、ユダヤ系の人は都市の住人となって同化し、次第に中産階級を形成していった。ユダヤ系の人間には、たとえば医者、商人、執務系職業、手工業に従事する者が多く、彼らは文学作品で皮肉られること度々で、特に手仕事の中でも、仕立て屋への攻撃は度を越していた。

すでに何回も引用しているアルフォンソ十世の『七部法典』の第七部二四条は「ユダヤ人につい

仕立て屋の図

て」と題し、ユダヤ人に関する偏見で溢れたものとなっている。たとえばユダヤ人は頭部にユダヤ人であることが容易に識別される目印をつけ、これを励行しない場合には金一〇マラベディーの罰金、その罰金が払えなければ公衆の面前で一〇回の鞭打ち刑に処す（一一項）などが、その好例である。こうしたユダヤ弾圧はアルフォンソ十世を起点とするわけではなく、紀元三〇〇年頃、今のグラナダ市郊外で開かれたキリスト教の第一回エルビラ公会議でユダヤへの敵対が明確にうたわれているし、四三八年に公布された『テオドシウス法典』などでも繰り返し強調されているところである。しかし中世のスペイン文化史で枢軸的存在のアルフォンソ十世が編纂した『七部法典』にこれだけ明確に掲示されているということは、やはりそれだけの重みを持つ。

十六、七世紀の文学者たちがアルフォンソ十世の発想そのものを意識したか否かは重要ではない。ここで我々にとって大事なのは、スペイン人がユダヤ人への警戒心を堅持、もしくは一層過敏にしていったことである。さらに、たとえばスペイン語とポルトガル語の両方で文筆活動を続けたジル・ビセンテ（一四六五？―一五三六？）が劇作品『ルシタニアの劇』（一五三二年）の第一部全体をユダヤ人の仕立て屋家族のあわれな様子の描写に当てているが、こうした執筆姿勢は、ユダヤ系の仕立て屋の中にその商業手腕をいかんなく発揮し、いわゆる「成り金」になった者が少なくなかったことへの反発と解するフランスの研究者もいる。

具体例に移ろう。仕立て屋攻撃の基本は技術的な未熟を指摘することだ。「この種の職人でちょうどぴったりの服を作る者はおよそいない。そのくせ、どうにもならないのを作る連中はいやというほどいる」(『びいどろ学士』)と言うのはセルバンテスだ。純粋に技術上の問題に攻撃が集中するかぎりにおいて、プロの職人は謙虚に耳を傾けなくてはなるまい。

ところが仕立てが悪いのは、端布を失敬するために布地を節約することからくる場合が少なくないというのだ。ロペ・デ・ベガなどは、嘘つき、かっぱらい、すり常習犯の仕立て屋を、執拗に槍玉にあげる。セルバンテスも負けてはいない。短編小説『リンコネーテとコルタディーリョ』では登場人物が、こんな自己紹介をする。「仕立て屋の親父が、おいらに仕事を教えてくれた。けれどもおいらは持ち前の要領のよさを生かして、鋏を使った裁断をやめて、一足飛びに他人様の銭入れをチョン切るようになったのさ」。当時のことわざにも「仕立て屋百人、粉挽き百人、織物工百人、しめて盗っ人三百人」があったし、ケベードの『万物の書』にも「仕立て屋の詐欺にあわずに済みますように」(第一話一四番)とわざわざ銘打った項目がある。ここまで悪評が定まると正直者の仕立て屋が馬鹿を見る。『ドン・キホーテ』の中では、ある仕立て屋が「あの方の悪意と、仕立て屋のもっぱらの悪評がもとで、きっと私が布地をちょっとばかり失礼するとでも思われたのでしょう」(後編四五章)と反論を企てている。

ケベードにとっては仕立て屋は偽善者の代名詞だ。寓意小説『夢』にこんな一節がある。「それ、あの仕立て屋で糊口をつないでいながら郷士ぶったなりをした奴を見るがいい。あれは偽善者で、祭日ともなれば繻子、ビロード、飾り紐に金の鎖でめかしこみおって、鋏やチャコなんかはとんと知らぬかのように化けてしまう。まともなことを言うかにさえ見えて、およそ仕立て屋風情ではなくなってしまう」(「内側からの世界」の章)。

不器用、詐欺、偽善者……中傷はまだ続く。ついに仕立て屋は悪魔の仲間入りを果たす。ケベードの『夢』所収の章「悪魔つきの警吏」で仕立て屋が悪魔にたとえられる箇所があるし、同じくケベードの諧謔詩『メンデス宛のエスカラマーンの手紙』にも「悪魔たちは魂を仕立て屋の所へ運んでゆくことが多い」とある。さらに作者不詳でピカレスク系統の長編小説『エステバニーリョ・ゴンサレスの生涯と出来事』(一六四六年初版)にも「物の怪につかれた仕立て屋の魂」(四章)という言葉が見られる。

悪魔は天国と縁を切って、生前の悪人を地獄に誘う。あくまでも辛辣なケベードは『夢』の中で仕立て屋を地獄送りにする。「仕立て屋どもは、地獄がまさに自分たちのために用意されたものだと承知のはず」とか、「地獄でくべられる最上質の薪は仕立て屋たち」(ともに「地獄の夢」の章)と決めつける。地獄送りになって火あぶりの刑に処せられる以前に、処刑の燃料として燃え尽き、燃えかすが残るかどうかも怪しい。

もう一つ興味深い例を挙げよう。いわゆるドン・フアンものの原作でティルソ・デ・モリーナの代表作と通常され、宗教上の仕掛けも隠された『セビリアの色事師と石の招客』からだ。次々に女性を口車に乗せて自分のものにする主人公ドン・フアンは、とかくプレイボーイの典型とみなされ、おまけにスペイン男性の典型とまで誤解されることが多い。主人公のドン・フアンは手ごめにしようとして失敗した女性の父親を殺してしまい、ある晩、その父親の墓に行き当たる。その晩、父親は幽霊になって現れ、自分を殺したドン・ファアンを夕食に招く。おかずはさそりとまむしの盛り合わせ、それと煮込みだ。ドン・ファアンが煮込みの中身を尋ねると、幽霊は牛の脚肉だと答える。それを受けたドン・ファアンの下男は「仕立て屋の脚肉だろう」と混ぜかえす(第三幕)。つまり地獄に落ちたはずの父親が幽霊になって現れた。その幽霊の御馳走なら、地獄の名物料理でなくてはならない。地獄には仕立て屋がごまんといる……非の打ちどころがないほど整然とした筋書きだ。

この作品の作者とされる神父のティルソ・デ・モリーナは、ちょうど『聖人と仕立て屋』と題する興味深い演劇作品を一六三五年に発表している。この作品中、執拗に論じられるテーマは、仕立て屋ごときに聖人のように立派な人物はありえないということだ。たとえば「聖人みたいな仕立て屋なんて／アダム以来このかた、いたためしがない」(第一幕一場)、「仕立て屋で聖人だって？ そんな馬鹿な！／そりゃあ白い鳥、黒い雪／暗い光、頑丈な麦藁／夜の太陽、金持ち詩人みたいなものさ」(同四場)などの痛烈な台詞が乱れ飛ぶ。両者はまさに水と油、あい容れないというのだ。

ところがこの作品、読み進むにつれて雲行きが変わってくる。有産階級の女性ドロテアと仕立て屋の主人公が「非常識にも」恋仲に陥る。そして大詰め近くなると、ついにドロテアは本音を告白する。「あなたが転職をして／今の仕事を捨てても構わないだけの／あり余る財産が私にはあるのです」。すると仕立て屋の主人公は毅然として答えるのだった。「このつましい仕事を／僕は天から授かった／だから君こそ、僕について来なくてはいけない／僕が君にではない。それは僕への侮辱なのだ」(第二幕四場)。この堂々たる一言で、ドロテアの心は完全に仕立て屋のものとなる。

スペイン文学の本流に背くような、この感動的シーンの展開する本作品のことを調べてみると、驚くべきことがわかる。十一世紀後半、仕立て屋の息子でオモボーノ（語源的に「善人」の意）という名前の人徳が高い男性が実在し、一〇九七年十一月十三日に没している。己れを滅して他人に尽くした人徳は高く評価され、没後約百年の一一九八年に、選出直後のローマ教皇インノケンティウス三世（一一九八―一二一六年在位）によって列聖が宣言されているのである。

この項目の冒頭に引用した『七部法典』より半世紀も昔に、ユダヤ系かどうかはともかく、仕立て屋が聖人にまでなっているわけだ。そして仕立て屋蔑視というスペインの伝統文学の趨勢を痛いほど熟知していたにもかかわらず、ティルソ・デ・モリーナは、その史実を踏まえたうえで敢えて伝統文学の流れに抗し、仕立て屋の職業が人となりを決定するものではないという当然すぎる主張を作品に盛り込んだのである。そしてこれは、文学のさらなる展開の可能性を示唆するものでもあったのだ。伝統を踏まえたうえで本当に自分なりの革新の道をペンで切り開いていけるのは、やはり限られた本物の作家だけなのかもしれない。

文学者たちが仕立て屋攻撃に走ったのには、実はいま一つの理由がある。仕立て屋のことをスペイン語で sastre と言うが、これは「災難」の意の desastre に掛けて使える修辞上の利点があったからだ。サラス・バルバディーリョ（一五八一―一六三五）の幕間劇『ベントーサ夫人』から一例を確認するだけにとどめておこう。「なんてひどい職業なんでしょう、仕立《サストレ》て屋って／悪い結末はすべて災難《デサストレ》呼ばわりされるんですもの」。

旅籠

「長旅は人を慎み深くさせる」――これはセルバンテスの『びいどろ学士』の一節である。人は太古の昔から旅をし、実に多くのことを学んできた。がしかし、いわゆる名所旧跡を探訪したり、羽を伸ばすための観光旅行らしきものが始まるのは、十九世紀末もしくは今世紀初頭のことだ。『ドン・キホーテ』の中にいくら大勢旅人が登場しようと、物見遊山の人は一人もいない。遍歴の騎士たるドン・キホーテ本人も世の不義を倒す一大使命を負っていた。つまり昔の旅行者は、なにか特定の用事、義務を果たすために旅をしていたのである。

いわゆる観光旅行が行われなかった理由は、人々の関心を掻き立てる「外」の情報を欠いていたこともさることながら、今と違って旅が大変だったからだ。十六、七世紀あたりのヨーロッパの道の悪さには定評がある。たとえばパリ・マドリード間約一二〇〇キロはひと月近くの旅程だった。海上の旅のほうがずっと早い。風向きさえよければ、一日二〇〇キロの航海も可能だったからだ。

スペインの国内旅行の場合には海というわけにもいかず、陸路が基本だ。ドン・キホーテは郷士の身分であるがゆえに、聖職者と同じように騾馬に乗らなければならないはずだったが、みずから騎士を決め込んでしまったがために、身分不相応な馬に乗って旅をしてしまう。フランドル地方から持ち込まれた馬車が十五世紀の末におめみえするが、それは文字通り特権階級のものであって、マドリードを中心とした近郊定期馬車が登場するのは、十七世紀に入ってからのことでしかない。

当時の旅の様子に関しては、たとえばスアレス・デ・フィゲロアの『旅人』以外にファン・デ・ティモネーダ(一五二〇?－八三)の物語集『旅人たちの食後の団欒と息抜き』やアグスティン・デ・ロハス(一五七二?－一六三五?)の長編小説『愉快な旅』などに生き生きと描写されているが、作品名とは裏腹に、作中では旅の苦労や災難が執拗に語られている。

日本でも昔の旅行者に通行手形が要求され、関所越えでは神経をつかわなければならなかったことがよく知られるが、十六世紀のスペインでもパスポートの原形と呼べそうなものがあって、これは十七世紀になっても変わらなかった。我々がとかく「スペイン」の一語で理解してしまいがちなスペインが、一四九二年の表面的統一にもかかわらず、実質的には「諸国」に分かれていて、カスティーリャ、カタルーニャ、アラゴンなどがそれぞれ別種の法律を堅持していたからだ。

合法的な通行証か有力貴族の紹介状でもあれば旅に支障はなかったはずなのに、やはり実際の旅は大変だった。スペインの場合、その苦労の元凶が旅籠だった。当時スペインを旅する者はビリューガが一五四六年に出した『スペイン全道路便覧』、あるいは郵便配達で全国をまわったメネーセスが一五七六年に出した『道路便覧』を頼りにすることが多く、それに従って宿を探し求めたのだが、旅の疲れを癒すことのできる宿泊所を見つけるのは至難だった。周知のように、聖ヤコブの道を巡礼するために、フランス人をはじめとして大量の外国人が中世来スペインに入りこんでいるが、その頃からスペインの宿泊施設の悪さは有名で、たとえばイギリスで自国の宿泊施設のすばらしさを讃えた記録が十四世紀からあるのとは、まさに対照的だ。

十六、七世紀のスペインでは、大別して三種類の旅籠があった。だいたい街道筋にあるベンタ（venta）、町や村の中にあって、ある程度社会的地位のしっかりした人が泊まる宿ポサーダ（posada）、同じく町や村の中にある簡易宿泊所で庶民が利用するメソン（mesón）だ。ところがフランスのドノア伯爵夫人は、スペインの宿泊施設がとにかく概してお粗末だったことを指摘している。具体的に言うと、まず個室はなくて雑魚寝があたり前、ベッドは仮にあっても隣の宿泊客との間にカーテンの仕切りはない、シーツは大きめのハンカチ程度だったという。おまけに蚤と南京虫に悩まされどおし。冬は寒くて寝室でじっとしてもいられず、火の気のある台所に暖を取りに行くと、釜が煙突にうまく連結していないので息が詰まって、おまけにススだらけになったという。

諸外国を外交官としてまわったゴンドマール伯爵（Gondomar 一五六七―一六二六）もセルバンテスの死んだ一六一六年にスペインの宿の劣悪さを嘆き、「スペインではブドウ酒の革袋と食糧を持参し、地べたに寝なくてはならない」と言う。こうした現状はもちろん文学作品の中でも言及されている。カルデロン・デ・ラ・バルカの幕間劇『時計と旅籠の性癖』には「楽になさってください／この固い床の上で野営と行きましょう」とある。素性のよくわからないフランスの旅行者ジュヴァン（A. Jouvin）が一六七二年に出版した旅行記によると、女性は特別の事情がない限り、二泊以上できなかったらしい。

とにかくここまでひどいと、スペイン本国から内部告発が出るのも時間の問題だ。一六二〇年にリニャン・イ・ベルドゥーゴが『都を訪ねる異郷の人の案内と警告』と題する大変興味深い本を出しているが、その中で著者は、利発で年配、それにキリスト教徒として立派な考えをもった人が経営する宿を探すようにと強く勧める（警告一）。裏を返せば、それだけ悪質な宿が多かったことになろう。ちなみに同じく警告一に少々気になることが書かれている。「塩は本当の親愛の情の象徴なので」、宿屋はまず来客に塩がいっぱい詰まった小さな塩入れを提供するという。筆者の乏しい読書体験では、来客の到着早々に宿主が塩を出す光景はあまり記憶にないのだが。

それはともかく、前節の仕立て屋ほどではないが、旅籠の経営者も文学作品の中で徹底的に攻撃される。悪質な嘘を平気でつくというのだ。マテオ・アレマンは『グスマン・デ・アルファラーチェ』の中で旅籠の主人を指して「凶悪で良心をなくした人」（前編第一書七章、同じく五章でも「嘘つき」と非難）だと決めつける。『ドン・キホーテ』前編一六章では「慈悲深くて他人の不幸に同情する」宿屋の女将が登場するのだが、セルバンテスは宿屋の女将でこういう人は稀だと注釈をつけ加える。その他、同じく『ドン・キホーテ』前編二章や後編五九章などでも旅籠の不備、接客態度の悪さが俎上に載せられる。

宿の食事に関しては、意外に面倒なことがあった。セルバンテスの短編『身分高きはしため』で、泊り客が宿に夕食を注文すると、宿側は客が持参したものを料理するだけだと返答してくる。これは実際によくあったことだ。十七世紀中頃にスペインを旅したブリュネル(Antoine de Brunel)も同様の指摘をする。「すぐに我々はその国〔スペイン〕なりの旅の仕方を身につけなくてはならなかった。それは自分たちが食べたいものを要所要所で買いに行くことだった」。宿泊客からすると、ずいぶん面倒な手間だが、肉やブドウ酒に法外な料金をふっかける旅籠が少なくなかったために、食事を出すことを禁じられた旅籠が相当数あったからである。ただし、旅行者F・ベルトによれば、マドリードからセビリアまでは、かなり質の高い宿があって、客が食事の材料を持参しようが、宿の側で用意した食事を食べるシステムになっていたという。食事の内容が地方や宿によっても異なるのはあたり前なのだが、肉の場合にはうずら、鶏、羊、魚の場合には鯛が多かったようだ。

食事の心配もしないで投宿できればいいが、旅人は通常、次のような段階を踏まなくてはならなかった。宿で部屋の有無を尋ねて、幸い寝ぐらにありつけた場合には、ちょうど『ドン・キホーテ』後編五九章でサンチョ・パンサがやったように、自分で荷を降ろして部屋に上げ、馬もしくは騾馬をやはり自分で馬小屋に連れていって餌を食べさせる。そして自分たちの食糧がなければ買いだしに行って、宿主に渡して料理してもらう。その後で共同の食堂を使って、ようやく食事にありつける。渡した材料がそっくりそのまま料理されて自分の胃袋に納まるかどうかは、もちろん保証の限りではない。

ともかく、旅行者は宿の居心地にも食事の内容にも期待しすぎないほうがいいどころか、旅籠に宿泊すること自体を不可避の災難とみなさざるをえない場合が多かったようだ。ドン・キホーテとサンチョが旅籠に泊まると必ずといっていいほど面倒に巻き込まれ、あるいはみずから面倒を起こし、野宿を余儀なくされた場合に愚痴が比較的少ないのも決して偶然ではない。野宿を覚悟のサンチョ・パンサは、わずかであれ食糧と革袋入りのブドウ酒を肌身離さず携帯する。これは、かりに宿を見つけたとしても前述のような事情から、差し当たってひもじい思いをしないですむための自衛策でもあった。

文筆家やフランスの旅行者による当時のスペインの旅籠の状況描写には、多少の誇張があることも考えられよう。しかしながら、たとえばフランスの旅行者たちの否定的な視点をスペイン側から修正しようとした者の文献を読んでも、「これは実は自国のお国自慢をするためにスペインを低く描写したもので、一面だけを誇張したのに過ぎない」という程度の指摘があるだけで、その一面的な視点を修正するに足るだけの具体的な論拠も示さない場合がほとんどである。さらには彼らスペイン擁護派も、当のスペイン人作家による宿の非難には口をつぐんでしまうのは、なんとも不思議なことである。

売春

売春といっても、その歴史的変遷と社会的機能は複雑怪奇をきわめる。そしてまた興味本位の説明のための素材なら無尽蔵にあるのも、この売春である。後期ロマン派の詩人ベッケル（一八三六―七〇）は世界に美しい女性がいるかぎり詩があると言ったが、この世に女性がいるかぎり、否、弱き女性がいて、その女性を金ずくでも征服しようとする男性がいるかぎり、売春は存在し続ける。

売春とは何か。ここに一つの明快な定義がある。「売春とは、婦女が、金銭を対価として、自由意思で、拘束されることなく、常習的・反復的・かつ不断に性的交渉を行なうことである。そして、この行為以外に生活の手段をいっさいもたず、性的交渉の対象は求められればいかなる相手であろうと選択しあるいは拒絶することはなく、喜びでなく、ただ金銭の獲得を本来の目的とする行為である」（J＝G・マンシニ著『売春の社会学』、寿里茂訳）。明快さが仇になって、たとえば今でいう単なるアルバイト風の売春などは、この定義から漏れて「売春」ではないことになってしまう。

ただ女性が己れの肉体を男性の情欲のはけ口として提供し、はけ口となった代価として金銭を受け取ることが基本であることには変わりがない。ルイス・デ・アラルコンの芝居『疑わしき真実』で、下男がご主人様に忠告する。「そんなわけですから、彼女たち〔売春婦〕のことは信用なさらず／ご予算だけをお持ちになることです／こうした女どもの狙いは／ただ一つ、お金だけなのですから」（第一幕）。ケベードも言うように、お金が絡むとろくなことはない。『夢』の一節を見よう。「女どもは男の金の後を追い、男どもは女と自分の金の後を追い、互いにぶつかりながら地獄に落ちていった」（「地獄の夢」の章）。作者不詳の当時の民衆詩で、やけを起こした女性ウラーカが、父親のフェルナンドに次のように言う箇所がある。「この身体をあげてしまいましょう／私の気の向くままに／イスラム教徒には有料で／キリスト教徒にはお恵みで」。これは一時的に自暴自棄になったための発言と理解しよう。

売春宿の情景

自分の懐を痛めて女性を「買う」以上、男は「いい買い物」をしたい。フランシスコ・デリカード（一四八〇頃―一五三四頃）は傑作小説『アンダルシアのあばずれ女』（一五二八年）で数多くの売春婦を描きながら、美しい売春婦のことを「神が手造りなさったもの」(第一二帖)と言う(ただし古文のスペイン語では「手造り」には「償い」の意もある)。神が手造りしたほどの素晴らしい売春婦がいるとしたら、その女性に近づくのを「神の恵みにあずかる」ととるか「神への冒瀆をも恐れぬ行為」ととるかは紙一重である。デリカードが本作品で描くローマの売春婦は、ドイツ、フランス、スペイン、そしてお膝下のイタリアの各国から集まってきている。そして主人公の女性が男性の旅人に、売春婦のうち「人柄が一番いいのはどこの国の人かしら?」と尋ねると、旅人は「スペイン女が最高で、非の打ち所がない」(第二二帖)と答えるが、これは作者の我田引水と理解するしかあるまい。

売春婦の等級づけが国別ではなく、具体的人名を挙げて行われる時もある。作者不詳の詩で、セビリアの売春婦らしき女性のランク付けをした作品がある。「私に言わせりゃ/イサベル・デ・トーレスが一番」に始まって、以下延々と実名が登場するのである。先に引用した『アンダルシアのあばずれ女』第二〇帖では、「情熱的売春婦」、「献身的売春婦」、「厚化粧売春婦」、「日曜売春婦」、「既婚売春婦」、「信心深い売春婦」、「不死身の売春婦」等をはじめ、数十種もの売春婦がおもしろおかしく羅列されている。

男が「いい買い物」を狙うなら、女はできるだけ「いい値」で自分を売ろうとする。ロペ・デ・ベガの作品『ラ・ドロテア』で主人公の女性に母親の友人が説教をする。「すべては勉強よ。男をだますほどたやすいことはないんだよ。だいたい悪いのは男のほうなんだよ。連中は私たちが才能を存分に発揮できる学問を私たちから取り上げちゃってるんだから、こっちは男を騙すのを身につけるだけよ」（第五幕一〇場）。

以上は文学作品を通して売春を見てきたのだが、ここで実社会に目を移そう。スペインも御多分に漏れず、太古の昔から売春が横行している。そしてそれがあまりに日常化していたためか、当時は売春婦そのものが攻撃されるというよりも、むしろ売春の仲介人を扱ったものが多い。例の『七部法典』の第七部で性の問題が詳論されているが、姦淫（一七条）、近親相姦（一八条）、売春仲介者（二二条）といった具合で、売春婦そのものはなかなか登場しようとしない。

サラマンカをはじめ大学のある町には必ず、かなりの規模の売春街があったし、学生寮に売春婦がかよった例もある。セルバンテス自身も一時入っていたセビリアの有名な牢獄にも売春婦がかよった記録がある。また戦場に向かう兵士と一緒の、いわゆる慰安婦も十六世紀以降容認され、一六四〇年頃には軍人総数の八パーセントまで認められた。

十七世紀中頃、マドリードの終夜営業の売春宿は八〇〇という驚異的な数字に達していたという。当然さまざまな弊害が出てくる。家系が「持てる者」と「持たざる者」の二つしかない以上、持たざる女性は売春に走りがちだ。そこでフェリペ二世の統治末期までは、女性が売春活動に入ろうとする場合、司法判事の所に出向いて、自分が十二歳以上であること、処女でないこと、身寄りがないことを訴えたうえで正式な許可を得ることになっていたという。しかし、このような正式な手続きを踏む女性はほんの一握りだったことは想像に難くない。

スペインに数ある売春街のなかで、一番有名だったのは東海岸バレンシアのそれだった。フランドルの貴族ララン（Antoine de Lalaing）は一五〇一年にこの町に立ち寄って、町の売春区域の見事な管理ぶりに驚嘆した記録を書き残している。その区画は城壁風のもので取り囲まれ、出入口は一か所だけ。来客が刃物を持っている場合には、それを入口で預かった。余分なお金も事故を避けるために一時預かりをするという念の入れようだ。もちろん客が帰る際には耳を揃えて返却する。区画内には通りが三、四本あって、どの家にもあでやかな装飾が施され、着飾った売春婦がたくさんいた。しかも市から給料を貰った医者二名が健康管理に当たっていた。ちなみにこの売春区は長年にわたって栄え、十七世紀の後半になってすたれたものの、最後まで七人の売春婦が居座り続け、最終的にその七人も改心して修道院入りしたという。一六七〇年に庭つきの民家、さらには火薬貯蔵庫になって一五〇年以上の長きにわたる歴史の幕を閉じたのだった。

売春の横行は性病の蔓延、金銭のいざこざ、いわゆる「ひも」との衝突などをたちまちに引き起こす。売春の法的な禁止が非現実的だとすれば、売春婦の社会生活を困難にさせて客をとりにくくする対策が考えられる。そのあたりの政策と現実とのいたちごっこを少し眺めてみることにしよう。

古くは一三八三年、売春婦に防寒用のマント着用を禁じ、そのかわりに売春婦とわかるようにタオル程度の短いものを羽織るように義務づけている。この短いマント使用は、その後も執拗に強調され、セルバンテスの時代になっても赤くて短い肩かけが義務づけられたほか、引きずるような長い服や踵の高い靴が禁じられたり、教会の小さな布団に跪いて祈ることを禁じられたりしている。

こうした規制に素直に従っていては売春婦の生活は成り立たない。一方、規制する側では、この類の規制が効を奏さなければ、もっときめ細かく市町村単位で規制を試みる。一五二〇年、北のバリャドリード市は公道、宿、居酒屋で客引きをしてはならないとのお触れを出したが、効き目はさっぱりだった。売春婦が、取り締まり担当の警察と癒着していたからである。

南のセビリアは別の規制を打ち出した。一五二六年および翌年の条例で、春の聖週間の間の休業、一週間ごとの医者の検診、さらには例の赤く短いマント着用を義務づけた。この最初の二つの条項は後の国王フェリペ二世の賛同を得、一五七二年、七五年にそれぞれ売春規制が打ち出された際に、そのまま盛り込まれた。フェリペ二世は新しい条項をつけ加えることも忘れなかった。キリスト教で言う「四旬節」の四〇日の期間中に教会に行かせて神父の説教をもって反省させ、最終的には修道院入りを勧めるというものだった。

売春婦の中でも、以前に引用したアントニオ・デ・ゲバーラ神父の『親密書簡集』の中で言及されるような売れっ子になれば羽振りもよくなる。そこで一六一一年の法令では、お金があろうとも売春婦には馬車利用を禁ずるとともに、女性は顔全体を見せるべしとした。売春婦の多くが、あたかもイスラム教徒の女性よろしく顔を隠す風潮を正そうとしたものだ。売春婦たちが、すんなり従うはずはなかったのだが。

一六一六年のセルバンテス死後もいたちごっこは繰り返される。一六二〇年、売春婦に対する衛生管理法の施行が試みられたり、翌年の法令では売春婦はその職業がわかるように、今度は赤ではなく黒の短いマントを身につけるよう指示される。それまでのいたちごっこを振り返れば最初から虚しいに決まっている法律を、国王フェリペ四世は一六二三年二月四日に出す。売春宿の全面廃止だ。守らなければ五万マラベディーの罰金を課す。冷めた見方をするなら、罰金を徴収することだけが目的としか考えられない。九年後の三二年にも同じような法律が発布されたが、実質的な意味はなかった。

法的規制とは別に、仕事の虚しさに耐え切れず、深い悔恨にとらわれる女性も数多い。しかし宗教的な罪は言うに及ばず、社会道徳的にも赦されがたい罪を犯してきた元売春婦を、社会が暖かく迎えてくれようはずもない。十四世紀に、フランシスコ会第三会の修道女ソリアナ(Na Soriana)が、売春から足を洗った女性たちのための「悔恨者たちの家」を創設し、後に行政側からの援助も得て拡張される。

その後、次々にこの類の善意の施設が増設されてゆく。たとえばマドリードにも一五八七年にでき、一六二三年には大幅に拡張される。そのうちに修道会とは本来関係のない篤志家も救済に乗り出す。好例が一六七八年に南の町カディスに、未亡人のスサラーガ(Jacinta Martínez Zuzalaga)が創設した「隠遁の家」だった。

しかし売春に対するざる法が次々に出され、そのうちに元売春婦を庇護する施設が修道会や篤志家の尽力で急増したこと自体が、まさに逆説的にスペインにおける売春婦の数の多さを物語っていよう。社会問題としての深刻さとは別に、スペインの文学者にとって、売春は格好の素材であり、正面から取り上げないまでも、作品に適度な味付けをはかるのには、まことに便利だった。セルバンテスのように正義感の強い作家とて例外ではない。ドン・キホーテは皮肉を込めながらも、売春斡旋を「慎み深い人の仕事で、秩序立った国家には必要この上ない」（前編二二章）と言い、ロペ・デ・ベガも売春斡旋を「誇り高き仕事／（中略）／平和と一致をはかる／これぞ立派な職務」（『死ぬまでの友』第一幕）と評し、相変わらず諧謔精神の旺盛なところを見せる。

ただし、こうした一連の文学者の姿勢を単なる諧謔精神とするのは、あまりに近代的な解釈にすぎるかも知れない。根本的には大真面目な視点が潜んでいると読めるのではあるまいか。たとえば教会博士として知られる聖アウグスティヌス（三五四－四三〇）が初期の著作『秩序論』（*De ordine* 第2書4章、三八六年）で、偉大な善や美の枠組みの中においては多少の醜や悪にも一定の評価を与えうると指摘したが、文学者たちの表面的な諧謔の底にこの視点に通底する立場が潜んではいないのだろうか。一定の状況において、売春婦の存在が、より大きな悪を妨げるために効果があると考えられていたのなら、その悪を必要悪として目をつむるのも人間臭い処世であるに違いない。『七部法典』が売春ではなく、強姦、不倫、男色をまず問題にするのも納得のいくところだ。ざる法と知りながらも行政側は己れの主導的立場を確保すべく規制を出さざるを得ないし、文学者もそのあまりに人間臭い駆け引きに沈黙するわけにはいかない。筆者が所蔵する事典類の一つに、十九世紀にスペインで出版された全一〇巻の大部の教会学事典がある。この事典で「売春」の項目を引くと、現行の法律で売春を罰していないのは、売春婦は周囲の人に低く見られ、それだけですでに十分な社会的制裁を受けているからだとある。苦しまぎれのこの解説に、一種の文学上の修辞さえ読み込むのは、決して筆者一人ではあるまい。

第3章　食の研究

ルイス・デ・ゴンゴラ（Luis de Góngora y Argote 1561-1627）

食習慣

レヴィ＝ストロースを引き合いに出すまでもなく、食は生存のための必要最低条件であると同時に、高度な文化現象である。文化現象であるがゆえに、食は時代と人の違いに応じてさまざまな表れ方をする。

金持ちが財力ゆえに飽食暖衣し、貧乏人が貧乏ゆえに質素なもので空腹を凌ぐのは、いつの世でもほぼ決まった定式ではある。ただし、この現象を正当化する理屈は時代によってさまざまである。中世の身分制社会においては、食は身分と関係づけられた。各人は身分相応のものを食することが必要だった。つまり財力があるゆえに豪勢な食事をするというより、身分に相応したものを食べることを必然的に要求したのである。下層階級がなんらかの偶然で美食に走ることは、下層階級としての「任務」を逸脱することであり、通常考えられるより厳粛な意味でルール違反なのだ。トマス・アクイナスの思想をも連想させるこうした発想がスペインで確立したのは、十四世紀後半あたりのようだ。

貧乏人は貧乏人らしい食生活を送る——たとえば食べ物に「にんにく」、「玉ねぎ」などを多用するのは、低い身分の積極的な証だった。ドン・キホーテがサンチョに「臭いでお前が平民の出であることがわかってしまわないように、にんにくと玉ねぎは食べるな」(後編四三章)と言ったり、某女性がサンチョ・パンサを「このにんにく漬け男」(後編三一章)とののしってみたり、ピカレスク小説の『ラサリーリョ・デ・トルメスの生涯』で食べ物に困った主人公が「ベルサ菜のしんをいくつか食べて朝食にした」(第三話)と言うのは、きわめて直截的な形で社会的地位を読者に訴えていることになる。

ドン・キホーテはサンチョに「清潔にしていて、爪を伸ばしたりせずにちゃんと切ること」(後編四三章)を命じるが、これとても今まで説明したことに通じる。つまり当時は立派な家系に生まれた人に限って爪を伸ばしたままにする習慣があった。したがって、ここでのドン・キホーテはサンチョにただ綺麗好きになれとだけ言っているのではなく、低い身分相応の生活態度を守れと命じているのだ。

逆もまた真なりだ。武士は食わねど高楊枝は、いったん確立した身分制度が歪めば歪むほど、顕著に現れる。好例がラサリーリョ少年が仕えた三番目のご主人で、落ちぶれたと言えども準騎士。空腹を抱えながらも藁の楊枝を用いる(同じく第三話)。ケベードもピカレスク小説の『ペテン師』で、負けず劣らずの見栄っぱりを描く。満腹のふりをするために、あらかじめ用意したパンくずを口髭や服にわざと振りかける空腹男を登場させるのだ(第三部二章)。いずれも滑稽でありながら、悲しくも厳粛な儀式なのだ。

飽食も度を過ぎれば金の無駄遣いになり、ひいては国家存亡の危機を招きかねない。この問題を本当に国家規模で思索展開したのが、以前にも引用したフェルナンデス・ナバレーテの『国家維持論』だった。昔のスペインはよかったが、なまじ新大陸発見をきっかけに領土を広げるようになって以来、飽食だけでなく、スペイン人に合わない食物が新大陸から持ち込まれて病気が蔓延してきている。これ以上に食べ物で浪費を重ねると、国家存亡の危機に至るというのだ(第三六講)。

飽食すなわち食べ過ぎを禁物とする戒めは、スペインでも日本でも共通する。一六一五年から翌年にかけて奇妙な辞書が出版されている。ファン・ソラパン・デ・リエーロス(一五七二―一六三八?)編の『我らが国語の通俗なることわざに盛り込まれたスペイン医学』がそれだ。本書に「たくさん食べると食べる量が減る」(ことわざ二)という奇妙な格言が載っている。大食漢は自分の寿命を縮めてしまうがゆえに、一生で考える

『我らが国語の通俗なることわざに盛り込まれたスペイン医学』扉

と結果的に食べる量が少ないというのだ。この発想はスペインの中世からないではない。ラモン・リュルの『千のことわざの書』にも「食いしん坊は長生きせず」(四二章)などのことわざが収録されている。こうした訓戒をいま一歩進めたのがマテオ・アレマンの『グスマン・デ・アルファラーチェ』で、「食べ物の種類と量が多いと有害な体液が発生して、それが重病や致命的な卒中を引き起こす」(前編第二書四章)とある。

さて飽食への警戒を踏まえたうえで食卓に移ろう。スペインでは十八世紀まで、一般家庭には贅沢な「食堂」はなく、背が低くて運びやすい丸テーブルを食事の場所に運ぶのが普通だった。典型的なテーブルには引き出しが二つあって、片方にはパン、塩入れ、ナイフ、もう片方にはテーブル掛けとナプキンが入っている。ナイフと言っても食べる時に個人が直接使うナイフが一般に浸透するのは十七世紀後半、すなわちフェリペ四世の時代になってからで、それまでのナイフは大きな肉などを切って分けるためのものだった。今使うようなスプーンはナイフより早く、十六世紀に食卓に登場している。

食堂が一般家庭になかったことを考えれば、ロペ・デ・ベガの作品に次のような台詞があるのもよくわかる。「テーブルを持って来なさい／それからリサルダとベリーサに／早くテーブル掛けを掛けるように言いなさい」。さらに夕食後に「遅いからテーブルを片付けなさい／客人がお休みになりたかろう」(『平民は自分の片隅で』第二幕)。食卓についてもう一つ興味深いことがある。パーティーのように特別な機会以外には、婦女子が主人と一緒に食卓につくことはなく、国王夫妻も食事をとる場所が原則的に違った。南のアンダルシア地方では特にイスラムの影響のせいか、婦女子は主人の脇にしゃがみこんで、小さなクッションに寄りかかって食事をする習慣があったという。

食事の中身と時間に関しては、さきに述べた身分差は言うに及ばず、地方差や個人差が大きい。敢えて大筋をたどってみよう。まずは朝食だ。コロンブスが新大陸を発見した一四九二年に生まれ、スペイン思想史で重要な位置を占める人物にフアン・ルイス・ビーベス(一四九二―一五四〇)がいる。思想的に円熟期を迎えた頃、ビーベスは通常の執筆姿勢から外れるような本をラテン語で執筆した。『ラテン語演習』(一五三八年)がそれで、通称『会話』の題で知られる。ラテン語学習の副読本だ。本書には食事の習慣について興味深い事項が数多く指摘されている。たとえば朝食は、未精選の小麦から作ったパンに油をつけたものと、季節の果物だという(会話七)。『ドン・キホーテ』後編で

フアン・ルイス・ビーベス

サンチョ・パンサは公爵夫妻の口車に乗せられ、ある島の執政官に着任したことになって、しばらくは客人扱いを受ける。そこで起床すると、「医者のペドロ・ルシオの命令で、砂糖づけの果物をわずかと冷水四杯の朝食をとらされたが、サンチョはそれをパン一切れぶどう一房と引き換えにしたいものだと思った」(後編五一章)とある。

その他、実にさまざまな朝食がある。起き抜けの水を

一杯飲みほしてから、ココアで朝食はおしまいとするものから、豚の腿肉を朝食に食べたとする文献まで、まさに多様だ。ゴンゴラの有名な詩には「冬の朝には／オレンジ・ジュースと焼酎」の一節がある。目覚めの焼酎はかなり普及していたらしく、さまざまな文学作品で言及されている。オレンジの皮で作ったジャムと一緒に焼酎を飲むこともあった。サバレータの『祭りの日の朝』には、食いしん坊が朝食をとる様子が描かれている。ベッドの上であぐらをかいて膝にナプキンを掛け、肩からは別の布を掛けている。パンを手でちぎりながら食べ、さらに朝食の皿を運んでくるのを待っている(一三章)。残念ながら、「朝食の皿」の中身までは説明されていない。

現代のスペインでは昼食が二時頃の場合が多いが、昔からスペインの昼食が遅かったわけではない。幅はあるにせよ十二時前後が基本だ。時計が十二時を打つのを聞いて昼食を食べたくてたまらなくなる話がケベードの『ペテン師』(第三部二章)にあるし、十六世紀前半に活躍した文人ペロ・メシーアの『対話集』にも「今時計が十二時を打ったところだから(食事の準備に)手間取ったなどとはおっしゃらないでしょうな」(「接待に関する第二の対話」)の台詞からも推察される。『ラサリーリョ・デ・トルメスの生涯』第三話では、午後一時過ぎに帰宅し、自分が腹ペコなのでご主人様に昼食の用意を言いつけられるのを期待したものの、ちっとも言いつけられず、二時になっても主人がその気配を見せてくれないので絶望する様子が巧みに描かれている。先程のサバレータの作品には午前十一時をまわると食い道楽仲間が昼食の材料を持ち寄るかと思えば、午後二時まで外で雑談をしていて、帰宅してから昼食の用意ができているかどうか尋ねるシーン(ともに一三章)もある。

いずれにせよ後者の二時は当時にしては遅すぎると理解すべきだろう。先に引用したリニャン・イ・ベルドゥーゴの都会案内の本には、午後二時に昼食に戻ったのに、まだ食事の用意ができていないと腹を立てる男の話が出ている(警告七、「小説と訓戒」一二)。昼食の中身は朝食と比較にならないほど多様になるので、ここでは立ち入ることは控えて、ひとまず夕食に移る。

現今のスペインでは夜十時の夕食が普通だ。ところが前出のビーベスの『会話』にはこんな一節がある。「もう六時? さあ、みんな働くんだよ、さあ、本はどけて。急いだ、急いだ。食卓の用意だ。椅子はこっちだ。テーブル掛けを広げて、それとナプキンもだ。パンを切るんだよ」(会話七)。現在とはだいぶ様子が異なる。ところが国王フェリペ二世が自分の子供に宛てた書簡に「以上でこの手紙も終わりにする。夕食が食卓にのっているし、八時をまわっているからだ」とある。早めの夕食をとっていたとすれば、「今は十一時、寝ることにしよう/あとは明日」などという一節がバルタサール・デル・アルカーサル(一五三〇―一六〇六)の長編詩『夕食』にあるのも不思議ではない。今と較べて夕食が早かった理由の一つとして、前出ソラパン・デ・リエーロスの医学ことわざ集にもある「健康な生活を送りたい者は、昼を少なくして夕食は早く」(ことわざ七)の発想が定着していたことが考えられる。ただし十七世紀の資料として、男性が夜の十一時過ぎに帰宅して、ベッドで簡単な夕食をとっていたと、こちらを当惑させるようなデータもあることを、つけ加えておこう。

夕食には温かいものを避けたようだ。一六三三年にスペインを訪れたドイツ人も、スペイン人で夕食に温かいものを食べる人は誰一人としていないと書き記している。そう言えばティルソ・デ・モリーナの『聖人と仕立て屋』でも、夕食が熱くないことを妙に強調して「冷たいレタスを二つ、それから生ぬるい目玉焼きを一つ」(第二幕二場)と断っている。この実例は別にしても、夕食はパンとチーズ、時にはぶどうや干しぶどう程度の質素な場合が多かった。質素と冷たさが共通項だろうか。ドン・キホーテもサンチョ・パンサに「昼食は少なめにして夕食はさらに慎め。身体全体の健康は胃袋の中で調節されるのだからな」(後編四三章)と忠告する。ところが周知のように、ことわざに類するものには一八〇度矛盾するようなものが多い。ソラパン・デ・リエーロスが集めた別のことわざに「昼を少なく、夕食をもっと多くすれば安眠が得られる」(ことわざ九)とか、しっかり夕食をとらずに胃や頭をからにして寝ると、よく眠れなかったり、くだらない夢を見ることが多い(ことわざ八)などがあるのだ。おまけに就寝前には水分を十分に補給するよう勧められていた。

こうして見てくると食事の時間帯に関しては、ある程度つかめてきたものの、昼と夜の食事の比重については逆に混乱させられる。実際の資料に矛盾がある以上は仕方がない。昼食と夕食に関しては、さらに混乱させられることがある。先に言及したドイツ人の記録に、スペイン人は「昼食しか食べない」ともあるからだ。これではスペイン人は「夕食に温かいものを食べない」とした当人の発言そのものとも矛盾する。温かいものを食べない限り、このドイツ人からすると食事のうちに入らないのだろうか？　この問いへの直接的な答えにはならないが、ビーベスの『会話』にも注目すべき発言があるので訳出しておこう。「昔の人のように夕食しかとらない人もいれば、他方、近代の医者たちの言うことにしたがって昼食しかとらない人もいることを君たちは知っておいてくれ。そしてまた、ゴート人の習慣にならって昼に昼食、夜には夕食をとる人もいる」(会話一四)。

昼食と夕食双方を食べて一日二回の満腹を体験する習慣が、五世紀初頭にスペインに入ってきたゲルマン系のゴート族によってもたらされたか否かは、筆者は寡聞にして知らないのだが、十六世紀前半に書かれたビーベスの文章から少なくともわかることは、現代のように昼夕食双方を食べるのが当たり前というのは、必ずしも普遍的な習慣ではなかったということである。生理現象の空腹も、文化習慣によって左右されることが少なくなかったことになる。

悲嘆と破損

ドン・キホーテはどんな食生活を送っていたのだろうか？　前編第一章に彼の食生活、厳密に言うなら、狂気の旅立ち以前の郷士時代のドン・キホーテ（本名アロンソ・キハーノ）の食生活を説明した箇所がある。故会田由先生の訳で引用してみよう。「昼は羊肉よりも牛肉を余分につかった煮込み、たいがいの晩は昼の残り肉に玉ねぎを刻みこんだからしあえ、土曜日には塩豚の卵あえ、金曜日には扁豆《ランティハ》、日曜日になると小鳩の一皿ぐらいは添えて、これで収入の四分の三が費えた」。

煮込みに「羊肉より牛肉」を多く使ったからといって、贅沢と考えるのは誤りである。実は逆にこれだけの記述で、郷士アロンソ・キハーノの実入りがあまり芳しくなかったことが判明してしまう。当時のスペインでは牛肉のほうが羊肉より安かったからだ。一五三三年、牛肉一リブラ（四六〇グラム余り）が一〇マラベディー、羊肉が一五・一マラベディーしていた、つまり羊肉のほうが一・五倍高価だった。その後、牛肉の値上がりが顕著になったものの、一六三二年に出版されたロペ・デ・ベガの作品『ラ・ドロテア』（第五幕二場）を見ても、牛肉一リブラが一二マラベディー、羊肉が一四マラベディーで、わずかだが羊肉のほうがやはり高い。『ドン・キホーテ』の時代設定を考えるなら、双方の肉の値段に差がかなりあったと考えるのが無難だろう。また、食費で「収入の四分の三が消えた」というのは、騎士という高い身分に飛躍をはかる人物にしては、あまりに高いエンゲル係数と言わなくてはならない。

ここで問題にするのは土曜日の「塩豚の卵あえ」だ。スペイン語の原文では duelos y quebrantos つまり辞書通りに訳せば「悲嘆(＝duelos)と破損(＝quebrantos)」だ。なぜ「悲嘆と破損」が「塩豚の卵あえ」になるのか、否、邦訳の問題以前に、「悲嘆と破損」と命名された料理の正体はいったい何なのか? 今日まで多くのセルバンテス研究者がこの料理に挑んできたが、決定的な解明に至っていない。料理とはいえ、ただの料理ではない。ドン・キホーテが言わば常食としていたものである。国立図書館長として活躍した碩学ロドリゲス・マリン(一八八五―一九四三)をはじめとする研究を参考にしつつ、徒労を覚悟で「悲嘆と破損」に迫ってみることにしよう。

この料理が謎である理由は単純で、セルバンテスが生きた時代の前後に出版された料理の本に載っていないからだ。にもかかわらず、後に見るように、文学作品中でこの料理への言及がかなり見られるのもまた事実なのである。

スペインにおける料理関係の書物のうち重要なものをいくつか拾ってみると、一四二三年にエンリケ・デ・ビリェーナ(一三八四―一四三四)が書いた『剪断術』がある。副題は「庖丁による切り方の書」で、副題の示す内容以外に中世の料理の記述も見られ、宮廷人のエチケットの書物として十六世紀まで影響力を持ち続けた。ちなみに本書は近代ヨーロッパ語で書かれた最初の料理の本でもある。

十六世紀に入ると、一五二〇年にカタルーニャ語で『料理の書』が出、五年後にトレドでスペイン語訳が出版される。著者はノラなる人物で、実際の内容はスペイン料理よりもイタリア料理の記述に多くのページが費やされている。同じくイタリアの影響を強く受けたものの、スペイン語で書かれた最初の本格的料理書、ディエゴ・グラナードの『料理法の書』が一五九九年にマドリードで出る。十七世紀に入ってからも次々に料理の本が出版される。一六〇七年、そして特に一六一一年(?-)のマルティネス・モ(ン)ティーニョの料理書は、著者が国王フェリペ三世の料理長で影響力が強かったこともあって版を重ねた。

しかし我々にとっての大問題は、「悲嘆と破損」がこれら一連の料理書で説明されていないことだ。具体的な料理法が説明されていなければ、別の資料からの再現を試みるしかない。先に指摘したように、文学作品には「悲嘆と破損」への言及が散見する。それを手掛かりにするのだ。

劇作家ロペ・デ・ベガの作品『トルメスの山娘』に「まあご主人様、悲嘆と破損のために卵一二個だなんて」(第二幕)とあり、この料理が卵と関係のありそうなことがわかる。第二の手掛かりもロペの作品で、『ベリーサのあでやかさ』に「〔彼女は〕悲嘆と破損と一緒になった豚の脂肉を揚げたもので食事をしながら」(第一幕九場)とある。つまり脂肉(今で言うベーコン)と結びつきやすいことになる。さらにロペは『バレンシアの狂人たち』で「僕は悲嘆と破損の入ったフライパンで殺されてもかまいはしない」（第二幕四場）とも言う。この第三の手掛かりで、揚げたものか焼いたものであるらしいということになる。

カルデロン・デ・ラ・バルカの劇作品とも言われる『未亡人の哀悼』に、ほぼ決定的と思われるくだりがある。「卵と豚の脂肉を少しずつ／ああ！　あわれ／悲しく、惨めな未亡人には／卵と豚の脂肉でたくさん／それは悲嘆と破損」――以上から、この謎の料理は卵とベーコンを炒めたものという結論が一応引き出されるのだが、断定をあせらずに別の角度から観察してみよう。

別の角度とは、ドン・キホーテが悲嘆と破損を「土曜日」に食べている点に着目し、キリスト教の肉食節制との関係から考察してみるのだ。宗教が特定の食べ物を、とりわけ特定の日に食べるのを禁じることがあるのは、よく知られる。たとえばユダヤの飲食に関する規制の詳細が旧約聖書「レビ記」の九章以降に記されている。またアウグスティヌスの文書などからは、紀元四世紀から土曜に肉食を控えることが、かなり制度化していたことが判断される。

キリスト教によるこの規制について整理してみよう。幸い便利な資料がある。歴代のローマ教皇のなかでも特に学識の広さで知られるベネディクトゥス十四世（一七四〇―五八年在位）が、一七四五年一月二十二日付で土曜の肉食節制の歴史的梗概を大勅書として発表している。この大勅書によると、ほぼ次のようなことがわかる。

紀元五世紀初頭の教皇インノケンティウス一世（四〇二―四一七年在位）の書簡に、キリスト受難に思いを馳せて金曜日に肉食を控え、次に復活を記念して聖週間のみならず日曜日まで肉食を控えるのなら、苦しみと喜びとの間に挟まれた土曜日にも肉食を控えるのが理にかなうとある。この規定は徹底しなかったらしく、十一世紀後半の教皇グレゴリウス七世(一〇七三―八五年在位)は、土曜の肉食節制を推奨程度に緩和している。

次の問題は、教皇側のこうした規定や推奨がスペインに浸透したか否かだ。前掲のベネディクトゥス十四世の調査によれば、セルバンテス時代のスペインでも、マジョルカ島、北西のガリシア地方、それにカスティーリャでは通常の肉食は控えたものの、動物の内臓と首、頭(脳)と手脚の肉は相変わらず食べ続けたという。ただし別の資料によれば、カスティーリャを除いたスペインの各地方では、土曜日の肉食節制は励行されていた。

十六世紀中頃に開かれた有名なトリエント公会議でも肉食節制が審議された。その結果、教会の指定日に肉食を控えることをカトリック教会は重視し、それを遵守する者は神の報奨を得、この規定を軽んずる者に対しては神がきつい罰をもって対処するだろう旨が議事録に明記された(第二五部修正規定二一章)。

ここまで確認したところで文学作品に戻ってみよう。トリエント公会議の始まる数年前に発表されたルイス・ビーベスの例の『会話』に、興味深い次のような発言が二か所ある。「(宗教儀式のための)徹夜の日には、パン切れを入れたミルクを大きなコップ一杯、それに市場に安いのがあれば新鮮な魚で、我々は節制します」、「徹夜や小斎(キリストの苦難を思い出すために、肉類を控えること)を守る日には、肉の代わりに、卵を焼くか目玉焼きかゆで卵にするか、さもなくばフライパンに酢、それとも熟していないぶどう汁を一滴たらして作ったトルティーリャ〔一種のオムレツ〕を食べます」（ともに会話七）。つまりトリエント公会議での再確認以前に、しっかりとインノケンティウス一世の言うことを守っているわけだ。

ところが『会話』から約一五年後の『ラサリーリョ・デ・トルメスの生涯』第二話には、「土曜日にこのあたりでは、羊の頭を食べます」とあり、その後のケベードの『ペテン師』には「土曜日の食べ物、つまり脳味噌こそありませんでしたが、頭と舌がありました」（第三部九章）とある。ベネディクトゥス十四世の報告と突き合わせてみると、土曜日に肉食を控えるといっても、動物の胴体部分の肉を控えたことになりそうだ。となると悲嘆と破損に用いられた肉は、同じ肉でも内臓肉もしくは手脚、首を含めた頭部（脳味噌を含む）という推測が可能だ。

では次に、なぜこの料理に悲嘆と破損などという破格な名称がつけられたのかが問われなくてはならない。悲嘆（duelos）のほうから見てゆこう。よりによってこの単語は、一五三五年頃書かれたファン・デ・バルデース（一五四一年没）の『国語問答』の中で、スペイン語の単語として「醜い」とレッテルを貼られてしまった単語だ。十八世紀末にペリセール（一七三八―一八〇六）が興味深い説を出している。彼によればラ・マンチャ地方の牧人は、死んだ家畜を領主・ご主人様に定期的に届けていた。飼い主は当然のことながら悲嘆に暮れながらも、その家畜の骨を折って、つまり破損させて末端肉を使った料理を土曜日に作っていたというのだ。こじつけの感をぬぐえないが、料理名自体が異常であるからには、この程度の解釈が登場するのも不思議ではない。

肉食をじっと我慢しなくてはならないことから、悲嘆を苦行、禁欲の意とする説もある。また先の『国語問答』でも引用されていて、古くから伝わることわざに「パンと一緒だと悲嘆もよい」がある。食べ物さえあれば悲しみも耐えられる、なにかいいことがあれば苦労にも耐えられる、というのが本来の意味だが、「悲嘆にパンを入れて食べると、料理が一層美味になる」と解釈する研究者もいる。「悲嘆」は抽象的な悲しみの意味ではなく料理名だというのだ。しかしこの解釈には無理がある。カルデロン・デ・ラ・バルカの幕間劇『接待客』に「パンと一緒だと悲嘆も少なくなる」のヴァリエーションがあるからだ。このことわざの「悲嘆」が料理だとしたら、カルデロンの一節が説明できない。

破損に関してだが、一六一一年、つまり『ドン・キホーテ』後編出版の四年前に出た辞書に「ラ・マンチャ地方では卵と脳味噌のオムレツを破損と呼ぶ」とある。グロテスクだが、脳味噌を出すには確かに頭蓋骨を破損させねばならない。

これだけのさまざまな解釈を検討することによって、奇妙な名称の由来がおぼろげながらも見えてきたように思う。しかし最終的な答えは謎に包まれたままだ。「塩豚の卵あえ」の訳が妥当か否かの判断も控えたいと思う。もちろん「悲嘆と破損」の直訳は、まるで使いものにならない。なお利用された肉が豚であるとすれば、イスラム教徒やユダヤ人ではなく、本物のキリスト教徒であることを食べ物を通して主張していることにもなる。

十八世紀初頭に創設されたスペイン王立アカデミーの辞書の初版から第五版までは、先ほど紹介した説を敷衍して「ラ・マンチャ地方では卵と脳味噌のオムレツを悲嘆と破損と呼ぶ」としつつも、その後定義を改め、「卵、それに動物の内臓、手脚肉、特にベーコンまたは脳味噌を揚げたもの、これはカスティーリャ諸国で教会の規定により遵守された肉食の半節制にかなう食べ物」（一九二五年一五版、一九八四年二〇版でも同様）としている。思い切って簡略化すれば、なんのことはない「ベーコン・エッグ」になるのかも知れない。問題は最終的に解決されたわけではない。ドン・キホーテは悲嘆と破損を土曜に食べたとは言うが、土曜にしか食べられなかったとは言っていない――ここまでむし返すと振り出しに戻ってしまう。

いずれにせよ、当時の料理書に出ていないということは、手のこんだ高級料理でないことの証拠であり、落ちぶれ郷士の口に入る程度の、むしろ庶民の食べ物だったことは確かだ。そして結果論としていまさらながらに感心させられるのは、セルバンテスがドン・キホーテの食事として「悲嘆と破損」を選んだことである。狂気の道に走り、冒険の旅で幾多の辛酸を嘗める以前に、すでにドン・キホーテは土曜日ごとに悲嘆と破損を常食として、己れの悲嘆と破損とを着実に準備していた。狂気への奔走は、騎士道小説を精神的な糧とし、この悲嘆と破損を生理的な糧の一つとして実現されたのだった。先に引用した一六一一年の辞書に「卵とベーコンは神からの賜り物」という言葉が見られるが、両者を用いたらしい質素な料理を食していたドン・キホーテの作品こそ、創造主セルバンテスが我らに賜ったかけがえのない滋養なのである。

腐った煮込み

「悲嘆と破損」に続いて奇妙な料理「腐った煮込み」を取り上げる。奇を衒うのではない。よりによってセルバンテス時代のスペインを代表するほどの料理なのである。スペイン語でolla（煮込み）＋podrida（腐敗した）である以上、やはり「腐った煮込み」としか訳しようがない。

筆者の知るかぎりスペイン語の歴史の中で、この料理名に最初に言及したのはフランシスコ会の神父アントニオ・デ・ゲバーラで、十六世紀前半のことである。そして、この煮込み料理発祥の地はカタルーニャ地方らしいのだが、同地方にとどまることなく、スペイン各地に広がり、ついには国境を越えてしまう。

その好例がグルメ王国の名を欲しいままにするフランスである。ナポレオンに仕えていた料理人カレーム（一七八四―一八三三）が一八三三年に出した有名な『パリの料理人もしくは十九世紀料理術』（*Le Cuisinier parisien ou l'Art de la cuisine au XIXe siècle*）で「腐った煮込み」が詳述されているし、一八六六年の『フランス料理事典』（*Dictionnaire de la cuisine française*）でフランス料理の「ポ・ト・フ」(pot-au-feu)がスペインの「腐った煮込み」に由来すると明言されている。さらに時代をさかのぼって一七八七年にスペインで出版された辞書によると、フランス料理の「ポ・プリ」(pot pourri)がスペインの「腐った煮込み」に相当するとある。まさに「腐った(=pourri)鉢(=pot)」の料理なのだ。その他、一八七三年のアレクサンドル・ドュマ(大デュマ)の『料理大事典』での言及を含めて、フランスへの影響を例証する材料にはこと欠かない。料理史上、腐った煮込みがルネサンス期を代表する記念碑的料理とまで呼ばれるのも、あながち誇張だとは言えない。

空想的社会主義者と言われるパリ出身の貴族サン＝シモン(Claude Saint-Simon 一七六〇―一八二五)がスペインのラ・マンチャ地方で賞味して絶賛したと言われる、この気味悪い名前の料理は、いったいどんなものなのか? 幸いなことに、「悲嘆と破損」の場合と違って、「腐った煮込み」は古い料理書で、ちゃんと説明されている。「悲嘆と破損」の項で引用した一五九九年のディエゴ・グラナードや一六一一年(?)のマルティネス・モ(ン)ティーニョの料理書などでも、こと細かに説明されているのである。

この二種類の料理書にあたってわかることは、「腐った煮込み」がチャンコ鍋を思わせるようなごった煮だったことだ。ロペ・デ・ベガの『獅子たちの子』第二幕で、北部山岳地帯の腐った煮込みが詳述されている。材料は多彩をきわめる。羊の上肉、太った雌牛の肉、雌鶏(雄鶏の脇で眠っていたのが特に美味だそうだ!)、兎、生ハム、その他腸詰め類、にんにく、玉ねぎ、大根、人参などの野菜類を自由に入れる。ごった煮である以上、これ以外の材料が入る資格も当然あるわけで、同じく以前に引用したロペの『ラ・ドロテア』では、材料としてパセリ、オリーブの実なども言及されている（第五幕二場）。

当時のことわざにもあるように「野菜抜きの煮込みには味もなければ満足感もない」。かぼちゃ、ピーマン、キャベツ、それに新大陸から伝わったじゃがいもが入っても構わない。フランシスコ・デリカードの小説『アンダルシアのあばずれ女』には「わが娘アルドンサや、玉ねぎの入らない煮込みなんて太鼓抜きの結婚式みたいなものだよ」（第二帖）とある。玉ねぎが本来身分の低い人の食べ物だとはいえ、これが欠けたのではフ抜けの煮込みになってしまうのだろう。

煮込み料理の図

こうした雑多な物をほどよく取り合わせて煮込むからこそ、「国王御夫妻も御自分の見事な食卓にのった繊細な食べ物より／おそらく高く評価されることだろう」（ロペの前掲『獅子たちの子』第二幕）といった発言も飛び出すわけだ。

味付けにはオリーブ油、酢、砂糖、時にはミルクなどを使った記録があるのだが、実際には味付けというより、おのおのの材料本来の持ち味を巧みに引き出すのがコツで、特にトロ火でグツグツやるのが肝心だ。持ち味とはいえ、グラナードの料理書などでは「塩味をつけた豚の喉肉」とか「塩抜きした生ハム」など、煮込む以前の素材の状態を指定する場合もある。

「悲嘆と破損」の場合もそうだったのだが、腐った煮込みなどという奇妙な名称はどこに由来するのだろうか？　三つほど説がある。まず最初は一六一一年に出たコバルービアス（一五三九―一六一三）の辞書の解説だ。「羊肉、牛肉、雌鶏肉、去勢した鶏肉、子鳩、細長い腸詰め《ロンガニーサ》、豚の脚、にんにく、玉ねぎなどいく種類からのものが入っていて（中略）たっぷりと時間をかけて煮込み、中ののがほとんど原形をとどめなくなってしまうところから腐ったと言われるようになった」――なかなか説得力のある説明だ。

次は悪臭説だ。腐っているからには、悪臭説が一番の正統派となろう。これだけ雑多なものを煮込んでしまうために、ついには耐えられないほどの臭気を放ち、まるで腐った物が入った鍋物になってしまうというのだ。しかし雑多な物を入れることが、本当に悪臭を放つことにつながるのだろうか。サンチョ・パンサのコメントに耳を傾けよう。「給仕長が、例の腐った煮込みを持ってきてもよさそうなもんだね。腐っていればいるほどいい匂いがして、その中には好きな物を勝手に、なんでもかんでも入れればいいんだ」（後編四九章、傍点引用者）。「腐っていればいるほどいい匂い」なのだから、この場合の腐ったが字義通りであるはずがない。

この悪臭説批判をさらに裏付ける別の資料がある。カルデロン・デ・ラ・バルカの短編劇作品『料理』がそれだ。このユーモアたっぷりの作品では、登場人物（？）の「煮込み夫人」が次のような自慢話をする。「私は豪華なものを持ち込みます。脂肉、キャベツ、エジプト豆、茄子、金アザミ、玉ねぎ、それとにんにく。（中略）皆さんは私のことを腐っているとおっしゃるでしょうが、それはとんでもない間違いです。私がふて腐るのは招待客が多い時だけなのですから」（傍点引用者）。サンチョ・パンサの発言と、客が多い時に嫌気がさすと言う「煮込み夫人」当人の発言からしても、悪臭説は否定されねばなるまい。

三番目の説は、表記間違い説とでも呼ぼうか。スペイン北部の山岳地帯で二、三日かけて煮込む豪華な料理のことを、今日でも olla *poderida*（「腐った」の意味の podrida ではなく）と呼び、特別な祝いごとがあると食べるのだという。poderida などという単語はスペイン語にないのだが、連想される単語として poder がある。「〜することができる」（英語の can）、名詞としては「力、権力」の意味もある。ここからして「有力者の食べる煮込み」と解釈できないことはない。そもそも昔のことわざに「牛肉と羊肉で騎士の煮込み」があるくらいなのだ。さらに発展させて「力強い煮込み、栄養たっぷりの煮込み」と解釈する可能性も出てくるかも知れない。

けれどもセルバンテス時代の文学で一貫して用いられている語形は、あくまでも olla *podrida* であるし、庶民から貴族まで腐った煮込みを食べたのだから、綴り変容説はまるで矛盾してしまう。しかも、もし「腐った」ではなく「有力者の」がその意味だとしたら、たとえばケベードの風刺作品『万物の書』にある「煮込みのように腐った顔をした女」（「風貌について」の章）が説明できまい。なにしろ、この女性は豚のような鼻をしているという説明つきなのだから、いくらなんでも「有力者みたいな顔をした女」では通るまい。やはり最初のコバルービアス説あたりが順当ということに落ち着きそうだ。

ところで、この腐った煮込みがもてはやされた理由を、サンチョ・パンサがきわめて端的に説明してくれる。「煮立っているのは腐った煮込みらしい。腐った煮込みには実に種々雑多なものが入っているんで、きっと自分の好みに合って、こちらがいい思いをする具に出くわすに違いない」(後編四七章)。一個人のための料理ではなく、好みもさまざまな人が同じ鍋をつっついて全員が満足する、しかも懐具合によって中の具をどうにでも調節できる——これほど便利な料理はそうあるものではない。

今日この料理名を普通のレストランで見かけることはまずないが、一八二〇年にある軍人が書いた詩で、明確に言及されている。「スープの後には威風堂堂/腐った煮込みの御登場/きっと雌鶏、腸詰め、それに羊肉/生ハムと雌牛がエジプト豆と相和して/新鮮な脂肉を従えて姿を見せるに違いない」とある。詩の出来栄えはともかくとして、芝居の主人公に抜擢されたり詩で歌われたりする以上、腐った煮込みの味はよほど素晴らしかったのだろう。

フランス料理にまで入りこんだ実績は先ほど指摘したが、イギリスの政治家・文人として高名なディズレーリ(Benjamin Disraeli 一八〇四—八一)は一八三〇年八月一日にスペインの南の町カディスから、次のような書簡を書き送っている。「スペイン料理はにんにくと質の悪いオリーブ油が主なので私の口にはあまり合わないのですが、それなりにいいものもあります。スープはとてもいけるし、世界で一番おいしいもの、それは煮込みです」。十九世紀の煮込みがセルバンテスをはじめとする文筆家たちの言及する腐った煮込みと同じものかどうかは定かでないが、どうやらスペイン生まれのごった煮が、スペインで育って伝統的な看板料理にまでなったことは間違いない。一般的なイメージとしてあるフランス料理の洗練度と較べるなら、あまりに対照的で土臭い名称を冠されたスペイン料理ではある。

サラダとデザート

「仕事と武器の重さに耐えるには、腹をまずしっかりさせておかなくてはいけない」（『ドン・キホーテ』前編二章）はドン・キホーテ自身の発言で、主人公がこれほど言うくらいだから、この作品には食への言及が実に多い。前編後編合わせて一二六章のうち、計五九章で食べることへの言及があるという。平均すると一章おきということになる。パンをはじめとして、腹にたまる食べ物だけで食事が成立するのではない。肉や魚の酸性食品だけでなく、アルカリ性の野菜もとらなければ栄養がかたよる。かといって野菜ばかり食べすぎるとカロリー面でマイナスになる。言いふるされたことだが、バランスのとれた食生活が必要なわけだ。そこで今度は、サラダと食後のデザートについて調べてみる。

十七世紀後半、イギリスの日記作家ジョン・イーブリンが『アケタリア』なる書物で「サラダとは生野菜の配合料理」と定義したそうだが（大塚滋『食の文化史』による）、当然のことながらサラダそのものは定義よりずっと前からある。ラブレーの巨人物語『第一の書パンタグリュエル』の三八章には、巨人ガルガンチュアがレタスにオリーブ油、酢、塩をかけてサラダを作り、そのレタスにくるまって身を隠していた巡礼者六人を食べてしまった話がある。

日本でサラダといえば一昔前までは、ゆでたじゃがいもと人参、きゅうりなどを混ぜたポテト・サラダのことで、ヨーロッパとは少々様子を異にしていた。たとえば『ドン・キホーテ』の中で、奴隷が「私はサラダ作りのために、ありったけの草〔野菜〕を探していたところでございます」（前編四一章）と言う。サラダに果物類を入れることもあるが、この方法はスペインでは植民地のカリブ海域から伝わったものだという。ちなみに今日のサラダに不可欠なトマトも新大陸伝来であることはよく知られる。

現在のスペインでミックス・サラダといえば、だいたいレタスとトマトにオリーブ油と酢をかけたものを指すが、昔はおもしろいサラダが種々あった。「聖イシドロ・サラダ」はマドリードの守護聖人である聖イシドロの祝日がある五月上旬から中旬にだけ食されたもので、レタスにまぐろの酢づけを混ぜ合わせたものだし、「セビリア・サラダ」といえば、ちさに種抜きオリーブの実を混ぜたもので、よもぎが加わることもあった。ラ・マンチャ地方にはオリーブの実入りの玉ねぎサラダが昔から伝わっている。玉ねぎをみじん切りにしてオリーブの実を加えてから、水、塩、酢、オリーブ油を入れるのだ。このサラダは食後に食べることになっていた。

そこでサラダを食べるのは食後か、他の食べ物と一緒か、それとも前かが問題になる。たとえば今日のフランスの家庭では、肉などを食べ終えた後、言わば食後にレタス・サラダをよく食べる。

ピカレスク小説の『グスマン・デ・アルファラーチェ』に「自分のように綺麗さっぱりしたお腹には、さしたる用もない新鮮なサラダ」(前編第一書五章)が肉料理に先んじて最初に出される箇所がある。またビーベスがローマの詩人マルティアリスの『エピグラム集』から引用する詩文にこんな一節がある。「ご先祖たちの夕食の締めはレタスと決まっていた。/昨今では食前に食べるわけを教えてもらえぬか?」(『会話』一五)。後者の例ではレタスと言っていて、厳密にはサラダとは言ってないが、レタスのような野菜類を、メインの前に食べることがあったのは事実だ。なお、この時代にはレタスをゆでて、酢、オリーブ油、砂糖を加えて食べると睡魔に襲われるし、水分を抜いたレタスは人を死に至らしめると考えられていたらしい。

デザートに移ろう。今までに何回か引用したコバルービアスの辞書によると、デザート(postre)とは「後ろ」(postrero)に来るもので、特に食後の果物や菓子類を指すという。このpostreなる単語がスペイン語で使われ始めたのは十六世紀だ。当時の代表的知識人の一人ファン・デ・バルデースの『国語問答』で、果物を指してpostreか否かをただす箇所がある。

デザートの内容だが、コバルービアスの言う通り、果物、菓子類、それとケーキ類が主流だった。ティルソ・デ・モリーナの劇作品『言葉と羽根』で「デザートはつま楊枝/おかげで、いくらでもある」のユーモラスな台詞に続けて、「糖衣をかけたシトロンと菓子類が/デザートとして二箱あります」(ともに第二幕)がある。このほか、たとえばロペ・デ・ベガの『平民は自分の片隅で』の二幕でも、甘い菓子類をデザートにすることが示されている。

チーズをデザートの延長線上に置くこともできよう。邦訳もあるフランスのブリヤ＝サヴァラン（Brillat-Savarin 一七五五―一八二六）の名著『味覚の生理学』（*Physiologie du goût* 一八二五年）には、チーズ抜きのデザートは肝心な所に欠陥のある高級品の如しといった意味のアフォリズムが見られる。ここからしてもチーズとデザートの密接な関係がわかるし、両者をまったく同次元で考えなくてはならない場合もある。たとえばビーベスの『会話』に「梨、りんご、それと何種類ものチーズがあるが、私の口には馬のチーズがとても合う」（会話七）とある。ここでは果物とチーズが対等の扱いを受けている。

ご主人のドン・キホーテと旅をするサンチョ・パンサには、果物はさておいても、チーズは必要欠くべからざるものだった。旅の必需品の提供を申し出られたサンチョは、「半かけチーズと半かけのパン以外には何も要らないと答えた」（後編五三章）。ラ・マンチャが昔も今もチーズの産地であることを考えれば、いよいよもって納得のいくところだ。現在のスペインでは年間一五〇万トンのチーズが消費されると言われ、その最大の生産地はほかならぬラ・マンチャ地方なのである。

セルバンテスと同時代のユーモア詩人バルタサール・デル・アルカーサルはチーズの食べ合わせについて、意外なことを記している。「今のおいらは／三つのものに首ったけ／べっぴんイネスと生ハム／それにチーズでくるんだ茄子なのさ」。女性とハムとチーズ、それに茄子を並列させるとは、なんとも奇妙な発想だ。

ここで少々寄り道をして、チーズでくるまれた「茄子」を考察してみよう。建前上『ドン・キホーテ』の原作者とされるのはアラビア人シデ・アメーテ・ベネンヘーリである。そしてスペイン語で茄子のことをベレンヘーナと言い、サンチョは後編二章で、このベレンヘーナと原作者(?)のベネンヘーリを混同してしまうほどだ。この茄子の名産地がトレド周辺だったことは、すでに何回も引用している『グスマン・デ・アルファラーチェ』(前編第三書七章)やロハス・ソリーリャの『王なればこそ』(第一幕)などの具体的な言及が教えるところだ。このトレドはドン・キホーテとサンチョの故郷、ラ・マンチャ地方に位置する。となるとラ・マンチャと架空の原作者は、茄子を仲介にして繋がるわけだ。

興味深いのは迷信であれなんであれ、この茄子に込められていた意味だ。茄子を食べると気が沈み、男性の場合には性欲が増して、顔色が悪くなるとされていたことが知られている。茄子は不健全な食べ物と理解されやすかったのである。ということは、『ドン・キホーテ』の架空の作者ベネンヘーリは不健全な作家を連想させずにおかない名前だったわけで、こういう言語上の仕掛けを用意した張本人セルバンテスの面目躍如だ。

さて、チーズでくるんだ茄子から、話をもとに戻そう。今日から見てデザートの変わり種と思われるものを当時の文学に二、三例探してみると、オリーブの実、アーモンド、胡桃の実などさまざまなものが登場する。もっとも胡桃の実などは今日でもデザートにする家庭が少なくない。ただ、どんぐりをデザートにするのはどうだろう。『ドン・キホーテ』に「肉を食べ終えると、毛皮の上にしなびたどんぐりをしこたま広げ、おまけにしっくいにも負けぬほど固いチーズの半切れを出した」(前編一一章)とある。スペインのこうした木の実デザートに対抗するかのように、イギリスではサラダ用植物として、スミレ、薔薇のつぼみ、雛菊やたんぽぽの花などが十五世紀の料理書に登場するのだそうだ。

我々の発想からすると、デザートはパサついた木の実よりも、果汁が滴るようなもののほうがありがたい。たとえばロペ・デ・ベガの芝居『生ける死者たち』で、庭師が自分の奉公する屋敷の奥様に次のようなことを言うのだが、いかにも豊かな食生活を連想させてくれる。「こちらの籠には/赤い桜桃と緑の梨/蠟のような光沢を放つじゃこう梨/熟れきっていないマルメロ。/アーモンドは糖蜜を身にまとい、胡桃ははつらつと/さくらんぼは血のような色に赤く染まっているのでございます」(第一幕)。アーモンドや胡桃はともかく、デザートには水分の多いものに限ると主張したのはビーベスで、例の『会話』の中だった。「宴会の最後は水気の多いものがよろしい。食べ物を胃の底に落ち着かせて、蒸気が頭に昇ってしまわないようにするためだ」(会話一七)。

ところが世の中、ああ言えばこう言うで、デザートに関する意見もまっ二つに分かれる。水分の多い果物を有害とする立場があったのである。『ドン・キホーテ』の次の一節はどうだ。「水分が多すぎるので果物の皿は下げさせました。もう一つ別の皿のほうも、熱すぎて香料が入りすぎていて喉を乾かせるので下げさせました。水分を取りすぎる人は、命をつかさどる体液をだいなしにして、使い果たしてしまいます」(後編四七章)。こうしてサンチョ・パンサの前から、せっかくの料理が次々に消えてゆく。この引用はサンチョへの嫌がらせを狙った箇所なのだが、実際に医学的な立場から、ブドウ酒などは別として、水分の多いものを敬遠する傾向があった。果物でもびわは最悪とされた。また、「水を飲む人にいい血なし」は当時、執拗に繰り返された決まり文句で、まさに象徴的だ。

デザートはサラダと同じく消化を助けるためのものなのだが、以上のように見方一つで扱い方もまるで異なることがわかる。昼食後の昼寝が消化を助けるどころか、肥満、偏頭痛、痛風の元凶（すでに引用したソラパン・デ・リエーロスの医学ことわざ事典のことわざ一〇）とされてみたり、そうかと思うと、ペロ・メシーアの『対話集』（「接待に関する第一の対話」）に見られるように、澄んだ夜の月明かりこそ消化を助けるとする立場がある。

こうした千差万別の意見を出すのが、ほかならぬ医者である場合が多いだけに、医者の言うことに耳を傾けなくてはならない一般人の狼狽たるや大変なものだった。そして今日にいたるまで、医者で文筆家を兼ねる人が多いのが、これまたスペインの特徴にもなっている。そしてほかならぬセルバンテスも医者の家系に生まれた文筆家だった。となると、いよいよ食から医に進んでゆかなくてはならない。

第4章　病いと死

フランシスコ・デ・ケベード(Francisco de Quevedo 1580-1645)

重い皮膚病

ライ病と呼ばれるものがヨーロッパで一番猛威をふるったのは十三世紀で、スペインでも十五世紀後半になるとその勢力は急速に衰えている。かといって、セルバンテスの時代になって根絶されたわけではなかった。中世アストゥーリアス・レオン王国のフルエーラ(Fruela)二世が統治開始後わずか一年でライ病で他界(九二五年)してしまったことをはじめ、その恐ろしさは語りつがれてゆく。下火になってきたからこそ患者の監視を一層厳しくして、その再発と感染をなんとか食い止めようとしたのである。事実、十六世紀の北部アストゥーリアス地方だけでも五〇以上の専門病院(隔離場所)があって、運営は患者の「持参金」と篤志家による教会への献金でまかなわれていたという。

旧約聖書にライ病への言及が多いのはよく知られている。特に有名なのは「レビ記」の一三章三節だ。「祭司はその身の皮の患部を見、その患部の毛がもし白変し、かつ患部が、その身の皮より深く見えるならば、それはライ病の患部である。祭司は彼を見て、これを汚れた者としなければならない」。患者は肉体的苦しみとは別の精神的な苦しみを負わされることになった。肉体的苦しみがどれほどだったかは、次のカルデロンの一幕物の聖体劇『コンスタンティヌスのライ病』の一節で十分だろう。「なにか激痛に襲われています。／狂人のように自分の手に噛みつき／胸を掻きむしっているのです」。ただし、この激しい痛みがいわゆるライ病に由来するものか否かは、後にみるようにきわめて疑わしい。

カルデロン『聖体劇集』1677年初版（筆者蔵）扉

昔の医学ではこの病気は謎でしかなかった。アリストテレスも「何故に、人間以外の生きものには癩病が生じないのであろうか」（『問題集』第一〇巻、「自然学諸問題摘要」三三、戸塚七郎訳）と問うてみたり、中世スペインの碩学セビリアの聖イシドロ（六三六年没）の百科事典的書物『語源論』（第四巻八章）でも軽く触れられる程度で済まされてみたり、古代エジプトのように家系に左右される遺伝病だと解釈されたこともある。

実は聖書、アリストテレス、ヒッポクラテス、ヘロドトスなどの古い文献で言及されるライ病が今日のいわゆるハンセン氏病か否かはきわめて疑わしい。そもそもこの病気の正確な診断基準が確立されたのは一八四二年のことだという(中川米造著『医とからだの文化誌』)。そういえばスペイン語の古文でもこの種の病いをさす単語が数種あって、その区別は必ずしも判然としない。はしかが猩紅熱や天然痘と区別されるようになったのが十七世紀初頭だったことや、十六世紀のユダヤ系ポルトガル人の医者でスペインにも滞在したカステロ・ブランコ(João Rodrigues de Castelo Branco, 通称 Amato Lusitano)が、流行性感冒《インフルエンザ》を星の動きの影響(influencia)とみなしたことなどを考え合わせるなら、昔のライ病が重度の皮膚病を総称したものだったとしても、さほど驚くには当たらない。先ほどの聖書からの引用箇所を、日本聖書協会による「新共同訳」で当たってみると「それは重い皮膚病である」と訳し直されている。本書が、ハンセン氏病ではなく敢えて「ライ」の用語を用いるのも、医学の未熟だった過去においてこの病いにからみついていた迷信を含めてこれを論じる立場にたっているからにほかならない。

病気の根本原因が不明であれば、治療法に奇怪なものがあっても当然だ。中世の著作から一例だけを見よう。アルフォンソ十世賢王の編集した『宝石論』は紀元一世紀のローマの植物学者ディオスコリデスの強い影響を受けたものだが、宝石や鉱石を論じたこの本の中で、ライの治療法が説明される。それによれば、金星が海に沈む時、そこに強固な柱型の石が現れる。これを茎の汁に浸して作った溶解液を患者に塗る。すると毛髪と冒された皮膚が綺麗に落ちて治る。溶解液を飲んでも構わないが、この方法だと病気が治るのと同時に肉欲も失せるという(エスコリアル版H・I・一

エル・グレコ「フエンテの医師」(左手の親指に指輪がみえる)

五、fol. 53b-c)。

中世来、「石」と病気治療には密接な関係があるとされ、すでに引用した小説『エステバニーリョ・ゴンサレスの生涯と出来事』の八章で、大きな石をあしらった指輪を親指にはめた医者が描写されている。事実、珊瑚や特にエメラルドをあしらった指輪をした医者が当時の文学作品でよく言及され、これは病気全般に効能があると信じられることが多かった。『ドン・キホーテ』が完結して三年後に出たビセンテ・エスピネル(一五五〇—一六二四)の小説『準騎士マルコス・デ・オブレゴンの生涯』では「焼き串の端のように大きな指輪」をした医者が登場するし(第一部四章)、マテオ・アレマンの『グスマン・デ・アルファラーチェ』では「手袋と指輪をしない医者」など考えられないという(後編第三書六章)。ケベードの小著『万物の書』では皮肉を込めた次のような言葉が見られる。「名の通った医者になりたかったら、まずは見栄えのするろば、親指にエメラルドの大きな指輪、たたんだ手袋、長コート、そして夏はこはく織りの帽子だ。これだけ揃えさえすれば、本など見たことがなくても治療ができるし、お前さんはもうお医者さまなのさ」。指輪の医学的効能を考えたのはスペインだけでなく、イギリスなどでも治療効果があるとされる指輪を国王がわざわざ作らせ、cramping rings と呼んでいる。

もちろん指輪ごときで治療のできるはずは、もとよりない。臨床効果がなければ迷信のレッテルが貼られるだけだ。作者としては十六世紀の高名な医者アンドレス・ラグーナ説の強い『トルコ旅行』で、医療と石(宝石、鉱石)とを結びつける立場が完膚なきにまで反駁される。「石のおかげで死を免れた人が一人でもいるか、病気なのに石のおかげで腹痛を免れた人がいるか、石を持参したからといって戦争で負傷しなかった人、石のおかげで食事をしないですむ人、石のおかげで冬も火のそばに行かずにすむ人がいるのか、夏に冷やして飲むために雪や硝石を探さずにすむのか、石を持っているからといって、すでに決まっていた地獄行きを免れる人でもいるのか?」(第二部二二章)。

十三世紀半ばの作者不詳の作品で演劇的要素の強い長編詩『イエズスの幼児期と死の書』では、泥棒の子供でライ病にかかった幼児を聖母マリアが入浴させると、たちまち全快する話があるが(一七〇—一八二行)、時代が進んで十七世紀になると別種の入浴が文学に登場する。カルデロンの聖体劇『コンスタンティヌスのライ病』に「無垢な血で治った」とあり、同じくカルデロンの一幕物の聖体劇『治療と病い』にも、人間の血でライ病が治る旨の発言がある。これらはコンスタンティヌス帝のライ病を治すのに、幼児の血を集めて入浴するしかないと宣告されたという故事を踏まえたものだ。聖体劇『奇跡なき時は一瞬もあらず』で、カルデロンはこの経緯をはっきりと説明する。「連中の血で／入浴するしか／わしには救いはないのだ」。

ところで、先にふれた王、アルフォンソ十世の手になる『聖母マリア頌歌』に、ふしだらな生活を送っていた青年を神がライ病にしてしまい、青年が僧院にこもって聖母の祈りを約千回、三年にわたって唱えた末、聖母が自分の母乳を青年の身体にかけ、病気が完治した話がある(第九三歌)。肉欲と神罰とを結びつけたこの類の迷信は生き続けた。十五世紀に発生して十六世紀以降隆盛を誇ったロマンセと呼ばれるスペインの伝統的民衆詩にも見られるし、先に引用したカルデロンの『コンスタンティヌスのライ病』にも「罪悪のライ病」という言葉が見られるといった具合だ。こんなわけで、十七世紀初頭に出た辞書では異教徒のことをライ病患者と呼ぶとか、ライ病には「誤った教え」の意味があるといった説明が開陳されることになる。

北西スペインの町オビエドの市役所は一五四三年にライ病患者の市外追放令を出し、「三日以内にこの町から退去しない患者は百回の鞭打ち刑に処す」としたが、これなどは上述の迷信による差別以上に、当時の医学ではどうにもならないことを認めた苦しまぎれの策として理解されねばなるまい。ロペ・デ・ベガが『ドン・フアン・デ・カストロ』で患者を無謀にも「人間の姿とは思えぬ」(第二部三幕)と書いたり、セルバンテスも劇作品『幸福なごろつき』(第三幕)や『パルナッソス山への旅』(五章)でライ病患者に言及しているが、これらには差別もさることながら、人知の及ばない現象への恐怖心が大きく作用していると読まねばなるまい。患者は頭を剃りあげて目立つようにしろとか、首に鈴をつけて歩き、その音を聞いた者が逃げられるようにせよ、などという屈辱的な宣告が下された暗い過去も同じ発想からだ。

閑話休題。病気、とりわけ伝染性の病気と環境衛生が密接な関係にあるのは言うを待たない。そこで今後の便宜をも考え、当時のスペインの衛生状態についてここで少しく見ておこう。十七世紀のフランス人F・ベルトは貴重なスペイン旅行記で、マドリードの道路を次のように観察した。「道幅は概して広いが、車一台分の泥さえ、ただの一度も除去したことがないものと思われる。いたるところ泥だらけで、そこに捨てられるゴミの汚染がひどく、スペイン人があれほど念入りに香水をつけるのも、そのせいだと思われる」——家にはちゃんとしたトイレはなく、夜ともなれば窓から汚物が道めがけて捨てられて外出もままならない。さらに驚かされるのは、十七世紀には、放置された犬や猫の死骸や汚物が往来にあろうと、マドリードの空気は他の地方と異なって特殊であるため、衛生上の問題もなく、またその悪性臭気を除去してしまうと考えられていたふしがあることだ。ベルトと同期のフランス人旅行者ブリュネルでさえ、マドリードの空気は「汚染原因そのものを排除してしまう」と証言している。こんな途方もない俗説が正面から否定されたのは十七世紀も末、イタリアのミラノ生まれでありながらスペインで活躍した医者フアン・バウティスタ・フアニーニの、公衆衛生に関する一連の著書が刊行されてからのことだった。なお、町の汚れは、人口集中が顕著だったマドリードだけの現象ではなかった。北のバリャドリードを潤すピスエルガ川が市民のゴミ廃棄物で流れなくなってしまったため、ついに一五七七年には川の大掃除を余儀なくされた記録がある。

これに加えて、セルバンテス時代のスペイン人は風呂にまず入らなかったのだから、衛生状態は推して知るべしだ。中世スペインを制圧したイスラム教徒たちは風呂好きで無数の浴場を残したが、国土回復戦争が進むにつれてキリスト教徒スペイン軍に破壊されていった。その後、スペイン人がアメリカ大陸を征服した折りには、原住民が頻繁に入浴するのに驚き、イサベル女王にいたっては、入浴がもとで原住民が病気になるのを心配して、必要に応じて腕ずくでも入浴をやめさせるよう征服者たちに指示を出したくらいだ。すでに引用したゲバーラの『親密書簡集』で、三世紀のローマ皇帝アウレリアヌスが健康だった秘訣を説明し「毎年(毎日ではない――引用者注)入浴し、毎月〔人工的に〕吐瀉をし、毎週一日は絶食し、毎日一時間の散歩を励行したからだ」と言う。ただし、同じ日付の書簡で、古代ギリシャ人が医者知らずで済んだのは、「自宅に生える香り高い草を五月に摘み、年一回の瀉血をし、月一回入浴し、一日一度しか食事をしなかったからだ」とも言う(ともに一五二〇年十二月二十七日付)。

さらに十七世紀になってもアルカラ・デ・エナーレス大学(マドリード大学の前身)医学部教授アルフォンソ・リモン・モンテーロは「健康な人は入浴するべからず」と説く。特に湯治は警戒された。一六一一年のコバルービアスの辞書では「風呂の利用は力を減退させ、人間を弱くして小心者にしてしまう」と説かれている。これさえ了解すれば、剣の道を歩むドン・キホーテが風呂に入ろうとしないのも十分に納得がゆくというものだ。

ペスト

中世以来ヨーロッパで一番恐れられた病気が黒死病＝ペストだったことは、あらためて言うまでもない。紀元前から知られ、七五〇年以降約三〇〇年の間なりを潜めていたが、とりわけ十四世紀半ばから急に力を盛り返して猛威をふるう。スペインでは一三四八年六月一日に南の港町アルメリーアで発生し、二年後にはレオン・カスティーリャ王国のアルフォンソ十一世が腺ペストで死んで国民を震えあがらせた。その後、十六、七世紀にかけて、この疫病は津波のようにいく度となくヨーロッパを襲い、人々を恐怖のどん底に突き落としたのだった。邦訳もあるサンドレイユ（Marcel Sandrail）は名著『病気の文化史』の中でヨーロッパで二七〇〇万、村上陽一郎氏は『ペスト大流行』で全世界で七〇〇〇万人がペストの犠牲になったと概算する。

スペインではどうか？　一八〇二年にホアキン・ビリャルバが、カルタゴ人のスペイン到着（紀元前六世紀）以来のスペイン疫病史を二巻本で出しているが、不明な点が多く、本格的研究はまだこれからだ。それでも十七世紀については、おおよそ次のようなことがわかっている。三回の大流行のうち初回は、一五九八年から一六〇二年の北部を中心としたもの。ローマ水道跡で有名なセゴビアだけでも、一五九九年に一万二千人が死んだという。次が東海岸のバレンシアで発生したもので、一六四七年から五二年にかけての大流行。三期目は南のカルタヘナを震源とする一六七七年から八六年の大流行。あわせて約一二五万人が命を落としている。

こうした危機的状況が文学に反映されないはずがない。十六世紀のクリストバル・デ・ビリャローンの小説『クロタロン』(昔の打楽器の一種)で「この病気は鼠蹊部、脇の下、もしくは喉にできる膿瘍の一種(中略)。これにかかると極度の高熱に襲われ、二四時間以内に心臓に膿瘍が転移して死は確実となる」(第一話)と説明してペストの恐ろしさを訴える。

ペストの病原を中世の聖イシドロから聞こう。「汚染された大気がもととなって体内に侵入して内臓に広がる。この病気は大気中の含有物から発生することが多いとはいえ、万能の神の決断なくして発病することは決してない」(『語源論』第四巻六章)。病原を大気汚染に求めるのは中世だけではなかった。サパータの『雑録』は一五八二年のマラガでのペストに触れ、「汚染された有毒大気が原因で、当時は町の上空を一羽の鳥も飛ばなかった」としている。ちなみに、スアレス・デ・フィゲロアの小説『旅人』には「嫉妬はペストに似た病気で、大気汚染に由来して死をもたらす」(五章)ともある。

大気汚染は農作物に害をもたらす多湿と結びつけられ、人間は食糧不足のために抵抗力を失ってペストにかかりやすくなると考えられた。一五四八年のバリャドリード議会は食糧不足とペストとの相関関係を議会の名において正式に宣言している。そして一五七二年から二〇年の間バリャドリード大学医学部教授として活躍し、一五七八年から死ぬまで王室担当医もつとめたルイス・メルカード(一五二五―一六一二)は、国王フェリペ三世の依頼を受けて『ペストの書』を一五九九年に出しているが、この中で空腹とペストの関連を追認している。医者メルカードの名声は轟き、バリャドリード、マドリードはもとより、ヴェネチアやフランクフルトなどでも彼の全著作が出版されているほどで、文字通り国際的にも活躍した彼の空腹＝ペスト相関説は、かなりの説得力をもって受け入れられた。

ペストの一因が多湿だとする立場は、十六世紀末の流行が相対的に多湿の北部から南に降りてきたことによって補強された。「〔北の〕カスティーリャから下ってくる病〔ペスト〕と〔南の〕アンダルシアから上がってくる飢餓から、神様が私たちをお守りくださいますように」(『グスマン・デ・アルファラーチェ』前編第二書二章)は一種の合言葉として当時繰り返された。作者のマテオ・アレマンは祖父をペストで亡くしている。北のバリャドリードは十六世紀にいく度となくペストの襲来にあっているが、特に一五九七年以降の猛威はすさまじかった。二年後にはマドリード以北のほぼ全域に広がり、バリャドリードにあった売春宿がペスト患者用の病院に改築されたほどだ。

サンドレイユや村上氏の指摘にもあるように、ユダヤ人がペストの病原をまき散らしたと解釈されたこともある(特に十四世紀中頃以降)。みみずく、くも、へびの排泄物から作った毒を用いて、川、井戸、泉などを汚染したというのだ。さらに十七世紀前半にはフランスが敵国を壊滅せんとして有毒塵芥をばらまいた結果、マンゾーニ（Alessandro Manzoni 一七八五―一八七三）が歴史小説『婚約者』（*I promessi sposi*）で描いたようなペストがミラノで発生し、スペイン本国にペストが上陸するという噂が流れてパニックを引き起こしたこともある。

イタリアの近代作家マンゾーニを引用したが、ペストで知られる文学といえば、同じイタリアにボッカッチョの『デカメロン』（一三五三年）がある。イギリスでは一六五五年のロンドンでのペストの猛威を描いたダニエル・デフォーの『疫病流行記』（*A Journal of Plague Year* 一七二二年）、フランスではカミュの『ペスト』（一九四七年）といった具合に傑作が揃っている。このうち最古参の『デカメロン』には、患者と目があっただけで感染するという一節があるが、この解釈は医学に不案内な文学者特有のものではなく、同時代のフランスの外科医で三人の教皇の侍医までつとめたG・ド・ショーリアク（Guy de Chauliac）でさえ、一三四八年のアヴィニョンのペスト流行にふれ、ペストは血痰の出る時期が一番感染しやすく、視線が合っただけで感染すると明言している。こうした見解が盛り込まれた彼の著書『大外科学』（*Chirurgia magna*）が一六五八年にスペイン語に翻訳（*La grande chirurgia*）されて版を重ねたのだから、その影響にはなみなみならぬものがあった。

「まなざし感染説」はさておくとして、十七世紀になっても、ペストが空気伝染病か否かは、はっきりしていなかった。劇作家ロペ・デ・ベガでも迷いが見られる。一方では「ペストの病いは／空気が運ぶだけだと思われます」（『内密の婚約』第一幕）と言い、一方では「衣類が君に／アジアのペストをうつしてしまった」（『この世で信ずべきこと』第三幕）とも言う。

患者の使用した衣類や家具は、ことごとく焼却処分にしなくてはならなかった。サパータの『雑録』にある「ペストの病いをはらんだ衣類に触っただけで死んでしまうのは、まさしく驚異であり、怪しい家具類は焼却していった」のは事実で、旅をするにも、自分がペストの汚染地方から来たのではないという証明が必要とされた。一五七九年にセビリアでペスト流行の兆しが現れるや、道路をはじめとする公共施設をすべて清掃し、ペスト汚染区域からの人と物資の流入を止め、患者は特定の病院に隔離した。さらに町の空気を浄化するべく、何か所かで臭気の強い植物を焼いたことが知られている。

　こうした状況はスペインばかりではなかった。『エステバニーリョ・ゴンサレスの生涯と出来事』の主人公がフランスのアヴィニョンに入ろうとすると、ペストの流行した町に滞在したことがない旨の証明書を携行していなかったので通してもらえなかったという記述がある(五章)。関所(?)破りを謀ろうものなら、銃撃隊が待機している。証明書持参で町に入れても、宿に着いたら酢を用いて衣類を消毒することが義務づけられた。

ペストに立ちむかう医師

　では不幸にも感染してしまったらどうするか? 結論から言えば、これといった治療法はない。研究の成果は思うようにあがらず、的確な治療はなかなか見出せない。今日知られるだけで、スペインでは一五〇〇年以前に三冊、十六世紀に四七冊、十七世紀に七三冊のペスト専門書が出版されている。第一級の文人としても知られるペドロ・シルエロが『対ペスト医薬管理に関する神学的検討』(一五一九年)などという題の書物を書いていることが象徴的だ。

臨床は瀉血、下剤、催吐薬などの旧来の方法が主流だった。医学への言及が多い小説『トルコ旅行』には、ペストの兆候が足に現れた男が千cc近くの瀉血をした後、下剤を服用し五〇日間床に伏していた話がある(第一部七章)。この下剤は瀉血に劣らず文学に頻出し、当時の基本治療の一つだった。ビセンテ・エスピネルの小説『準騎士マルコス・デ・オブレゴンの生涯』に名医たるもの乱暴な治療は禁物で、まず「最初にシロップでそっとやさしく体液を調整して、その後に下剤を適用することによって、患者の疾患部位はきれいさっぱり治癒する」(第一部一章)と言う。サパータの『雑録』によれば、国王フェリペ二世の妻イサベル(Isabel de Valois 一五四六―六八)は一五六五年にマドリードで重病に陥り、喉に大きなしこりもできた。食事もろくにとれず、あと一日の余命と診断され、アルバ公爵と医師団は国王に談判してイタリアの名医の勧める下剤療法を実行した。午前七時に下剤を飲ませたところ、十一時にはすっかり元気になったという。この下剤には種々あるが、カルデロンの聖体劇『治療と病い』では胆汁と酢で調合している。

眉唾医学が横行する中、世界に誇ることのできるようなペスト研究書がスペインで発表された。フアン・トマス・ポルセール(一五二八―八三)の『サラゴサでのペスト報告と治療およびペスト全般の予防』（一五六五年）がそれだ。本書によれば、ペストのような病気の場合には、尿や脈拍を見ただけでは駄目で、医者たるもの一日少なくとも一度は患部を触る必要がある。伝染病なので医者は危険を承知で病気と闘わねばならない。ファン・トマス・ポルセールはペスト犠牲者の解剖を初めて体系的に実施し、それを克明に報告した。本書では五体の解剖報告が詳述されている。最初の例は妊娠六か月の若い女性で、苦しみ始めてわずか四日で死んでしまった。キリスト教徒として胎児に洗礼を施すべくお腹を切開したところ、胎児はまだ生きていて、洗礼を授けた後に息を引き取ったという。左腕の下方に大きな腫れ物ができていたこの女性だが、解剖の結果、胆嚢に黄色い胆汁が詰まって肥大し、肉と肋骨との間に卵の黄身のように固まりかけた腫瘍が認められた。消化器系統は正常だったという。

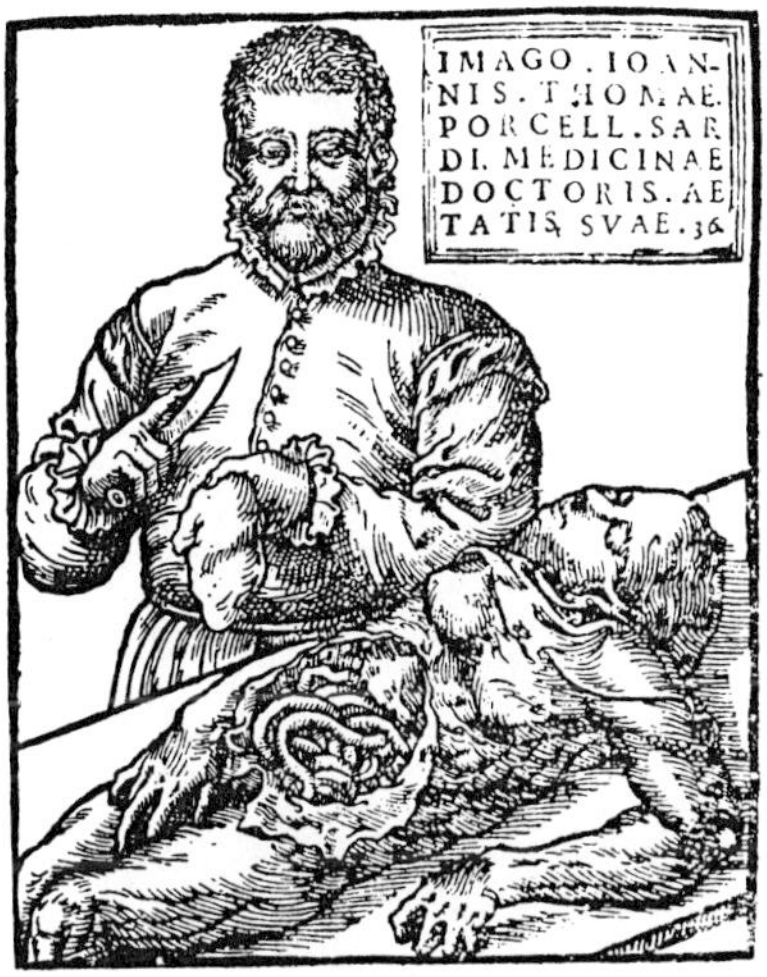

ペストで死んだ女性を解剖する
トマス・ポルセール

　こうした勇気ある不断の努力の積み重ねによって不治の病いも不治でなくなってゆくのだが、そこに至るまでは、いざとなれば神頼みしかない。南スペインの古都コルドバでは天使をかたどった石像が今日でも見られるが、これはかの地でペストが猛威をふるった際に、大天使ラファエルに希望をつないだ名残だ。

聖ロクスの図

しかし、一般的にペスト救難聖人として有名なのは聖ロクス（スペイン語表記ではSan Roque）で、スペインの民話や文学作品に再三再四登場する。この聖人はフランスのモンペリエーで十三世紀末に生まれて一三二七年に没したといわれる。富豪の家に生まれたものの、富を捨てて聖フランシスコ第三会修道会に入った。ローマへと旅立ったが、途中でペストに悩まされている町に行き当たり、救済活動に専念する。神がこの男を通して奇跡を起こしてペストは静まる。ロクスが訪ねた他の町でも同じようなことが起こる。神はロクスの忍耐力を試すべく、発熱させた挙げ句、弓の矢を大腿部に命中させる。ロクスはじっと耐え、健康を取り戻すと故郷に向けて旅立つ。途中、人里離れた所で別の病気にかかって死を覚悟する。場所はスペインのプラセンシア（Plasencia）という町で、ロクスは一三二一年にここでペストにかかったとの立場をとるスペインの教会史関係の文献もある。一本の木の下でじっとしているとパンを口にくわえた犬が一匹やって来て、大腿部の傷口を舐めてくれる。以来、その犬は毎日どこからともなく現れては、ロクスが治るまで同じことを繰り返したという。その時から、この聖人は犬と結びつけられて、対ペストの守護聖人として知られる。

ところで『ドン・キホーテ』がペストと間接的に関わっているといったら驚かれるかも知れない。ルネサンス期のオランダ・ロッテルダムの人文学者エラスムス(一四六九?—一五三六)の重要な著作『キリスト教兵士提要』(*Enchiridion militis christiani*)が一五二六年に、翻案部分を含めて見事なスペイン語で翻訳出版された。しかし本書は当初からプロテスタント臭、異端臭があるとされ、物議をかもしていた。そこで本書がキリスト教の本来の教義に抵触しないかどうかを判定する会議が、一五二七年に北のバリャドリードで三〇名近い神学者たちによって開かれた。

ところがエラスムス思想に賛同する座長の異端審問裁判長は、同年八月十三日の演説の中で突然ペスト発生を報告し、六週間にわたって審議してきた会議は、この一言で無期延期、実質的に流会となる。その後、ある程度のやりとりがあったものの、やはり支持派実力者が国王カルロス一世の名においてエラスムス思想を認める書簡を代筆し、そして事実、国王の署名を取りつけたことによって、このいざこざに一応の決着がつけられたのだった。ペストで流会になった会議のおかげで、エラスムスの諸著作がスペインで流布する弾みがつけられたわけだ。この方面の研究に最大の貢献をしたM・バタイヨンをして「もしスペインがエラスムスを体験しなかったとしたら、スペインは『ドン・キホーテ』を生み出すことはなかっただろう」とまで言わしめたほど、セルバンテス自身へも深い影響を与えている。ペストのおかげ(?)でスペイン精神史が豊かになり、ひいてはペストが『ドン・キホーテ』を生み出す間接的触媒になった——まさに病気の歴史は文化史そのものである。

梅毒

「この疫病〔梅毒〕にかかっても、人は名誉や権威を失うことがなくなってしまった。というより、現在かかっているか、かかったことのある宮廷人のほうがいかにも宮廷人らしく聞こえる」――『キリスト教要理』(一五五八年)で梅毒の蔓延ぶりを、このように嘆息したのはトレド大司教バルトロメ・デ・カランサ(一五〇三―七六)だった。この梅毒は前節のペストと異なって、紀元前からの「伝統」がない。いつ、どこで発生したのか?

フランスのシャルル八世は一四九四年から翌年にかけてアルプス越えをして、イタリアのナポリ遠征を敢行したが、このフランス軍遠征と梅毒とがまず結びつけられる。ローマ教皇ユリウス二世(一五〇三―一三年在位)の侍医だったフアン・デ・ビゴ(Juan de Vigo)の一五一四年の著書に次のような記述がある。「一四九四年十二月に、当時知られていなかった性質の病気がイタリアのほぼ全域に広がった」。ところが、ここに早くも微妙な食い違いがある。資料によればシャルル八世がナポリに入ったのは、正確には一四九五年二月二十二日で、ビゴの記述内容より二、三か月遅い。ただ確かなのは、この頃ナポリで伝染性の奇病が発生してたちまちイタリア全土に広がり、さらにフランス、ドイツ、イギリスへと伝わって、十五世紀のうちにヨーロッパのほぼ全体に広がったことだ。

ナポリが発生源ということで、フランシスコ・デリカードは、小説『アンダルシアのあばずれ女』で「スペインからやって来た人がナポリ病(mal de Nápoles)と呼んだ」(第五四帖)と言う。フランス側は「ナポリ病」(mal napolitain)と呼ぶが、フランス人が持ち込んだということで、スペイン人は一般的に「フランス病」(mal francés)と呼び、イタリア人たちも当然ながら然り(mal franzoso)である。医化学の祖と呼ばれるスイスのパラケルスス(一四九三―一五四一)も、一五三六年の『大外科学』で某フランス男性の売春婦買いを発端とみなし(第一書七章)、一貫して「フランス病」の名称を用いる。ともかく、かくして「罪」のなすりあいが始まり、ペルシャ人は「トルコ人病」、ポーランド人は「ドイツ病」、ロシア人は「ポーランド病」などと呼んだという。

ところがスペイン側から突如として新説が提示され、事件は思わぬ展開を見せることになる。セビリアの医者ロドリゴ・ディアス・デ・イスラが一五三九年に出版した梅毒論の中で、コロンブス(スペイン語ではコロン)と一緒に新大陸に渡った船員たちがエスパニョーラ島(現在のハイチとドミニカ)から梅毒を持ち帰ったのであって、ヨーロッパでの最初の発病記録は一四九三年のバルセロナだと言い出したのだ。

この説を補強する者は当のスペインにも少なくなかった。ゴンサロ・フェルナンデス・デ・オビエドをはじめとする新大陸の専門家、クロニスタたちがその好例である。フェルナンデス・デ・オビエドはカルロス一世に向けた『インディアス自然誌提要』(一五二六年)で「確かなこととして陛下に申し上げられるのは、この疫病がインディアスから伝わったもので、インディオの間で非常によくあるということです」(七五章)と断言する。

コロンブス一行が第一回航海を終えてスペイン南のパロス港に帰還したのは一四九三年三月十五日である。新大陸に梅毒が昔からあったとして、コロンブス一行が病気を持ち帰ったとした場合、空気感染でもない梅毒が、そんなに簡単にバルセロナに飛び火するだろうか？　バルセロナとナポリの疫病は同じものなのか？　そもそもこれらの疫病は本当に梅毒だったのか？　疑問ばかりで答えは一向に出てこない。ともかく、もはや「フランス病」とばかりも言っていられず、当のスペインも標的になる。フランドル、オランダ、ポルトガル、さらにはイスラムの人たちによる「スペイン病」呼ばわりも始まったのである。

この病気で興味深いのは起源や伝播ルートばかりではない。ペストの場合以上に文学と関係することだ。梅毒に初めて言及したのはドイツの法学者でシュトラスブルク大学教授のブラント(Sebastian Brandt 一四五七―一五二一)が書いた一二四行の詩だったし、神聖ローマ皇帝マクシミリアン一世の書記官ヨゼフ・グリュンペルク(Joseph Grümperk)も十五世紀末から十六世紀初頭の間に、梅毒にまつわる詩を書いている。

「梅毒」なる単語を定着させたのはイタリアのヴェローナ生まれの詩人で医者のフラカストーロ

（Girolamo Fracastoro 一四八三―一五五三）で、一五二一年にラテン語で書いた詩『梅毒すなわちフランス病』（*Syphilis, sive morbus gallicus* 一五三〇年出版）がそれだ。ただ、伝染病に関する彼の諸研究が評価されるようになったのは十九世紀末のことだった。スペインの本格的な梅毒論は、フェルナンド王の侍医にまでなったフランシスコ・ロペス・デ・ビリャローボス（一四七三―一五四九）が一四九八年に出版した長編詩『医学提要』（特に三六六節以下）が最初で、著者が弱冠二十五歳の時の見事な詩文だ。

ビリャローボスの言う「詩文、散文、科学書、史書のいずれにも／一度も記されたことのない疫病」（三六八節）の原因は何か？　先に引用したデリカードの小説では、貯水池やブドウ酒の樽に犬の血液などの不純物が混入したことに由来するという（第五四帖）。他方、ビリャローボスは三つの立場を説明する（三六九―三七六節）。まず天罰とする神学者たちの主張。第二は火星と土星が「合」になったからとする占星術師たちの主張。合とは二つ以上の天体が地球に対して同じ黄経上に配置することをいう。第三番目は身体中にまわった黒胆汁と塩分過多の粘液の二体液をその元凶とする医者の主張である。

「体液」が出てきたところで、ごく簡単に四体液に触れておかなくてはならない。とりわけセルバンテス時代に再燃したギリシャの医聖ヒッポクラテス（前四六〇頃―三七五頃）の四体液理論は医学上の客観的事実として受けとめられた。それによれば人体には四種類の体液（humor）が流れている。血液、粘液、黒胆汁、黄胆汁の四種で、健康な人はこの四体液のバランスがとれているとされた。すでに引用した小説『エステバニーリョ・ゴンサレスの生涯と出来事』の副題は「よき hu-mor の人」で、これは「よい性格、ユーモアの人」と「体液の均衡がとれた健康な人」との掛け言葉だ。

さて梅毒では黒胆汁と粘液に異常をきたすとのことだが、黒胆汁(melancolía)の「メラン」はギリシャ語で「黒」、「コリーア」は「胆汁」の意で、「憂鬱症」と同じになる。「悲しみ」は病気ではないが、メランコリーは医学的に病気なのだ。粘液に関しては文人のミゲル・サブーコ(一五八八年没)が『人間本性の新哲学』の中で「胃の中の気体が頭に昇って眠気を催させる。それから凝結して白い液体が生まれる。さらにこれが黄胆汁と粘液になって病気を引き起こす」と指摘する。

梅毒の病原体であるスピロヘータ・パリダが発見されるのは一九〇五年のことだから、今まで見てきた病気と同じように、梅毒治療でもさまざまな試行錯誤が繰り返される。病因を解明できずに苛立つ人間は、梅毒を「聖ヨブの病い」呼ばわりして、聖人に責任転嫁をしながらも治療を摸索したのだった。

当時の基本的な駆梅療法は発汗である。セルバンテスの短編『いつわりの結婚』は、梅毒をわずらった男がバリャドリードの病院で二〇日間ぶっ続けで発汗療法をした後、ふらふらになって出てくる場面から始まる。この療法は独房風の狭い病室で行われ、火ばちを置き、患者は厚手の毛布類にくるまる。食事に気をつけて安静と十分な睡眠をとる。発汗促進の薬を飲む場合もあった。完治するには平均四〇日ぐらいかかり、時期的には三月と八月中旬からがよいとされていた。梅毒になるのは男性ばかりではない。ケベードのある詩（ロマンセ）ではマリーカという名前の売春婦が登場し、「マリーカは病院で／汗をかいておりました」で始まっている。しかしドン・ファン・マヌエルの手になる中世の説話物語『ルカノール伯爵』第一四話では、発汗が死の前兆とされている。時代の変遷が解釈の逆転を強いることは決して稀ではない。

発汗療法は別の療法と並行させることによって、一層効果をあげると考えられた。アグスティン・モレート（一六一八―一六六九）の芝居『侮蔑には侮蔑を』に「フランス病患者は／白い塗り薬で治療するのさ」（第一幕）とある。「白い塗り薬」とは水銀をベースにしたものを指し、先に引用したフラカストーロの著作でも水銀利用の駆梅療法が示唆されている。しかしこの水銀療法は副作用が強く危険を伴うことが早くから知られており、ビリャローボスも先に引用した長編詩で警告している（四一四節）。結局、十六世紀初頭あたりをもって水銀は駆梅療法の第一線を退き、癒瘡木をはじめとする薬用植物にとって替わられる。

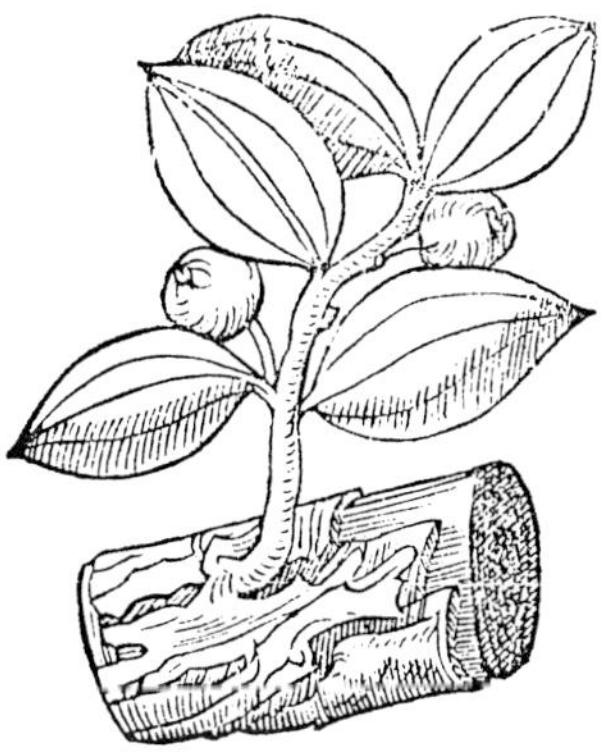

癒瘡木

新大陸のエスパニョーラ島が原産地とされ、かの地では以前から性病治療に活用されていた癒瘡木がスペインに入ったのは一五〇八年で、イタリアでは一五一七年だったという。樹液は煎じたうえで飲み薬、樹脂は硬性下疳や膿疱の塗布用、アルカリ分は下剤といった具合で多目的使用が可能だった。癒瘡木は「聖なる木」、「命の木」、「祝福された木」などの別名を持ったほどで、十六世紀前半から珍重されるようになった。

『アンダルシアのあばずれ女』の著者フランシスコ・デリカードはローマで梅毒にかかって苦しんだが、癒瘡木を用いた治療で一五二五年に「完治」し、本作品の中で「私の癒瘡木論でもって、私の健康回復法を諸君は知ることができよう」(本文完結後の「礼賛論」)と断言したばかりでなく、一五二九年に実際に『癒瘡木活用法』をヴェネチアで発表することによって、癒瘡木ブームに拍車がかけられた。なお一五二九年といえば、かのパラケルススが『フランス病の起源と由来』三巻本の原稿を出版社に手渡した年で、彼自身は癒瘡木の効果を疑問視していた。

いみじくもペロ・メシーアが『対話集』の中で言うように、「病原をつきとめることも、なぜこの薬(癒瘡木)で治るのかも明らかにされぬまま」(「医者に関する対話第二部」)、ともかく癒瘡木は盛んに活用された。朝と夕方の二回、それぞれ九オンス程度の癒瘡木の煎じ薬を汗をかきながら飲まねばならなかった。クリストバル・デ・カスティリェーホ(一五五〇年没)も、ある詩で次のように訴えている。「おお癒瘡木／バッカスの神／ヴィーナスとキューピットの敵／(中略)／私は温室に入れられ／已れの色恋沙汰を悔やみ／お前の力を頼みに／まんじりともしないのだ」。

瀉血は言うに及ばず、オリーブ油、蜂蜜、塩などを合わせた洗腸剤、にんにく、アロエ、レモンなどから調合した塗り薬なども試されたが(ビリャローボスの詩、四一六節以下)、決定的な駆梅療法は不明のままだ。ヨード剤、蒼鉛剤、砒素などが試みられたことも知られている。ケベードが一六三五年に書いた風刺小説『万人の時と分別ある運勢』で発汗、水銀、瀉血などの療法が効を奏さず、医者たちが知恵を絞る様子がおもしろく描かれている。骨に侵入した体液の下剤処理、悪魔ばらい、呪文などが提案され、元凶は頭にあるのだからタバコの煙がよかろうなどと議論百出する（三四章）。新大陸からもたらされたタバコに、頭の浄化を含めて種々の医療効果があると信じられていたのはスペインだけではないのだが、特に十六世紀後半から、タバコの薬効を論じた書物が相当数スペインで出版される。

歯に衣を着せることなく相手を攻撃することでは第一人者のケベードは、政治的色彩の濃厚な散文作品『アルマン・ド・リシュリュー枢機卿の頭の訪問と解剖』で、変調をきたした頭にこそ梅毒の源があり、「この猛毒源がどの頭にあるのかを探索しているうちに、高名なるリシュリュー枢機卿の頭がそうであることを私はつきとめた」と言う。リシュリュー（一五八五―一六四二）と言えば、フランス国王ルイ十三世の宰相にまで登りつめた人物である。ケベードはリシュリューを徹底して嫌っており、他の作品でも痛罵を浴びせている。ケベード流の治療でリシュリューの頭にタバコの煙を送り込めば、そこに詰まっている病原菌を退治でき、梅毒も絶滅させられるわけだ。

いずれにせよ、所詮は病原がつきとめられていなかった時代だ。他の多くの病気同様、今からすればまやかし治療が圧倒的だった。梅毒のごとき血液系疾患に下剤をもってするなどとは筋違いもはなはだしいし、癒瘡木による治療も大同小異である。

結局得られる結論としては、ロペ・デ・ベガが『おかしな長子身分』で言う「神がフランス病の危険から健康を守ってくださいますように」(第一幕)と願をかけるか、実際に梅毒にかかってしまった人がいたら、その人に『エステバニーリョ・ゴンサレスの生涯と出来事』に登場する性病患者の売春婦のように、ペスト聖人ロクスに帰依をして、ペストのついでに同じ皮膚病(?)の梅毒のほうも治してもらうよう進言する(第六章)しかなかったようだ。

虫歯

本書で再三登場するロペ・デ・ベガは、世話になったセッサ公爵宛の書簡で、虫歯に悩まされている様子をいく度も訴えながらも、作品『感謝する恋人』で「歯痛で死んだ人なんて／ただの一人もいやしない」(第二幕)と言う。ロペももちろん歯痛で死んだのではなく、心臓病だった。虫歯がいわゆる「病気」か否かは意見が分かれようが、ここでは虫歯・歯痛を広義の病気とみなすことにする。

以前にも引用したが、セルバンテスと同時代の医者で医学関係のことわざを集めて詳細な解説を付したフアン・ソラパン・デ・リエーロスによれば、歯には三つの機能がある。まず第一は、消化できるように食べ物を細かくすること。第二は舌とともに巧みに操作して、上手に話すこと。第三は小さな白い歯は外見をよくするということだ(以上、ことわざ三八の解説)。

第三の機能に関しては、さまざまな文学作品で言及されている。歯は白くて艶のあるのがいい。フェルナンド・デ・ロハスが書いた十五世紀末の演劇作品『ラ・セレスティーナ』に、理想的な女性は「口もと小さく、歯が小さくて白い」(第一幕)とあるし、ドン・キホーテもドゥルシネア姫の歯は「真珠」そのものだと言い張る(前編一三章)。さらに歯を正面から扱った作品となると、アグスティン・デ・ロハスの長編小説『愉快な旅』第三書に盛り込まれた寸劇があり、そこでも「見た目によく、上手に話すには前歯が白いこと」とある。

歯を白く保つにはどうするか？ アグスティン・デ・ロハスは次のように説く。「目が覚めたら、まず最初に、ごく薄い布で歯ぐきをぬぐう。その直後に、夏なら冷水で口をよくすすぐ」(前掲箇所、以下同様)。水の効果は絶大で、冬の寒い時には手のぬくもりで冷たさを多少緩和してから口をすすぐといいと言う。水でうがいをすれば歯ぐきは生き生きとするし、歯に付着したかすもさっぱり取れる――白ワイン、茴香《ういきょう》のしぼり汁などを混ぜた薬品を用いる場合もあった。ともかく歯ブラシがない時代だったことを念頭に置かなくてはならない。

『ドン・キホーテ』の前編一八章で、暴行を受けて歯をへし折られた主人公は「前歯も奥歯も一本も抜いたことも抜けたこともないし、虫歯になったことも歯肉炎になったことも一度もない」のにと嘆き、「サンチョよ、一つ教えておこう。奥歯のない口というものは石のない臼のようなもので、前歯はダイヤモンドよりもずっと大事にされなくてはいけない」と諭す。ドン・キホーテは狂気の代償として、臼とダイヤ、否、それに勝るものを失ってしまったわけだ。なお、歯肉炎だが、先ほどのアグスティン・デ・ロハスの寸劇によると、ブドウ酒を水でうすめ、昼食か夕食後にうがいをすると効果的だという。

ドン・キホーテのように外敵に襲われて物理的に歯を失うのは別として、歯を駄目にする原因として何が考えられたのだろう。アグスティン・デ・ロハスによれば、甘いもの、ミルク、大根、ベルサ菜、キャベツ、玉ねぎ、チーズ、凝乳、魚は禁物だという。肉は構わないが肉の筋を食べたり、骨をかじったりするのは慎まねばならないし、冷たいものを食べた直後に熱いものを飲むこと（またはその逆）も控えなくてはならない。

当時は歯ブラシがなかったと書いたが、うがいだけで口の中の掃除ができるわけではない。そこで重要なのが楊枝だ。食事をすませた騎士が「いつものように楊枝を使いながら」椅子にもたれるという言いまわしが『ドン・キホーテ』の前編五〇章にあるし、そもそもドン・キホーテが騎士道の道を歩まなかったとしたら、「とりわけ檻と楊枝」を作るようになっただろうとまで言う（後編六章）。前掲のソラパン・デ・リエーロスの解説では、歯は少量の塩できれいにして、歯の間につまったかすは楊枝で取り除くようにと教えている。アグスティン・デ・ロハスによると材質は胡桃の木や柳などが多かったが、一番良質なのは鵞鳥の翼の部分を利用したものだった。もっとも、有産階級では楊枝も贅沢になって、真珠や宝石を埋め込んだものまであったという。

いくら用心しても、結局は虫歯になって痛み始めることはある。ロペ・デ・ベガは古代神話に登場する地下神「プルトーン」に奉献された糸杉が、歯の痛みを取ってくれる」と小説『アルカディア』（第四書）で言うが、糸杉をどうするのかまでは書いていない。十六世紀のセビリアの医者で、薬草研究で知られるニコラス・モナルデスはタバコの葉で歯痛を緩和できると言う。タバコの葉の絞り汁にひたした小さな布片で痛い歯を拭った後、葉を小さく丸めたものを布片に包んで歯に当てがうのだそうだ。またソラパン・デ・リエーロスは香、乳香、焼きみょうばん一かけら、まんねんろう少々を煎じた液でうがいをすることを勧める。一本虫歯になると、隣接した歯まで次第に虫歯になっていくことがよくあるが、ソラパンは「虫歯になったら、腐食剤でもって筋肉(歯ぐき?)を焼いて、他の歯が虫歯になるのを防ぐこと」(ことわざ三八の解説)と指示する。

虫歯もひどくなれば抜かなくてはならない。「あなた様が歯を抜かれた旨を伺って、私めは震えあがりました」——これは最初に引用したロペ・デ・ベガのセッサ公爵宛の書簡に見られる一節だ。麻酔もせずに、いわゆるやっとこで抜歯したことを考えれば、ロペの文句も誇張ではない。しかも十六、七世紀には今で言う歯医者は皆無で、すでに検討した床屋医者、瀉血師が抜歯をしていたことを想起しなくてはならない。ケベードが次のように言うのも当然なのだ。「他人様の歯をまるで鼠であるかのごとくやっとこで追いまわし、歯を入れるならいざ知らず、抜いてしまうのに金銭をせびるのを目撃する以上に忍びない思いをしたことは、私にはございません」(『夢』「死の夢」の章)。

文学作品で描かれる抜歯の様子を見てみよう。最初はカルデロン・デ・ラ・バルカで、床屋医者の知的レベルの低さを示す光景が展開する『天国の恋人同士』(第二幕)だ。抜歯をする床屋医者にまるで教養がなく、「最後から二番目」(penúltimo)なる単語も知らない。患者が奥から二番目の歯が痛いと訴えると、一番奥の歯を抜く。抜かれた患者は抗議して「最後から二番目」の意味を教える。意味を了解した床屋医者は残った歯のうち、今度は最後から二番目の歯を一気に抜く。結果的に悪い歯を残して両隣のいい歯を抜いてしまったわけで、落語のようなオチがあるわけだ。

歯を抜く道具はやっとこだ。『エステバニーリョ・ゴンサレスの生涯と出来事』には、歯痛を訴えるユダヤ人の歯をやっとこで挾んで力まかせに引っぱると、虫歯もろとも顎までほとんど抜けてしまったというくだりがある(七章)。カルデロンの『原因一つから結果が二つ』の第一幕では、漫画のような抜歯の光景がある。床屋医者が鉤竿を利用して、にわか仕立ての弓を作る。弦楽器の弦を使って矢の端に虫歯を縛りつけ、空に向けて矢を放つ。結果は推して知るべしだ。

ゴヤ「カプリチョス No. 12」(絞首刑の刑死者から歯を抜いている)

同じ抜歯でも乳歯なら簡単だ。自然に抜けるのを待つか、それともたとえばソラパン・デ・リエーロスの次のような助言に耳を傾けることだ。「七歳の子供の前歯がぐらつき始めたら、就寝時に歯を紐でしばっておいて引き抜くこと。そうすれば眠っている間にひっぱるのだから、何も感じることはあるまい」(ことわざ三八の解説)。なお、この万能医者のソラパンによれば、子供に乳歯が生え

聖女アポロニア（右手に抜歯用の道具を持っている）

始めたら、歯ぐきに雌鶏の脂肪からさぎの脳味噌を塗り込むべしとのことだが、いかなる効果があったのかわからない。

抜け落ちた歯であれ抜いた歯であれ、歯は日本でも迷信につながりやすい。先に引用した『ラ・セレスティーナ』の第七幕に「絞首刑になった人の歯を七本抜いた」という台詞があるが、歯は魔術をかけるのに効果があったとされたからだ。抜いた歯と魔術との関係は密接で、時代が新しくなっても繰り返される。ロペ・デ・ベガの『ラ・ドロテア』にも「自分がつく嘘っぱちのために〔歯を〕役立てる女どもがいるそうだ」（第五幕二場）とある。おなじくロペの有名な芝居『オルメドの騎士』でも、怪しい女が「昨日しばり首になった強盗の奥歯が私は必要」（第一幕）と言っている。

ところで、病気に聖人がつきものなのは今まで見てきた通りだが、歯の病気にもご多分に漏れず聖人がいる。『ドン・キホーテ』後編の七章に「聖女アポロニアのお祈りをしながらおいでなさい」という文が見られ、『エステバニーリョ・ゴンサレスの生涯と出来事』の七章に「聖女ポロニア病の患者がやって来た」とある。この聖女アポロニアまたはポロニアはヨーロッパにおける虫歯の救難聖人で、前出の『ラ・セレスティーナ』でも、片想いの男性が女性に近づくために、自分が虫歯で苦しんでいる口実を用いて相手の同情を買い、彼女に聖アポロニアの祈りを唱えてもらう作戦に出る。

紀元三世紀にアレキサンドリアで生を享けたアポロニアは熱心なキリスト教徒で、折しもローマ皇帝デキウスのキリスト教迫害に遭遇した。多くのキリスト教徒がアレキサンドリアから逃げ出したが、アポロニアは故郷に残って敵に捕らえられる。キリスト教を捨てるように迫られ、顔が原形をとどめないほど滅多打ちにされた挙げ句、歯を一本一本抜かれていったという。彼女は歯を抜かれる激痛に耐えながら神にひたすら祈り、今まで以上に堅い信仰を誓った。敵は彼女を火のそばに連れて行って、火あぶりにすると脅迫する。彼女は隙をみて燃えさかる火炎に飛びこんで殉教した。二四九年二月九日のことだった。カトリック教会典礼暦では、この二月九日を聖アポロニアの祝日に定めている。

この聖女(ア)ポロニアについては、作者不詳の次のような詩も伝わっている。「天の戸口に／ポロニアがおりました。／聖母マリアさまがそこに差しかかって／おっしゃいました。「ポロニアよ、何をしておいでなの？／眠っているの、それとも起きているの？」／「私の聖母さま、眠っているのでも起きているのでもございません。／歯の痛みがひどくて死にそうなのでございます」／「ヴィーナスの星〔金星〕と日没の太陽にかけて／そなたの奥歯も前歯も、もう痛みませせぬように」」。

天文年間（一五三二―五四年）、すなわちセルバンテスの生まれた前後から総義歯まで実用化していた日本からすれば仮に奇妙に聞こえようと、聖女にすがる人は真剣そのものだった。ましてやスペインの場合、こと総義歯の研究に関しては日本は言うに及ばず、隣国フランスにも遅れをとった。矯正歯科学の創始者で、ヨーロッパ最初の総義歯の開発者は、フランスのピエール・フォーシャール（**Pierre Fauchard** 一六七八―一七六一）であった。

しかし総義歯や歯槽膿漏の研究ばかりで歯科学を即断してはなるまい。カルデロンの執筆がきわめて有力視される宗教劇『三つの裁きを一つに』に「あんなに若いのに入れ歯をしたあの娘！」（第二幕）の台詞がある。フォーシャールよりも、ずっと早い年代に義歯（総義歯ではなくとも）があった証だ。しかも本来フォーシャールと並び称されるべき人物がスペインにいたのである。フランシスコ・マルティネス・カストリーリョがその人だ。いわゆる床屋医者の抜歯師がはびこる中で、彼は長年フェリペ二世の王室歯医者をつとめた人物で、スペインはもちろん、ヨーロッパの歯科学は彼をもって嚆矢とすると言っても過言ではない。『簡潔な総括の対話。歯のことと口のすばらしき業について』は一五五七年の著作で、同書は一三年後に増改訂が行われている。いずれの版もフォーシャールに先んずること百年余で、今日の口腔衛生学の先駆をなすものでもある。非科学的としか言いようがない民間治療と、地味ながら堅実な研究が同時進行するのは、今も昔も変わりのないところだ。

セルバンテスの医学知識

イタリアのパドヴァ大学で医学博士の学位を得た十七世紀のイギリス人R・ブラックモア(Richard Blackmore)は国王ウイリアム三世の宮廷医にまでなった名医だ。このブラックモアが学識を深めようとして、やはりイギリスの名医T・シデナム(Thomas Sydenham)に読書指導を仰いだところ、『ドン・キホーテ』を勧められたという有名なエピソードがある。このエピソードが仮に実話だとしたら、ブラックモアが詩人でもあったことへのシデナムの配慮とも考えられるが、やはり『ドン・キホーテ』に相当の医学的識見が詰まっていることをシデナムが認めていたことになろう。

先に指摘したように、セルバンテスの父は床屋医者、母方の祖父は正規の医者だった。そして故郷のアルカラ・デ・エナーレスの大学には多くの医者の卵がいた。父親のところに同業者が集まって医学談義を交わすのを耳にすることも多かったに違いない。

だが父親はしょせん床屋医者でしかなかった。今日理解するような開業医ではなく、むしろ行商人のように、患者を求め歩かねばならなかった。未来の文豪少年も、父親に手を引かれて患者の家をまわりながら医療行為を目撃することが一再ならずあったはずだ。カルデロン・デ・ラ・バルカの芝居『贋の占星術師』にこんな一節がある。「治療がお入り用の患者はおらんかね？／とそのあたりを触れ歩いていた／医者と同じように／声を張りあげてまいりましょう」（第二幕）。こうした患者を求め歩く父親の声は、少年セルバンテスにどのように響いたのであろうか。

セルバンテスに医学の知識があったといっても、医学部に在籍したわけではない。自分の生活環境以外に、持ち前の貪欲な好奇心が役立ったに違いない。「たとえ道ばたに落ちている紙切れであっても、私は読むのが好きだ」（『ドン・キホーテ』前編九章）の言葉に象徴されるように、彼の知識欲は並外れていた。この知識欲と医学との関連で、いま一つの推定が可能だ。ギリシャの小湾でトルコ大艦隊とキリスト教軍が闘ったレパントの海戦にセルバンテスが参戦したことに着目してみる。一五七一年十月七日の戦いで彼は敵の銃弾を受けて倒れ、イタリアはメッシーナの病院で療養生活をする。彼の「社会復帰」を認める公文書は翌年の四月二十九日付である。この長期療養の間に、持ち前の好奇心を発揮して医学の知識を蓄積してゆき、それを自分の文学に盛り込む周到な準備をしていたと推定するのだ。医学へのセルバンテスの入れこみようは、たとえば故郷の大学医学部教授としても哲学教授としても高名な王室外科医フランシスコ・ディアスが著した泌尿器系医学書のために、賛美のソネットを寄せたことからも知られる。

セルバンテスの医学的素養を問題にするには、同時代の医学の基盤を想起する必要がある。ギリシャのヒッポクラテスは人間の健康を左右する四体液を考えた。それがいかなるものであるかは「梅毒」の項で見た。このヒッポクラテス、一五三編の医書を著したという同じくギリシャのガレノス（一二九頃―二〇〇頃）、アラビア医学のアビケンナ（イブン・スイーナー）、十六世紀のベルギーの解剖学者ヴェサリウスを合わせれば、セルバンテス時代の医学的知識の荒削りな枠組みができる。となると、セルバンテスに入る前に、このあたりを簡単に押さえておく必要があることになる。

最初のヒッポクラテスの四体液理論は古代ギリシャの哲学者エンペドクレス（前四九三頃―四三三頃）以来よく取り沙汰される四原質論と結びつけられて、議論が一層ふくらむ。スペインでも、たとえば先に引用したセビリアの聖イシドロが『語源論』の中で、同じ主張を繰り返す。すなわち、血液《サングレ》は空気、粘液《フレマ》は水、黄胆汁《コレラ》は火、黒胆汁《メランコリーア》は土と関連し（第四巻五章）、物質世界はこれら四原質の絶妙な配合からなるという。十七世紀のカルデロンも一幕物聖体劇『治療と病い』で「四つの原質が／四つの体液に相応するのが／私にはわかります」と明言する。こうなると医学は狭義の医学を抜け出して世界観と直結し、知識人たるもの不可避的に医学に目を向けざるを得なくなる。

これを「神は御自分にかたどって人を創造された」（旧約聖書「創世記」一章二七節）と照応させ、さらにスペイン思想で十三世紀以降大河のごとく流れる、人間は「神の姿に似せて創られた／小さな世界」（ロペ・デ・ベガ作『正気の狂人』第二幕）と合わせ考えると、医学は今や神学とも不可分になる。被造物たる人間が小さな世界、小宇宙を構成するならば、神の似姿の人体構造も厳粛なものであるはずだ。

フライ・ルイス・デ・グラナダ

一例を見よう。哲学者フライ・ルイス・デ・グラナダ（一五〇四—八八）は『信仰の象徴序説』第一書で詳細な人体構造論を展開する。ガレノスを引用しながら、解剖学が「われわれの創造主を認識するのにきわめて確実な足掛かりで、手引きとなってくれる」と断言する（第一書二三章）。彼にとって解剖学は小宇宙としての人間を明らかにするがゆえに、神を正しく認識し、信仰をより確実にする認識方法となる。なお、フライ・ルイス・デ・グラナダのこの著作第五書の要約が一五九二年に天草で *Fides no Dôshi*（『ヒデスの導師』）として邦訳されており、日本のキリシタン文学でも、かの『ぎや ど ぺかどる』（長崎、一五九九年）と並んで核心的な作品だ。もしも『信仰の象徴序説』の第五書だけでなく第一書も翻訳されていたとしたら、杉田玄白らの『解体新書』（一七七四年）より二〇〇年近くも前にガレノスやヴェサリウスの解剖学的知見が日本に紹介されていたことになる。

解剖学と神学とを繋ぐフライ・ルイス・デ・グラナダを、現代感覚で「非科学的」と片付けては、無論ならない。三〇体以上の死体解剖をして人体構造の知識を得たダ・ヴィンチも人間＝小宇宙を疑わなかったことを考える必要があるし、血液の小循環（心臓→肺→心臓）の主張をしたことで知られるスペインのミゲル・セルベー(一五〇九―五三)も、その主張を『キリスト教の復活』と題する書物で開陳しているのだ。

スペインにおける解剖学には、やはりヴェサリウスの影響が強かった。彼はガレノスの信奉者として出発しながら、一五四三年の『人体構造学』で近代解剖学の基礎を築いている。なおヴェサリウスは一五五九年から六四年にかけてスペインに滞在して王室医をつとめている。ヴェサリウス以外にも同時代のスペインの解剖学者ファン・バルベルデ・デ・アムスコの存在も大きい。ヴェサリウスと同様イタリアで研究活動をした医者だが、ヴェサリウスの影響下にある主著『人体構造史』(一五五六年)は一五六〇年にイタリア語、一五八九年にラテン語に翻訳されてヨーロッパ各地に広まる。しかし前掲のフライ・ルイス・デ・グラナダなどはむしろ本来のヴェサリウスを意識しており、人体を建物《ファブリカ》にたとえて「家壁を建てた後、もっと美しくなるよう石膏を塗って装飾を施すのと同じで、創造主は人体を美しくするべく骨格の上に皮膚を広げたもうた」(『信仰の象徴序説』第一書二四章)と言う。

スペインでの人体解剖の実践は平坦な道のりではなかったが、一五〇一年に解剖学講座を開設したバレンシア大学がスペインでの解剖学の中枢となる。サラマンカ大学はちょうど五〇年遅れで解剖学講座を開設するが、それでも後に同大学で医学博士号を取得しようとする者全員に、最低六体の人体解剖を義務づけるようになった。日本でも「腑分け」が道義上問題となったように、スペインでもすんなりとは行かなかった。セルバンテスが生まれた一五四七年に出版されたペロ・メシーアの『対話集』は今までに何回か引用したが、「死体解剖は私見では残酷であるほか、あまり効果も根拠もない。生きた人体の皮膚の色も柔らかさも保っていないからだ」(「医者に関する対話第二部」)と言うかと思うと、医者は「人体の構造と組織、人体にある体液を知って、どの体液が変調をきたしているかを知らなくてはならない」(「医者に関する対話」)と判断の揺れを露呈している。

セルバンテスはこうした近代医学への過渡期に生を享けた。『ドン・キホーテ』でセルバンテスは、遍歴の騎士になるには「医者であること、とりわけ本草学者であること」が条件だと言う(後編一八章)。遍歴の騎士たるもの、いつ災難に遭遇するかわからず、薬草による応急処置ができなくてはならない。負傷した時の外科の心得、内科、すでに見た歯に関する知識も必要だ。後章で見るように、セルバンテス自身は精神医学の書も読んでいたらしい。『ドン・キホーテ』には眼科への言及さえ見られる。「卑劣な魔法使いが私につきまとい、私の目に雲をかけて白内障にしてしまったのだ」(後編一〇章)。いわば家庭医学の基本である健康管理、衛生、食事などにも気をつかっている点(後編四三、四七章など)についてはすでに見た。

セルバンテスは四体液理論のヒッポクラテスを「医学の指針であり光」(後編四七章)と形容する。当然、セルバンテスも四体液理論の潮流にあり、『ドン・キホーテ』の前編二一章で「黄胆汁、それと黒胆汁さえも切ってから馬に乗った」と言う。「黄胆汁を切る」とは「間食をとる」ことで、胃を落ち着かせるためにオレンジを食すことが多かった。ヒッポクラテス著とされる『アフォリズム』がこの時代のスペインでは臨床医学の基礎となっており、ビセンテ・エスピネルの小説『準騎士マルコス・デ・オブレゴンの生涯』には『アフォリズム』を暗唱した医学生への言及も見られるほどだ(第一部四章)。

セルバンテスの著作には、アラビア医学のアビケンナの流れを汲むと思われる記述も何か所かあるし(詩集『パルナッソス山への旅』六章など)、アビケンナは教養あるスペイン人なら知らなくてはならない医者だった。たとえばキニョーネス・デ・ベナベンテの幕間劇『病人に関する有名な幕間劇』でも「黒胆汁系《メランコリーア》体液に起因する病いですから/本当に大事になさるがいい/それには音楽がよろしいとアビケンナが申しておる」という医者の台詞が見られる。

セルバンテスの本格的な医学の知識を示すものとして、『ドン・キホーテ』に次のような箇所がある。「ラグーナ博士によって注解されたディオスコリデスの記述する植物すべて」より、パンやにしんの頭を食べたいというくだりだ(前編一八章)。ディオスコリデスだが、紀元一世紀のローマの植物学者で、ネロやヴェスパシアヌス皇帝に仕え、『薬物について』(*De materia medica*)で約六百種の植物を記載し、何世紀にもわたって本草学の基本文典として権威を保ち続けた。

このディオスコリデスの著作をスペイン語に翻訳したのが、すでに何回か文学者として登場しているアンドレス・ラグーナだった。十五世紀末または十六世紀初頭にセゴビアで生まれたラグーナはサラマンカ、パリで学び、イギリス、イタリア、ネーデルランドなどで研鑽を積む。古典語に通じ、アリストテレス、キケロ、ルキアノス、ガレノスなどの翻訳に携わったり、ペスト論、痛風論、解剖論などの著作を著し、人文学者および医者としての名声を確固たるものとして、ローマ教皇ユ

PEDACIO DIOSCORIDES
ANAZARBEO, ACERCA DE LA MATERIA MEDICINAL, Y DE LOS VENENOS MORTIFEROS, Traduzido de lengua Griega, en la vulgar Castellana, & illustrado con claras y substantiales Annotationes, y con las figuras de innumeras plantas exquisitas y raras, por el Doctor Andres de Laguna, Medico de Iulio III. Pont. Maxi.

DIVO PHILIPPO, DIVI CAROLI V. AVG. FILIO HAEREDI, OPT. MAX. DICATVM.

EN SALAMANCA
Por Mathias Gast. Año
1566

Con Priuilegio.
Está tassado en dos ducados.

『薬物について』スペイン語版の表紙

リウス三世(一五五〇―五五年在位)、スペイン国王カルロス一世、フェリペ二世の侍医に迎えられている。

医者ラグーナの最大の学術的貢献はディオスコリデスの『薬物について』をギリシャ語から見事に翻訳して詳細かつ膨大な注を施し、原本の七百か所以上の誤りを修正したものだ。一五五五年にアントワープで初版を出し、スペイン本国では一五六六年にサラマンカで刊行されて版を重ね、この注解を含めた翻訳のおかげで、本書は十八世紀まで高い学術的信頼を堅持する。またそれなりの今日的意義さえ持ち、一九六八―六九年に立派な復刻版がマドリードで刊行されているほどだ。「医師であること、とりわけ本草学者であること」を旨としたドン・キホーテを描いたセルバンテスが、故郷のアルカラ・デ・エナーレス大学医学部教授の肩書きも持つラグーナの業績に着眼したのは自然の成り行きであるばかりか、セルバンテスの慧眼を余すところなく示したものと言わねばなるまい。

前に解説した瀉血は言うに及ばず、「過剰の黄胆汁を下す」(『ドン・キホーテ』前編六章)でわかるようにセルバンテスは下剤や脈拍(同後編一〇章、七四章他)にも気をつかう。さらには尿にまで言及する。『ドン・キホーテ』前編二二章に登場する老人が「持病の尿の病いで、一時も休まる時がございません」と言う。老人の発言であることから、いわゆる前立腺疾患が考えられよう。診断に尿検査が重要だったのは、作者をアンドレス・ラグーナとする説の根強い『トルコ旅行』中の「脈拍と尿が医師の目安だった」(第一部七章)や、カスティーリョ・ソロールサノ(一五八四—一六四七?)の小説『嘘っぱちの娘』に収録された幕間劇中の「お小水を見なくてはなりませんな」と言う医者の発言などからもわかる。

セルバンテスは専門の医者ではなかった。ただし、医学への幅広い関心と知識は単なる好事家のそれを、大きく越えていたのは事実で、たまたま筆者の手もとにあるだけでもセルバンテスと医学との関係を論じたモノグラフィックな研究書が六冊ということからしても、そのあたりをうかがい知ることができよう。セルバンテスの用いる医学用語の頻度調査によれば、解剖学系統が一番、二番が臨床医学系、三番が精神医学で、当時の文学作品の全般的傾向と較べると一番と二番の順序が逆だという。セルバンテスの使う「解剖学用語」は比喩的な場合が多いので、この統計数値をそのまま受けとめる必要もないのだが、彼の家庭環境、そしてなによりも医学への個人的関心を自分の作品へ投影させたことが、後代の思わぬ研究熱を誘発することになったわけだ。

第5章　動物奇譚

ティルソ・デ・モリーナ（Tirso de Molina 1583?-1648）

猫

おもしろいことにギリシャ・ラテンの古典には猫がまったくといっていいほど登場しない。アリストテレスの一〇巻からなる『動物誌』でも、猫はほんのわずか言及されるだけだし、あれほど多くの動物が登場する聖書にも猫は姿を見せない。

野生の猫を飼い猫もしくは家猫にしたのは古代エジプト人だと言われる。エジプトの場合、猫は神聖視され、加茂儀一氏の『家畜文化史』によれば善霊、もしくは幸福をもたらす動物とされ、故意でなくとも猫を殺そうものなら犯人は処刑にまでなったという。さらにイスラム教の開祖マホメットの猫好きはつとに知られ、以来、猫を大事にする発想がかなりイスラム世界に広まったようだ。しかし古代エジプトの「お猫さま」の発想はおろか、家猫はなかなかヨーロッパに伝わろうとしなかった。紀元一世紀頃になってヨーロッパに伝わった模様だが、イギリスなどでは十世紀になっても飼い猫は稀で、文学作品中に本格的に登場するには、予想外の時間がかかる。

さて、ヨーロッパのルネサンス期の文学者で、猫好きとしてはイタリアのタッソーやペトラルカ、フランスのロンサールなどが思い出されるのだが、広義の文学と猫との関係で最初に連想されるのは、やはりイソップ物語で知られる猫の首に鈴をつける話ではなかろうか。スペインの中世文学にも、この話を見つけることができる。

一三五〇年から一四〇〇年頃の作品とされる作者不詳で五八編からなる物語集に、その名も『猫の書』がある。表題とは裏腹に、実際の全体的内容は猫とはほとんど関係ない書物なのだが、鼠たちが猫の首に鈴をつけようとして窮する有名な話(第五五話)が採録されている。ただし、この作品では結局、猫の首に鈴をつけられずに終わるだけではなく、話が展開して、身分の低い聖職者が高位聖職者に反逆を試みようとしても後の仕返しが怖いために、結局だれも高位聖職者に逆らえないという身分制社会の桎梏が描かれている。つまり、怖い猫が怖い高位聖職者になぞらえられているわけだ。

猫の首に鈴をつけるこの物語はセルバンテス時代のスペインでも有名で、たとえばロペ・デ・ベガの芝居『恋人の召し使い』第一幕でも、たとえとして引用されている。そしてこのロペ・デ・ベガこそ、後で説明するケベードとならぶ、スペイン文学における猫論者(?)の双璧なのである。ロペ・デ・ベガは『猫騒動』と題する長編物語を韻文で書いており、登場するのは猫ばかりだ。この作品では猫たちが口をきき、切ない恋をし、嫉妬の炎を燃やしながら、まさに悲喜こもごものドラマを展開し、さらに人間社会をさりげなく睥睨する。「詩神ミューズに賜わった才をもって／私は勇敢なる二匹の猫同士の／いさかい、色恋沙汰や騒動を詩文に託すことにしよう」(第一部)と作者のロペは執筆の決意のほどを示す。本書の初版が一六三四年だから、漱石の猫よりも実に二七一年も昔の作品だ。本書第一部では、恋の病いで頭に血がのぼってしまった猫に、医学通の別の猫が頭から血を抜くことを勧める光景などもあり、先に説明した瀉血がここでも有効だ。ロペは猫の擬人化に興味をもっていたらしく、一六一三年の芝居『愚かなる淑女』第一幕では、猫のお産の模様を実におもしろおかしく描くのに成功している。いよいよ子猫が生まれる間際になると母猫が激痛で悲鳴をあげ、「あー、あー、産まれちまうよ、おまえさーん」と亭主の猫を呼んだり、ついにはお産婆さん猫まで登場する。

さてエジプトで神格化され、マホメットが可愛がり、ロペ・デ・ベガが劇作品の主人公に選んだ流れからして、セルバンテスの時代に猫が全般的に大事にされたかというと、決してそうではない。十八世紀フランスの有名な博物学者ビュフォン（Buffon）は、犬と違って猫を不実で役立たずと決めつけているが、ビュフォンのような見方はスペインの古典文学をさかのぼれば枚挙にいとまのないほど頻出する。「不実」どころか、猫は「泥棒」と同義になる。ケベードのピカレスク小説『ペテン師』に「猫呼ばわりさ

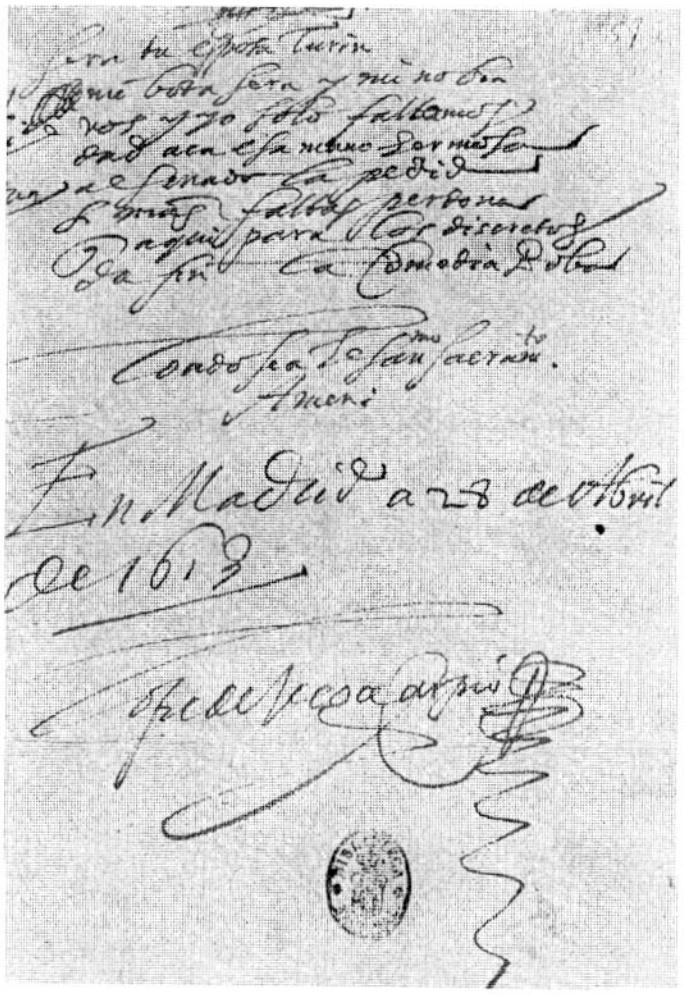

ロペ・デ・ベガの署名

れていた親父は、その家の鼠退治に狩り出されていっちまった」(第一部二章)とある。当時の辞書やことわざ集に当たるまでもなく、猫=泥棒であり、それを踏まえてこの引用を再読すると、「親父」は致命的な屈辱を受けたことになる。泥棒を猫にたとえた例はきわめて多く、ケベードに限っただけでも、すでに引用した『万人の時と分別ある運勢』などでも、同じような立場がとられている。たとえば一三章では、パンくずやチーズのかけらを食べてしまう鼠を退治してもらうのが目的で猫を飼ったら、猫は鼠だけでなく、大事な御馳走そのものにまで手を出す始末で、ついに人間が泥棒猫を殺して「鼠たちよ戻ってこい」とまで言ったというエピソードが語られる。

泥棒と決めつけられた猫には、次々に災難が降りかかる。『ドン・キホーテ』後編二〇章、グラシアンの『論評の書』第二部三評をはじめ、ケベードやゴンゴラの詩でも、猫の皮で作った財布(特にへそくり用財布)への言及が実に多い。グロテスクな話だが、猫の頭部と脚をまず切断し、そこから中身を抜き取って袋状にした表皮で財布を作ったのである。筆者の管見の範囲では、一九五三年に出版されたケベードに関する某書物の中で、少々脱線した著者は「へそくり用の、猫皮で作った財布がセゴビアで現在でも売られている」と書き記している。

猫は財布に化けるばかりではない。先ほど引用したケベードはあわれな猫の一生を、詩(ロマンセ)の中で次のように説明する。「俺たちの一生はもう知っての通り/なんともはかないもんさね/生きてりゃ犬に食われるし/死んじまえば人間どもに食われちまう」。猫が「人間どもに食われちまう」ことに、少々こだわってみよう。なぜ猫が食べられたのだろう。同じ詩の中でケベードは

「俺たちが早死にしなくちゃならない／いま一つのわけは／皮を剝がれると／兎に似ちまうからなのさ」と説明する。兎と猫は外見が似ていて、ましてや皮を剝いで耳を切り落とした兎は、猫と識別しにくいというのだ。

事実、猫を兎の「代用」とした記述が、古典文学に少なくない。十七世紀に出た辞書類を見ると、「兎の代わりに猫を売る」が「まがい物で相手を騙す」の意と説明されている。現代スペイン語で「兎の代わりに猫を与える」が同じ意味の熟語として使われているのは、その名残である。例を見よう。ケベードの小説『夢』に、「三日前に詐欺師がやって来て、兎の代わりに猫を売りつけたために咎を受けてしまったと言った」(「悪魔つきの警吏」の章)とある。兎と猫との商品価値が対等になれば、猫の評価も高まる。ロペス・デ・ウベダ作と言われる一六〇五年の長編小説『莫連女フスティーナ』の、「死んだ猫をお宅で入手した時には、大げさに扱ってそれが兎だと言うんですよ」(第一書三章一番)からも、そのあたりがうかがわれる。

スペイン版羊頭狗肉に一番便乗したのが悪徳旅館だった。旅の者に兎の肉だと言って猫を食べさせ、経費節約をはかったのだ。一例だけ確認しよう。ティルソ・デ・モリーナの芝居『アントーナ・ガルシア』に旅館の女将と宿泊客との興味深いやりとりがある。「客A「他に何があるかね？」／女将「兎です。」／客B「猫じゃないといいがね。」／女将「当旅籠では、さようなことはいたしません」」(第三幕)。客の対応から、兎を猫にすりかえて食べさせる旅籠があったことがうかがわれる。

ところが猫は兎の身代わりとして食べられるだけではなかった。最初から猫を承知で食べてもいるのだ。本書「食の研究」の章、「悲嘆と破損」の項で引用した十六世紀前半のノラの手になる『料理の書』に、ちゃんと猫料理が説明されている。要約してみよう。頭部は捨てる(猫の脳を食べると、こちらの頭がやられて理性を失う)。きれいに皮を剝いでから薄い布地に包んで土の中に埋める。一昼夜してから取り出して焼くのだが、その際にんにくとオリーブ油をよく塗り、さらに肉が柔らかくなるよう棒の類で肉を適度に叩く。よく焼いてから大皿に盛りつけて、たれをかける――著者はこの猫料理が美味であることを強調しているが、本書の一九二九年版の注釈者は、この猫料理が今世紀になっても好事家によって食され続けていると明記している。

こうして見てくると、スペインで猫が必ずしも愛玩動物でなかったことが十分に了解されよう。ケベードは発情期に入った猫についての別の詩(ロマンセ)で、一月にもなると「奴らは恋心を打ち明けあうのだが/〔その泣き声は〕いずれも低劣きわまりない」と見下す。ちなみに発情期の猫の鳴き声はロペ・デ・ベガでは「マラマーオ」、同時代の寸劇の天才キニョーネス・デ・ベナベンテでは「マラニャーオ」で、日本語の「ゴロニャーン」に近いといえば近い。

猫は殺されないまでも、災難に会うことが少なくなかった。現代感覚からすると、かなりグロテスクな遊びが猫を使って行われたからだ。スペインの昔の遊戯に関して数多くの貴重な情報を提供してくれるロドリゴ・カロ(一五七三―一六四七)の名著『享楽の日々』によれば、猫を川や水溜りに追い詰めていって水の中に落とすか、さもなくばできるだけ水に近づけた者を勝ちとするゲームがあったことが知られるし（対話五の第五節、『ドン・キホーテ』前編八章にも言及あり）、カルデロン・デ・ラ・バルカの演劇作品『原因一つから結果が二つ』によれば、猫を縛りつけて滑車で吊り上げておいて、股ぐらを棒で殴りつける遊びがあったらしい（第一幕）。

ところで「猫のように七つの命を持つ」という昔からの言いまわしが現代スペイン語に残っている（インドやエジプトでは九つだという）。滅多なことでは死なない、いわば不死身のたとえだ。そして古文では「七つの命」ではなく「七つの魂」がよく使われたばかりか、七つの命もしくは魂を持つのは「猫と女性」だとも言われた。「猫が七つの命を持つ」に類する成句はフランス語やイタリア語にもあるが、猫と女性の関係を強調するのはスペインの得意とするところだったらしい。

カトリックの異端説グノーシス派は女性の持つ魔性と猫とを関連づけたと言われるが、グノーシス派と十六、七世紀のスペイン文学者とを結びつけるのには無理があろう。ただ、猫（とりわけ雌猫）が人間の女性に化ける話は、スペイン文学で決して珍しくはない。ロペ・デ・ベガに限っても『復讐なき罰』（第三幕）、『既婚女性たちの鑑と忍耐の試練』（第二幕）などに、それが見られる。さらにロペは女性と猫との関係を、世話になったセッサ公爵宛の一六一七年六、七月あたりの書簡で明快に解説している。女性には「何種類かの動物と不思議な共通点がございます。蟻のように用心深く、カメレオンのように移り気で、まむしのような毒があって、心の奥底は猫のようでございます。と言いますのも、女性が私ども男性に心を捧げるなどと申しましても、それは猫の心よろしく、心がいくつもあった上でのことなのでございます」。

現代の猫好きからも女性からも、総攻撃をくらうような記述がスペイン古典文学に多いことが確認されるわけなのだが、猫と女性とを結びつける立場に関して言うなら、両者が男性にとって不可解な存在ということに落ち着きそうだ。というのも猫は不思議な自然現象と関連づけられるからだ。アグスティン・デ・ロハスの『愉快な旅』で、猫は月の影響を受けやすく、月の満ち欠けで猫の瞳の開き具合が変化するという興味深いエピソードが報告されている(第二書)。かりにこうした自然現象に結びつけないまでも、猫が不可解な動物としてとらえられがちなのは、どうやら時空を超えたことらしい。現代ラテンアメリカ文学隆盛の火付け役の一人ボルヘス(Jorge Luis Borges 一八九九―一九八六)も「猫に」と題する詩で「お前は異質な時間の中にいる。お前は夢のように/閉ざされた境界の支配者だ」と異邦者としての猫を強調する。ところが倨傲の人間は、「閉ざされた境界の支配者」との共存をよしとせず、その境界への侵入をはかった挙げ句にかなわぬと見るや、相手を誹謗することを憚らない。こうした傾向が相対的に強かったのが、スペイン古典文学の世界ということができそうだ。

犬

「犬猿の仲」は性格の不一致を指す成句だ。ところが、スペイン語をはじめフランス語やイタリア語などでは、仲が悪いのは猫と犬ということに昔から決まっている。悪いのが「犬猫の仲」である以上、時々見かける「犬猫病院」なる名称は、スペイン語などからすると響きがよろしくないわけだ。

犬は人類にとって最初の家畜だと言われる。筆者は直接見る機会をまだ得ていないが、マドリードの東南東方向にアルペーラ(Alpera)という場所があり、そこには明らかに人間に飼い慣らされた犬の洞窟壁画が残されており、人間が先史時代から犬と親しんでいたことが知られる。

ただ一口に犬といっても、ペット用、狩猟用、羊飼い用など多彩で、ここでは主に文学作品に見られるエピソードを通して、犬のイメージに近づけたらと思う。ところがこのイメージ自体が複雑で、犬を高く評価する立場(たとえば猫より実益が大きい)と、反対に下劣なものと見る立場とが鋭く交錯している。

十六、七世紀のスペインでは犬(特に小犬)を愛玩用に飼うことが、貴婦人の間でかなりはやったらしい。クリストバル・デ・ビリャローンの小説『クロタロン』に貴婦人の言葉として、「私が可愛い小犬のアルメーニカをどんなに大事にしているかは、ごらんの通り」(第一九話)があるし、ケベードの風刺詩でも小犬と戯れる貴婦人が登場する。また国王フェリペ三世の妻マルガリータ王妃も小犬を飼っていて、それがもとで国王との間の雲行きが怪しくなったことがあるという。当時の女性が犬をかわいがりすぎたのには男性も閉口気味だったらしい。アントニオ・デ・ゲバーラも例外ではない。貴婦人に向けた手紙の一節を引用してみよう。「お産で貴女様の犬が死んでしまい、貴女様が悲しみにひどく打ちひしがれ、高熱をお出しになってベッドで苦しんでおいでの由をお便りで知りましたが、正直なところを申しますと、その貴女様の悲しみは私どもの大爆笑の種になったのでございます」(『親密書簡集』一五二四年二月八日付)。

犬をかわいがったのが女性に限られるわけでは、もちろんない。後のアラゴン王ファン一世(一三八七—九五年在位)がまだヘローナ公だった頃、飼い犬にアマディースという名をつけたことが伝わっている。文学の立場からすると、この名前を犬につけたことは実に興味深い。アマディースは代表的な騎士道小説『アマディース・デ・ガウラ』の主人公の名前で、犬をアマディースと命名するということは、この騎士道小説のポピュラーぶりを示すからだ。

犬が高く評価されるのは、人間に忠実であるからだ。中世の碩学セビリアの聖イシドロの『語源論』でも、次のように褒めちぎられている。犬は「自分の名前を呼ばれて反応する唯一の動物でもあり、主人を愛し、家を守る。主人のためとあらば命をも投げ出し、狩りにも進んでついて来る。なかには主人の死骸から離れようとしない犬もいる。この特性は人間をおいて他に見ることができない」(第一二巻二章)。こうした犬の忠義に対する評価は、昔からほぼ一貫したものだ。たとえば古代ギリシャの英雄で医神のアスクレピオス、旧約聖書のトビアス、狩人の守護聖人である聖フーベルトゥス(七二七年没)などの絵でも犬が伴侶として付き添っている。日本の童話でも桃太郎の最初の家来になったのは犬だし、忠犬ハチ公に類するものはヨーロッパにいくらでもある。中世の貴婦人の墓に犬の彫刻がよく彫られているのも、聖イシドロが指摘した忠誠心の象徴にほかならない。もちろんセルバンテスの時代になっても、犬の忠誠ぶりは微動だにせず、『ドン・キホーテ』にも番犬への言及がある(前編二三章など)。

犬の忠誠心が、卓越した嗅覚による記憶に裏付けられることは、プリニウスの『自然誌』の指摘を待つまでもない。この嗅覚を武器に活躍する犬といえば、十六、七世紀のスペイン文学では「アルバ犬」への言及が目立つ。たとえばセルバンテスの幕間劇『ダガンソの村長選び』がそうだ。数多くの俗謡を丸暗記した人物が犬にたとえられ、その正確さは「アルバ犬」なみだと言う。アルバ・デ・トルメスの町にはユダヤ人か否かを嗅ぎ分けてユダヤ人に嚙みつく犬がいて、閉口したユダヤ人たちがその犬を裁判に訴えたという故事に由来する。『莫連女フスティーナ』でもユダヤ人を嗅ぎ分けて嚙みつく「アルバ犬」が登場する(第二書一章二番)。

こうして忠誠心が買われた犬は、その役目を護衛型番犬から攻撃型猟犬に広げてゆく。風俗描写にすぐれたサバレータの『祭りの日の朝』では、兎を捕らえた猟犬はかりに獲物をむさぼり始めていても、ご主人の号令一つで獲物を放し、「まことに従順な動物」(一七章)だと褒めちぎられている。つけ加えておくと、昔は狩猟に犬が使われる場合、獲物をご主人が銃でしとめるように誘い出すのではなく、直接に捕獲するのが普通だった。

気立てがやさしく、輪くぐりの芸までこなして愛嬌をふりまいてきた犬も(ロペ・デ・ベガの『ラ・ドロテア』第四幕三場)、歴史をひもとくと、その忠誠心が仇になって、かなりひどいことを人間にやらされている。たとえばフランスの外交官ジャック・カレル(Jacques Carel, sieur de Sainte-Garde)は一六六五年七月八日付のマドリード発書簡で、スペインの闘牛について詳細な報告を書き送っており、スペイン人は闘牛場に何匹もの犬を放って牛を嚙み殺させて喜んでいると報告している。

もっと残虐なのもある。新大陸のインディオの自由と生存権擁護運動で中心的な役割を果たしたラス・カサス(一四八四?―一五六六)神父は一五五二年の『インディアス破壊を弾劾する簡略なる陳述』の中で、征服者側のキリスト教徒たちは、インディオ狩りのために犬を仕込み、逃げ出したインディオを探させて喰い殺させたと報告している。本書を訳した石原保徳氏の詳細な注にもある通り、犬を有効な武器としてスペイン人たちが活用した事実を報告したクロニスタはラス・カサスだけではなく、この方法が広く活用されていた様子がうかがわれる。

犬が人間から見て忠実ということは、他の動物からすれば、人間に媚を売って自分たち同胞を裏切る偽善者となる。キニョーネス・デ・ベナベンテの幕間劇『犬の夢』に、登場人物が「犬は無愛想でつきあいにくい」と決めつける一節があるが、根本的には犬のこうした二面性をついた言葉と理解できよう。

歴史を通して見た場合、犬はののしりの対象として引き合いに出されることのほうが多い。たとえば聖書をひもといても、犬を賛美したような箇所はまずない。新約の「神聖なものを犬に与えてはならず」(「マタイによる福音書」七章六節)などは象徴的と言えよう。

南のセビリア近郊の町モロン(Morón)にある聖クララ女子修道院で一六九三年に興味深い内規が採択されている。それによると、子供や犬を修道院に請じ入れて修道女たちの敬虔な信仰心を攪乱するような修道院長は破門に処すというのだ。これを聖書の記述と関連づけるのは困難かもしれないが、修道院の規律に具体的に犬のことまで盛り込むことがおもしろい。そればかりか、この修道院が犬を徹頭徹尾嫌ったことは、内規の次のような箇所からもうかがえる。「〔普通の〕犬であれ小犬であれ、犬は静寂をかき乱し、不潔で、魂を堕落させるもと、(中略)一二時間以内に殺すか追い払うこと」。ただし白と黒のブチの犬はドミニコ会の修道士の象徴にもなっていて、どうも判然としない。

ユダヤ人のことを「ユダヤの犬」と古来侮蔑してきたのは、よく知られる。スペインの場合、セルバンテスなどよりずっと以前の詩人で十三世紀のゴンサロ・デ・ベルセオの詩集『聖母マリアの奇跡』にもユダヤ人を指して「家には、この裏切り者の犬がいた」(三六二連a)とあるくらいだ。

『アルジェー物語』初版（筆者蔵）挿絵

むろんセルバンテスの時代になっても、この発想は変わらず、ピカレスク小説『エステバニーリョ・ゴンサレスの生涯と出来事』にも、文字通り「ユダヤの犬め」（七章）と相手を罵倒する光景がある。

　ところが犬はユダヤ人のみならず、イスラムにも適用される。ビセンテ・エスピネルの小説『準騎士マルコス・デ・オブレゴンの生涯』でイスラム教を指して「犬教」呼ばわりしているし（第二部八章）、ロペ・デ・ベガ作とも言われる芝居『ヴェネチアの奴隷』では、いよいよコンスタンチノープルを逃れて故郷のスペインに帰るキリスト教徒が次のように呟く。「さらば、私は旅立つ／我が愛する地へ。／こんなに多くの犬どもの間では／生きていける人などいはしない」（第三幕）。セルバンテスも同じ発想だ（たとえば『ドン・キホーテ』前編九章）。

　これだけなら簡単なのだが、イスラム教徒が逆にキリスト教徒のことを犬呼ばわりすることもある。セルバンテスの劇作品『アルジェー物語』の第二幕で、イスラム教徒がキリスト教徒の捕虜を売り飛ばすシーンがあり、「犬っころどもはいらんかねー？」と声を張り上げてみたり、すでに何回か引用している同時代の小説『トルコ旅行』でも、トルコ人がキリスト教徒の捕虜を指して「この犬は俺が教えてやった以上のことを知ってやがる」（第一部六章）と言う。さらには『ドン・キホーテ』前編四一章のようにイスラム教徒がトルコ人を犬呼ばわりする場合、あるいは相手の宗教や人種をとりたてて問題にせずとも、ロペ・デ・ベガの傑作『フエンテ・オベフーナ』のように「平民の犬め！」（第一幕一二場）と愚弄する場合もある。同じロペ作『聡明な主人への奉公』第一幕にあるように、「犬」を「グレイハウンド犬」にまで特定したうえで、誹謗中傷に用いた例もある。要するに犬は、異教徒を含め、侮蔑さるべき人間の総称に落ち着きそうだ。

『ドン・キホーテ』前編 17 章

評価がここまで下がれば、猫への悪戯があったように、犬にも災難が降りかかるのは不可避だ。スペイン語のことわざに関する一六二七年の書物に、カーニバル（謝肉祭）の頃、犬を毛布に入れて宙を舞わせるゲームへの言及が見られる（実際には犬だけではなく猫も犠牲者になった）。簡単に言えば、カーニバルはキリスト教の説く断食や禁欲に抗するストレス解消の祭りで、その標的になるのが主に犬だったわけだ。

しかし話は拡大して人間に及ぶ。前節で引用したロドリゴ・カロの『享楽の日々』によれば、「いけにえ」を毛布に入れて何人かで宙を舞わせる遊びは、古代ローマ時代から十二月中旬に行われており、サトゥルヌスの祭り独特のものだという。しかも夜中に病気か泥酔かで動けなくなっている男を、大きな布に入れて宙を舞わせたというのだから凄まじい（対話五の第一節）。

中世の狩猟の書より

ここまで来れば『ドン・キホーテ』前編一七章で、「連中はサンチョを毛布の中に置いて謝肉祭の犬よろしく、彼を高々と放り上げてはおもちゃにし始めた」や、マテオ・アレマンの『グスマン・デ・アルファラーチェ』の「奴らは謝肉祭頃の犬よろしく、毛布で私を宙に舞い上げ始めたのでございます」（前編第三書一章）も、十分に納得がいく。

ところで猫にはロペの『猫騒動』なる古典作品があることを指摘したが、犬が主人公になった当時のスペイン文学の代表作はセルバンテスの短編小説『犬の対話』だ。この作品で意味が不鮮明な箇所がある。それは人間が犬の背に手をまわしてから口を開けさせ、その口めがけて唾を吐くシーンだ。この行動に関しては、狂犬病よけのまじない、おとなしい犬かどうかを見定めるため、特定の人の唾液は狂犬病に効能があるため、犬を落ち着かせるため、など解釈が分かれている。たとえば最後の犬を落ち着かせるのが目的とする立場に関しては、中世の鷹狩りで、鷹匠が口に含んだ水を鷹の口元に吹きつけて鷹を落ち着かせる習慣があったことが知られており、犬も鷹同様に狩りで活躍するがゆえに、確かに類推は可能だ。まさに好事家の探究はとどまるところを知らない。

馬

同じ四本足でも人間に直接役立つことにかけては、今までの猫や犬は馬の足もとにも及ばない。馬は何万年もの昔から運搬用に使われ、約四千年前からは乗り物としても活用されるようになる。そして自動車が馬に取って代わられたことなどは、長い歴史の中ではごく最近の出来事でしかない。スペインでは旧石器時代から森林馬が野生しており、十三世紀の後半に『馬の書』なる獣医学書が翻案執筆されていることからもわかるように、スペインと馬との関係は決して薄くはない。にもかかわらず、スペインというと闘牛の印象が強すぎて、馬のイメージとはつながりにくいようだ。

それでも十六世紀になると、いわゆるスペイン馬の存在がヨーロッパ全土に知られるようになる。この「スペイン馬」の正確な起源はわからないが、長年の改良を経た末に、ついに晴れの舞台に登場する時がやって来る。時のスペイン国王はハプスブルク王家のカルロス一世だった。周知のように十六、七世紀のスペインを支配したのはハプスブルク王家であり、ヨーロッパでの王朝儀式にスペインのものが広く導入されるようになったのは、自然の成り行きだった。その延長としてスペイン馬が重視され、ヨーロッパに拡散していったわけだ。ハプスブルク王家の本拠地オーストリア・ウィーンの乗馬学校創設はまさに、その象徴的出来事だ。正式名称をいみじくも「スペイン乗馬学校」（Spanische Reitschule）という。このオーストリアの「スペイン乗馬学校」がいつ機能しはじめたか厳密なところはわからないが、馬術の技術振興を目的として一五七二年に設立宣言されている。

昔の馬利用でまず着想するのは戦争と旅だ。特にスペインの場合、新大陸におけるインディオたちとの戦闘で馬を大活躍させたのはよく知られる。単に重い武器を運ばせるために利用しただけではない。今まで目にしたこともない動物である馬を、インディオたちがどれほど恐れたかは想像に難くない。

馬と旅の関係はどうだろう。十六、七世紀のスペインで本当の大旅行をしようとした場合には、馬よりも船のほうが便利で速かった。ものの本によると、十六世紀には風向きさえよければ船で一日約二〇〇キロは進めたが、陸路だと主要道路を使ってもせいぜい一三五キロくらいだったという。そもそもスペインに限らず、昔のヨーロッパの道は概して悪く、たとえば南米の古代インカ帝国の見事に整備された街道などに遠く及ばなかったことを想起しなくてはならない。

目的地いかんで、船が使えない場合はいくらでもある。となれば思いつくのは馬だ。十五世紀の前半にヨーロッパほぼ全土と、中近東を四回にわたって大旅行したスペイン人にペロ・タフールがいる。彼の『世界各地の行脚と旅』は当時の旅行記としては珠玉といえる。同書冒頭は南のグアダルキビール川河口のサンルーカル・デ・バラメーダ（Sanlúcar de Barrameda）から船出して、まずジブラルタル海峡へと航行する時の描写から書き起こされているのだが、「陸路に必要な馬」をはじめ、もろもろの必需品を持たずに船出してしまったとある。タフールは船と馬を併用する便利さを熟知していたのだ。

適度な資産さえあれば誰でも馬に乗れたかというと、事はそう簡単ではない。身分制社会にあっては、馬に乗ること自体が高い身分の証だったからだ。本書「騎士」の項で見たように、そもそも騎士（caballero）は馬（caballo）に乗る身分の人だ。したがってみずから騎士を名乗ってしまったドン・キホーテは、かりに痩せ馬であろうと絶対に馬に乗らねばならなかった。腐っても鯛というわけだ。家来のサンチョ・パンサが同じレベルの馬に乗るのは規約違反になる。ドン・キホーテが下級貴族の郷士である以上、本来は聖職者と同じように、牝馬と牡驢馬《ろば》をかけあわせた騾馬《らば》に乗らなくてはならなかった。王家が豪族や外国からの使者に、よりすぐった馬を贈ることがあったが、そこには当然相手への敬意を示す象徴的な意味が込められていた。

実際のところ、スペインでは驢馬や騾馬の需要のほうが馬のそれよりも高かった。これは無理からぬ話で、イギリスや北欧世界に較べて相対的に暑いスペインのような土地柄が馬は苦手なのだ。俊敏で、いざとなったら文字通り馬力が出るとはいえ、馬より小ぶりの騾馬のほうが暑さに強いし耐久力にもすぐれ、スペインの気候風土にあっている。この事情は昔も今も変わらない。一九七五年の資料によれば、スペインには騾馬が五三万頭、驢馬が三六万頭、馬が二八万頭で、馬は騾馬の約半数しか飼われていない。

遠出をしたい場合、自家用の馬や騾馬を持っていなければ借りるしかない。レンタ・カーと同じだ。ケベードの『ペテン師』の主人公はアルカラ・デ・エナーレスからセゴビアへ旅をするのだが、徒歩で行ける距離ではなく、騾馬を借りる(第二部一章)。またビーベスの『会話』でも、今で言うピクニックに出掛けようとする若者が、「僕はいかさま野郎から馬を借りたんだ」(会話九)と言う。なぜ「いかさま」かというと、馬、とりわけ騾馬を貸し出す業者で、法外な料金をふっかける不心得者が後を絶たなかったからだ。ついに国王フェリペ二世は法的規制に乗り出し、一五九四年の法令で一日あたりの騾馬貸し出し料を六〇マラベディーと定めた。また数か月に及ぶ長期旅行で騾馬を借りる場合は、四ドゥカード(一五〇〇マラベディー)を上限とした。もちろん、餌代などは借用側の全面負担となる。

先ほども述べたように、スペインの風土に馬を合わせるかのように「品種改良」してできた騾馬は、金まわりのいい大学生とも意外な関わりがあったようだ。スアレス・デ・フィゲロアの対話形式の小説『旅人』ではアルカラ・デ・エナーレス大学医学部学生の怠惰ぶりが次のように記述されている。「せっかく早起きをしてもいろいろな所を訪ね歩いているうちに午前中がつぶれてしまい、十二時になると昼食で帰宅をする。二時にはもう騾馬がお待ちかね。夜になって帰宅をして夕食を済ませてからちょっと休むと、疲れているので寝床に行くしかない」(三章)。

スペインは他国に較べて馬車の普及に手間取り、日本式に言えばかごのようなものが従来は主役だった。これはとりわけ身分の高い女性に利用されることが多く、かご屋は青頭巾をかぶり、かごか座椅子に座った客を運んだ。十六世紀にはかご屋の同業者組合もできる。十六世紀中頃のトリエントの公会議に出席するスペイン代表団でさえ、快適な馬車の旅を味わうことはできなかった。その後、馬車が普及しても実際に引くのは騾馬で、「馬車」の名にふさわしい「馬」が車を引くようになるのは十七世紀の末、つまりカルロス二世(一六六五―一七〇〇年在位)の時代になってからだ。馬車に限らず、またがった時の乗り心地でも騾馬よりも馬のほうが快適らしく、モンテーニュ(一五三三―九二)も次のように述懐する。「まったくそれ[馬上]は、わたしが健康のときも病気のときも一番心持よく感ずる座席なのである」(『随想録』第一巻四八章、関根秀雄訳)。

さてスペイン文学史の中では、際立って有名な馬が二頭いる。まず中世叙事詩の記念碑的作品『わがシッドの歌』の主人公エル・シッドの名馬バビエーカ、それと言うまでもなくドン・キホーテの愛馬ロシナンテだ。名馬バビエーカには意外なことに「愚か者」の語義があり、ロシナンテのほうは「世界の駄馬のうちで一番」の意味が隠されている。それぞれの作品以降、バビエーカは名馬の代名詞になる一方(たとえば『ドン・キホーテ』前編一章)、迷馬ロシナンテは痩せ馬の代名詞となった(たとえば『エステバニーリョ・ゴンサレスの生涯と出来事』七章)。

これ以外に架空の馬二頭に言及しておく必要がある。一頭めは『ドン・キホーテ』の後編四一章に出てくる木馬クラビレーニョだ。木馬でありながら魔法で天翔るこの馬の話は中世から有名で、この話が盛り込まれた作品が十六世紀初頭にフランス語からスペイン語に訳されており、セルバンテスはこの訳本を読んでパロディー化したらしい。ドン・キホーテはただの木馬にサンチョとまたがって空想もしくは狂気の飛行を決行し、読者を含めた見物人をあきれさせ、笑わせる。

もう一頭はヒッポグリフの名で知られる伝説上の馬で、頭部と翼は鷲、前脚は獅子だ。セルバンテスの死ぬ百年前の一五一六年のイタリアの騎士物語『怒りのオルランド』（アリオスト作）に登場する怪獣だが、スペイン文学での言及も少なくない。『ドン・キホーテ』は言うに及ばず（前編二五、四七章）、ロペ・デ・ベガの『猫騒動』にも「『オルランド』の中にヒッポグリフが登場するが／馬とグリュプスからなる怪物」（第七部）と説明する。カルデロン・デ・ラ・バルカの代表作『人の世は夢』は、冒頭からして「荒々しきヒッポグリフは／風と共に走り」で始まる。庶民からすれば及ばぬ高嶺の花であるからこそ、馬は伝説になり、さらには怪物にもなる。

旧約聖書に馬や騾馬は「轡《くつわ》と手綱で動きを抑えねばならない」（「詩篇」三二章九節、同じく「箴言」二六章三節参照）とあるが、馬は本能、とりわけ愛欲本能の権化として理解されることが多い。同じく旧約の「エレミア書」五章八節の「彼らは、情欲に燃える太った馬のように隣人の妻を慕っていななく」（傍点引用者）が雄弁だ。ロペ・デ・ベガの長編牧人小説『アルカディア』第四書に、煙でいぶしたルピナス豆を馬に食べさせると馬がよく肥え、馬糞から立ち昇る湯気を女性が吸うと妊娠しやすくなるとの指摘が見られるが、聖書のこのあたりの記述を踏まえたとも考えられよう。

馬の本能は愛欲に集中するだけではない。むしろ平常おとなしい動物であることは、だれもが経験的に知るところで、だからこそ旅の伴侶になるわけだ。『ドン・キホーテ』前編四章では、ご主人のドン・キホーテが愛馬の足の向くままに歩みを進めるシーンまである。主導権を馬のほうが握っているのである。この類の光景はそれ以前の騎士道小説にもあり、セルバンテスがその行動様式を採用したのが事実であれ、やはりドン・キホーテがロシナンテにそれだけ気を許していたことを示す好例でもある。聖イシドロの『語源論』のように、「自分のご主人が殺されたり死んだ時に涙を流す馬が多い。人間を別にすれば、泣いたり痛恨の情を抱くのは馬だけだ」(第一二巻一章)とまで極論する者もいるが、ドン・キホーテの並外れた愛馬心も、この系譜を引いたかのようだ。

鶏

鶏はさまざまな象徴になる。古代ギリシャでは健康を象徴し、愛する男性への贈り物に利用されたことがあるし、古代ペルシャのゾロアスター教では、おん鶏は太陽と光の象徴とされる。その他、国や時代によって意味するところもさまざまで、死、復活、見張りなどの象徴にもなっている。スペインの場合、コバルービアスの一六一一年の辞書では、鶏が性欲と結びつけられて説明されている。

スペインの隣国ポルトガルに行くと、土産物屋が鶏の人形や鶏の図柄をあしらった装飾品だらけなのに驚かされる。これは次のような言い伝えによるものだ。スペイン北西ガリシア地方の男が殺人罪を着せられて絞首刑を宣告された。処刑される前にいま一度裁判長の家に連れていってもらってみずから冤罪を主張したが、裁判長は宴会の最中でもあり、取りあってもらえなかった。無実の男は、もし自分を処刑しようものなら、今そこにある鶏の丸焼きが鳴き出すという言葉を残して、その場から連行される。そしていよいよ処刑の時刻になると本当に鶏が鳴き出し、仰天した裁判長は青くなって処刑場に駆けつける。すると縛り首用の紐が幸い緩んでいたため、無実の男を無事に救出できたという。つまり、鶏は真実の証であり、その後の幸せを確約するものとして機能しているわけだ。このポルトガルの言い伝えの正確な起源がいつなのかは寡聞にして知らないが、一五八〇年にスペイン国王フェリペ二世はポルトガル王を兼ねるようになり、その結果、ポルトガルはその後百年近くスペインの属国となっていることと関係するのかも知れない。

鶏と運命とを結びつける言いまわしとして、古文でも現代スペイン語でも「別の鶏が歌うだろうに」がある。「事態は変化するはずなのに」の意で、たとえば『ドン・キホーテ』後編七〇章で使われている。この決まり表現は新約聖書に由来するようだ。おじけづいているペテロに向かって、イエス・キリストは次のように断言したのだった。「はっきり言っておく。鶏が鳴くまでに、あなたは三度わたしのことを知らないと言うだろう」(「ヨハネによる福音書」一三章三八節)。イエスの予言通り、ペテロはイエスを三度知らないと言ってしまう。当然のことながら鶏が鳴く。もしペテロに勇気があって、イエスを知っていると公言したとしたら、ことは別の展開を見せていたはずだというわけだ。

鶏が雄か雌かで意味するところが変わる場合もある。ロペ・デ・ベガの『猫騒動』第三部では、女々しい男性を「めん鶏」と呼んでいる。ケベードの『ペテン師』にも、直訳すると次のような一節がある。「私はその男を、めん鶏のいい加減な奴だと見て取ったのです」(第二部三章)。この場合、「めん鶏の」は「気の弱い、臆病な」の意味で使われており、現代スペイン語にもこの意味は生きている。おん鶏のほうは逆に男らしさ、傲慢、女たらしなどの意味が込められることが多い。

さて、鶏は元来、熱帯の動物なのだが、スペインでは早くから家畜として飼育されていた。一四九三年のコロンブスの第二回航海では、スペインから新大陸にもたらされて、それまでかの地で主流だった七面鳥を凌ぐほどになる。そして逆に七面鳥がヨーロッパに伝わる。ちなみにセルバンテスの時代には鶏一羽が六レアルだったという(キニョーネス・デ・ベナベンテの幕間劇『鶏の舞』による)。無敵艦隊のための食糧調達官として働いていた当時のセルバンテスの日給が一二レアルだったことを想起しよう。セルバンテスは日給で鶏二羽を買うことができたわけだ。

鶏で我々が連想するのは、まずもって朝だ。ところがどうもこれが複雑なのである。古典文学を細かく読むと、スペインの鶏はどうやら深夜に鳴く(?)らしいのだ。鶏の鳴く時間にこだわってみよう。まずアグスティン・デ・ロハスの長編小説『愉快な旅』では、「鶏は太陽、つまり天体の第四天に大きな影響を受け、日暮れ時になると太陽が消えてしまうのを察知して、他のどの動物よりもいちはやく休む。深夜になると太陽の到来を感知して皆に伝え、眠っている連中を起こす」(第二書)とある。ルネサンスの天体認識では、太陽は三番目の金星天と五番目の火星天の間の第四天に位置すると考えられることが多かった。それはともかく、ここで注意しておきたいのは、鶏が「深夜に太陽の到来を感知」し、惰眠をむさぼる連中を真夜中に起こしていたらしいことだ。

この上を行くようなものもある。筆者は一五二三年の異端審問所の取り調べ記録文書の中で、「鶏が鳴いた後、深夜に」という言いまわしを見かけたことがある。この場合、いったい鶏は何時に鳴いたのだろう？　厳密には「深夜以前に」鳴いたことになろうが、「鶏が鳴いた直後、すなわち深夜に」と解すれば、アグスティン・デ・ロハスの例と大差はないのかも知れない。性急な結論を追わずに、もうしばらく観察を続けよう。

ロマンセと呼ばれるスペイン独特の伝統的民衆詩があることは指摘し、すでに何回か引用してきた。八音節、偶数行で韻を踏むことを原則とする。無数とも言えるロマンセが今日まで伝わるが、そのうちでもよく知られる『クラロス伯爵のロマンセ』の冒頭は次のようなものだ。「夜も更けゆき、鶏が／今や歌い出さんとする頃に／恋に身を焼くクラロス伯／休むこととてあたわずに」――。鶏が夜更けに鳴くことを暗示している。『ドン・キホーテ』では深夜を指して、今後「一番鶏が鳴く時分」に騒ぎ立てるのは控える、とある（前編一一章）。現代スペイン語でも、クリスマスの深夜ミサのことを「鶏のミサ」と呼ぶ。いずれにせよ、鶏は朝ではなく夜、しかも深夜との縁が深いらしいことが以上から了解されよう。

しかしながらスペインの鶏が深夜にしか鳴かないかというと、そんなはずはない。中世の説話作家ドン・フアン・マヌエルは『身分の書』と題する重要な著作を残しているが、その中で次のように言う。「夜の大部分が過ぎた後に鶏が鳴くのは、あなた様がご存じの通りなのですが、これは昼間が近づき、夜が過ぎ去るのを知らせる触れ役のようなものでございます。こうして人間は夜の眠りから起き上がり、自分の家にとって必要なことどもをしなくてはいけないのだと気づくのでございます」（第二書一〇章）。また、ベレス・デ・ゲバーラの傑作風刺小説『びっこの悪魔』に、「こんな時間に自分の駄馬に鞍をつけている、あの鶏の愚かな猟師のほうを、振り向いて見るがいい」(第二部)とある。この場合、「鶏の」は「夜明け頃の」の意味を込めて使われている。伝統詩ロマンセに、やはり有名な『オリーノス伯爵のロマンセ』があるが、「彼は深夜に死に／彼女は鶏が鳴く時分に死んだ」で結ばれている。

問題は複雑化するばかりだが、考えてみれば、日本で一番鶏と言うと、昔から丑の刻(午前二時頃)に鳴く鶏、二番鶏は寅の刻(同じく四時頃)に鳴く鶏を指す。そして古代ローマでは午前三時頃をgallicinium(鶏鳴)と呼んでいた。昔のローマ人たちは概して早起きで、夜の明けやらないうちから日常の生活を始めていたともいう。後者の場合、朝まだきに鶏が鳴くのをあながちうるさがってもいられないことになる。

話を現代のスペイン文学に移行させても、事態は一向にはっきりとしない。ノーベル賞詩人のフアン・ラモン・ヒメネス(一八八一—一九五八)に『一時』と題する詩があり、「鶏が鳴いている。／時計はないが一時だ」という一節があるかと思うと、映画ですっかり有名になったサンチェス・シルバ(一九一一—)の『汚れなき悪戯』(原題『マルセリーノ、パンとブドウ酒』)の第一話には「ある朝、まだ鶏たちが眠っている頃、戸口で泣き声のようなものが聞こえるのを修道士は耳にした」とある。後者からすると、朝になっても鶏は眠っているのだから、深夜に鳴き出すなどということは及びもつかなくなろう。

考えれば考えるほど混乱してくるのだが、スペイン本国の研究者たちもこの問題に少なからず悩まされているのだから、なんともおもしろい。中世スペイン語から一例だけを拾うと、ベルセオの『シロスの聖ドミニクスの生涯』に「一番鶏で起床する修道士たち」(四五八連c)なる一文があるが、この時間をはっきりと「午前二時」と断言する研究者もいれば、「夜明け前」とする者、「深夜」とする者とに分かれている。

最終的な説明はつかないにせよ、何か糸口でもつかめないものだろうか。たかが鶏の鳴く時間に筆者がこれだけこだわるのは、昔の人、とりわけ時計を持たぬ一般人にとって、鶏の鳴く時間は星宮の動きや昼間の太陽の位置などとともに、生活様式を本質的に左右するほどの重大事だったからだ。

先に引用したアグスティン・デ・ロハスの『愉快な旅』が一つのヒントを与えてくれそうだ。ミゲル・ラミレスという男が「この動物〔鶏〕はなんだって、真夜中と明け方に鳴くんだろう?」と言うと、ロハスは「鶏って奴は、数ある動物の中でもいちはやく太陽の訪れを感知するものさ。それから皆の衆に知らせて、いい一日でありますようにとの願いを込めて起こしてくれて、仕事に駆り立てるらしく、驚くほどのこともない」(第二書)と答える。まず問いかけからすると、鶏が二回に分けて鳴くことがうかがわれる。ミゲル・ラミレスの問いにロハスは直接的な答えを一見避けているようだが、次のように読めないだろうか?

「いちはやく太陽の訪れを感知」した時点で一度鳴き、それから本当の夜明けにいま一度鳴くと理解して、いわゆる「深夜」だけに鳴くと限定しないのだ。この「深夜」も厳密に十二時前後と範囲を狭めることなく、鶏が本能的に太陽の訪れを事前に感知した時、つまり夜よりも朝のほうに一歩近づいた頃を指していると考えてみたらどうだろう。

ただかりにこの解釈が可能だとしても、同時に興味深いのは、スペイン人の思考の中で鶏は朝の光のイメージよりも、今までの検討でも明らかなように、まだ闇のイメージのほうが強いらしいことである。その意味で近代詩人ガルシア・ロルカ（一八九八―一九三六）の詩集『ジプシー歌集』の詩に、「おん鶏たちのつるはしが／夜明けを探して穴を掘るころ／ソレダー・モントーヤが／暗い山を降りてくる」（傍点引用者）という一節があるのも十分にうなずける。

ところで、貴重な目覚まし役を励行する鶏に、人は忘恩をもって報いる。災難が降りかかるのは、すでに見た猫や犬に限らなかった。鶏の受難はさきに説明したカーニバルの時期に集中し、人間側の手口は主に二つあった。まず、青少年が寄ってたかって石ころやオレンジをおん鶏めがけて投げつけ、挙げ句の果てに刃物を突き立てて殺してしまう。オレンジとは少々奇妙だが、古代ギリシャの詩人テオクリトスにさかのぼらずとも、ヨーロッパ、特にイベリア半島の伝統として、オレンジは恋する女性の象徴として使われてきている。その恋する女性を、これまた愛欲の象徴たるおん鶏に投げつける、もしくは捧げる……まさに酒池肉林のカーニバル儀式そのものである。おん鶏に変身した哲人ピタゴラスと靴屋の親父との絶妙な会話が繰り広げられるクリストバル・デ・ビリャローンの小説『クロタロン』では、鶏姿のピタゴラスが生きたまま羽毛をむしり取られ、首を切り落とされた末に、夕食のおかずになってしまう（最終話）。

鶏を生け贄にする、もう一つの遊びがあった。まず鶏の首から上だけを地表に出して身体を地中に埋める。あらかじめくじ引きで選ばれるか学校の先生から使命を与えられた少年(「鶏の王」と呼ばれる)が目隠しをされて剣を持ち、身動きできずに哀れな鳴き声を立てる鶏のほうに進んでいって、ここぞとばかりに剣を降りおろす。うまい具合に首を切り落とせた場合には「鶏の王」の面目躍如、拍手喝采をあびる。この「鶏の王」への言及は古典文学にきわめて多く、ケベードの『ペテン師』(第一部二章)やアベリャネーダの手になる『ドン・キホーテ』贋作後編(一六一四年)の冒頭章などが典型的だ。鶏を宙づりにしておいて、全力疾走する馬上から、同じく剣で首を切り落とす場合もあった。

それぞれ日本の西瓜《すいか》割りと流鏑馬《やぶさめ》をグロテスクに変型したようなものだ。愛欲の象徴とされる鶏の首をサディスティックに断ち切ることによって、あらかじめ欲求不満を爆発させておいて、これから始まろうとする禁欲の四旬節に備える。カーニバルはまことに身勝手にして人間臭い行事である。古代のインダス文明では聖鳥として崇められた鶏も、もはやかたなしといわなくてはならない。

第6章　術の話

ペドロ・カルデロン・デ・ラ・バルカ(Pedro Calderón de la Barca 1600-81)

錬金術

幸い錬金術に関しては、日本語で相当数の書物が出回っている。C・G・ユング、R・ベルヌーリ、F・S・テイラーなどをはじめとする著作が邦訳され、日本でも種村季弘氏の一連の労作がよく知られる。いかさまのオカルト科学というだけでは片付けられない奥の深さが錬金術に秘められていることが認識されてきた証左といえる。

簡単に説明すれば、さして値打ちのない卑金属を金・銀の貴金属に変成しようというのが錬金術なのだが、一攫千金の普遍的な夢が根底にあるからこそ、それは人間観から世界観にまで関わる。また、金属の成分配合の問題をつきつめてゆけば創造主にさかのぼることになり、宇宙観をも左右しうる。卑金属の貴金属への変成を企てることは、魂の浄化を指向することにも類比的につながる。

錬金術は紀元ごろアレキサンドリアに発生する。その後イスラム世界で体系化され、有名なチェスターのロバート(Robert of Chester)がアラビア語からラテン語に翻訳したと言われる『錬金術の合成についての書』(*Liber de compositione alchimiae* 一一四四年)を嚆矢とするイスラム錬金術が中世西ヨーロッパに伝わって精緻化し、十五世紀に全盛を迎える。アラビア語原典を著したのはハーリッド・イブン・ヤズィードだと言われる。この原著者はウマイヤ王朝第二代カリフの子で、死んだのは七〇四年とされるから、実際にヨーロッパに本格的な錬金術が導入されるまでには、かなりの時間が経過していることになる。

通史的に見ると、スペインは実験科学の分野でかなりの遅れを見せる。ただ、こと錬金術に関しては、それがイスラムから伝わってきたこと、そして中世スペインがイスラムと密な関係にあったことを考えると、スペインはヨーロッパの先進国になる可能性を十分もっていた。しかもイスラム錬金術をヨーロッパに伝えたチェスターのロバートは、一一四一年にイギリスからスペイン北部にやって来て、パンプローナの助祭長の仕事をしており、再びロンドンに居を構えたのは六年後のことである。

にもかかわらず、やはりスペインの錬金術はドイツ、イタリア、フランスのそれの二番煎じの感がむしろ強いのである。また先にも指摘したように、錬金術が全盛を迎えたのは十五世紀であるから、セルバンテスの生きた時代は錬金術もすでに下降線をたどっていた、もしくはたどりかけていた。

ところが文学は執拗なまでに錬金術にこだわり続け、全般的には愚弄する場合が多い。それは騎士道小説がもはや下降線をたどっている最中に、それをパロディー化する『ドン・キホーテ』が出版されることによって、騎士道小説衰退に追い打ちをかけ、とどめを刺すことになった現象にも似ると言ってよい。以下では教義論に立ち入ることは控えて、錬金術に対するスペイン文学の対応を中心に見てゆくことにしよう。

つまらない金属を金や銀に変える錬金術は、文学にうってつけの題材でもあった。世の中に儲け話ばかりころがっているわけではないことを諭す教訓話に活用しやすかったのだ。たとえば中世文学を見ただけでも、錬金術に異常に関心を持つ国王が、それが仇になってペテン師に自分の財産を横領される話を盛り込んだドン・ファン・マヌエルの説話物語集『ルカノール伯爵』第二〇話、同じく錬金術に夢中の国王が家来の騎士に騙される話を盛り込んだ騎士道小説『騎士シファールの書』二〇三章などがそうだ。

軽々しく錬金術に臨むと、こうした結末を迎えるのは必至なのだが、しかしもう一方で錬金術への真剣な姿勢があったのも事実だ。同じく中世のアルフォンソ十世の『宝石論』に、次のような傾聴すべきことが記されている。「大いなる作業と呼ばれる錬金術に携わる者は、知の名前を汚さぬよう心しなくてはならない。なぜなら、錬金術の意味するところは事物を改良することであって、改悪する技法ではないからである。したがって、知識も技法も心得ずに貴金属を持ち出して卑金属と混合する者は、卑金属を改良することなく貴金属を傷めてしまう」(エスコリアル版H・I・一五、fol. 21c)。錬金術は英知を尽くして実践する必要があり、知識とそれなりの技法を体得した者の手で行われねばならないわけだ。

それにしても、なぜこのようなことができると考えたのだろうか? アラビアの有名な錬金術師ジャビール・イブン・ハイヤーン（七二一頃－八一五頃）によれば、もろもろの金属は根本的に水銀（女性原理）と硫黄（男性原理）との二要素からなる。したがって両者の配合を理想的な状態にすれば純金が得られるとした。もちろん言うはやすい。貴金属を最終的に獲得するためには、いくつもの難点を克服しなくてはならない。とりわけ「賢者の石」（lapis philosophorum）をつきとめることが絶対条件だった。

「賢者の石」は卑金属から貴金属を生み出すための触媒の一種と考えればよい。ロペ・デ・ベガの作品『ラ・ドロテア』に、「ヘラルダ、君はトレヴィサヌスの錬金術を読んだようだな」（第五幕七場）という台詞があるが、トレヴィサヌスとは十五世紀イタリアの錬金術師で、ついに賢者の石を発見したと言われる人物だ。こうした伝承は誇張され、他の錬金術師はいよいよ躍起になる。セルバンテスは短編作品『犬の対話』に登場する錬金術師に、「石ころから金や銀を造り出せる賢者の石を、二か月もしないうちに完成させてみせる」と言わせている。ケベードにいたっては小説『万人の時と分別ある運勢』で「私は賢者の石の秘密を解明した。（中略）私は草、卵の殻、毛髪、人間の血液、尿、それと廃棄物から黄金を精製してみせる」（三〇章）とまで言う。

ジャビール・イブン・ハイヤーンの提唱した水銀と硫黄の金属二要素説は一貫して支持されたわけではない。十五世紀末にスイスに生まれたパラケルススは、硫黄、水銀、塩の三原質論を提示する。そして硫黄は霊魂、水銀は精神、塩は肉体に対応するという新しい視点を示したのだった。この考え方はスペインの錬金術師たちにもかなり受け入れられた。しかも、このパラケルススは、グラナダ、セビリア、サンティアゴ・デ・コンポステーラ、サラマンカ、レオン、サラゴサなどスペイン各地を広くまわっている。

ところでケベードの錬金術への関心は、同時代の文学者の中でも群を抜いていた。たとえば、先ほどと同じ章に見られる次のような発言にその一端がうかがわれる。「〔ラモン・リュルの〕『大いなる術』、〔中世カタルーニャの錬金術師〕アルナルド〔・デ・ビラノーバ〕、〔八世紀中頃のアラビアの錬金術師で『金属貴化指導大全』（*Summa perfectionis magisterii*）の著者とされる〕ゲーベル、〔アラビア医学の祖〕アビケンナ、〔六世紀イスラエルの僧侶〕モリエノ、ロジャー〔・ベーコン〕、〔錬金術の始祖と崇められる〕ヘルメス〔・トリスメギストス〕、テオフラスト〔・パラケルスス〕、

パラケルスス

〔十六世紀前半にドイツで活躍した錬金術師で医者のフィリップ・〕ウルスタッド、〔十六世紀スイスの博物学者〕エヴォニモス〔・コンラッド・ゲスナー〕、〔十六世紀から十七世紀初頭にかけてのドイツの医者〕クロリウス、〔セルバンテスと同年に死んだドイツの医者〕リバヴィウス、それにヘルメスの〔エメラルドの板に錬金術の原理を彫ったものとされているが偽書の〕『緑玉板』〔タブラ・スマルグ

ディーナ)を持っていて、どうして私に金が造れないことがあろうか?・」(〔 〕内は引用者)。

パラケルススの発想を採用しても、それだけで賢者の石が得られるわけではもちろんない。実際には錬金術師は硫黄、水銀、塩以外に、実にさまざまな素材を駆使して試行錯誤を繰り返す。蒸留、溶解、昇華、結晶化、濾過、乾留、合金化――およそできることは、すべてやり尽くした感がある。錬金術の目的が理想的な金属を精製するものであるのに対して、化学の目的が物質に関する正確な知識を集積して、さらなる応用をはかることなら、両者の間に深い溝があるのは明白である。しかし、錬金術での実験の繰り返しは、近代化学や医学の発展に、間接的にではあれ寄与することとなった。かのニュートンも錬金術に熱心だったことを想起しよう。

錬金術の魅力は手造りで財宝ができるだけでなく、精製された金に医療効果があるとされたことにもある。医療効果のある飲食可能な金が追及されたりしている。グラシアンの『論評の書』(第二部三評)に、そうした液体状の金製造への言及がある。十六世紀には女子修道院でも錬金術が試みられた記録があるが、金だけが目当てではなかったことは想像がつこう。

国王フェリペ二世時代のスペインは「太陽の沈むことのない国」などと言われたものの、実際の経済はほとんど破産状態だった。新大陸から金銀財宝を積んだ船が戻ってきても、それはスペインの国庫を潤すことなく、国が抱える借金返済でほとんど消えていった。財政立て直しのための錬金術に思いをはせたくなる状況はできあがっていたのである。

「慎重王」のあだ名で知られるフェリペ二世ではあったが、一五五九年にはドイツの錬金術師シュテルンベルク（P. Sternberg）に実験の機会を与えている。この実験は失敗に終わった模様だが、八年後に国王は錬金術に再度の望みを託した。この時の作業は書記官のペドロ・デ・オーヨの自宅で行われ、書記官は作業の進捗状況を刻々と国王に報告している。たとえば二月一日の報告書では「明日は溶かす段取りになっております。どうやらいい色合いになること請け合いです。仕上げはその後ということになりましょう。神のお力添えがありますように」と記し、国王のほうは「実のところ、余はこうしたものを信じないのだが、今回はさほど疑ってもいない」と返答している。顛末がどうなったかは定かでないが、推して知るべしだ。

また、イタリアのボローニャ出身のレオナルド・フィオラヴァンティ（Leonardo Fioravanti）は『物性論』（*Della Fisica*）なる本をフェリペ二世に献じ、その中で「錬金術をもって莫大な財をなした者が世界には大勢いる」と強調する。国王がどんな反応をしたかは不明だ。このパラケルスス派の大物フィオラヴァンティは一五七六年から翌年あたりにかけてスペインに滞在し、スペイン側の知識人と親交を結んでいる。同書はイタリア語とスペイン語が入り乱れた奇妙な本で、第四章がいわゆる錬金術論、巻末にはバレンシアの詩人ルイス・デ・センテーリェス作の詩『賢者の石に関する俗謡』が掲載されている。

慎重なフェリペ二世をもってしても、うまい話への未練は捨て切れなかったようだ。自分が建立した壮大なエスコリアル（El Escorial）修道院の霊廟で、十六世紀末にリヒャルト・シュタニフルスト（Richard Stanihurst）なる男に錬金術の実験をさせており、この男は一五九三年に関連著作を国王に献じている。

実験を繰り返しても一向に実益のあがらない口先ばかりの錬金術に対しては、中世から反発があった。実験の試行錯誤と歩調を合わせるかのように、錬金術肯定派と否定派とが交錯したのだった。古くは一三一七年頃、教皇ヨハネス二二世が錬金術師やそれを援助する人たちの処罰を命じているし、イタリアのヴェネチアでは一四六八年、ドイツのニュールンベルクでは一四九三年にそれぞれ錬金術禁止令がしかれている。スペインのアルフォンソ十世の『七部法典』に当たってみると、錬金術に直接言及しないものの、金属類を用いて贋金を造ったり、それを支援する者は、火あぶりの刑に処すとあり(第七部七条九項)、実際には錬金術師を牽制した条項と読める。

しかしどうだろう。もとより錬金術は秘教的、オカルト的な性格が強かった。法的規制が加わった程度で錬金術が霧消するようでは、錬金術はその特性を放棄することにもなろう。事実、水面下であれ錬金術の工房は作動し続ける。しかも、その成果がはっきり目に見えるものとして現れないかぎり、文学者たちはこだわり、執拗に揶揄を繰り返す。

ルネサンス期の大思想家で、「食の研究」で何回か引用したフアン・ルイス・ビーベスは錬金術師のことを「金属壊し」(『会話』会話一五)呼ばわりし、真剣に錬金術に取り組む人たちの神経を逆撫でするような発言をしている。

そしてセルバンテスが活躍した時代に、もっとも執拗に錬金術を攻撃した文学者がケベードだった。先の引用でもわかるように、ケベードの錬金術への関心は人並みではない。そのケベードが彼一流の修辞でもって錬金術を痛罵する。彼なりの錬金術への思い入れがあって、それが裏切られたことへの反発とも読めよう。錬金術はもはや「盲目の教義」(錬金術師を揶揄するソネットに見られる言葉)であり、「畏れ多くもヒッポクラテスやガレノスの医学にはむかった、名にしおう妖術使いでいかさまテオフラスト・パラケルススごとき救いようのない無知蒙昧」は徹底的に排撃されなくてはならない。後者の引用は同じくケベードの散文作品『スペイン擁護論と今の時代』四章による。ケベードほど辛辣ではないものの、ベレス・デ・ゲバーラも「あの地下室で、ふいごをいくつか使って炉をできるだけ強火にして、その上に種々雑多な原料を突っ込んだ鍋をのせたうえで、賢者の石を精製して金を鋳造するのだと、すっかりのぼせあがったあの錬金術師」(『びっこの悪魔』第二部)と追い打ちをかける。

錬金術が単なる夢に終わるのならまだしも、有害となると、興醒めだけでは済まされない。ケベードはいみじくも次のように錬金術の有害性を説く。「錬金術師になって石、草、糞、それに水から金を造りたかったら薬局か薬草店を開くことだ。そうすれば、自分が売ったものすべてを金に変えることができる。そして金属を焼いて第五元素(ギリシャ自然哲学の四元素を越えるとされるもので、第五実態、第五精髄とも言う)を抽出しようなんて考えはやめにすることだ。さもないと糞から金を取り出すどころか、金を糞に変えてしまう」(『万物の書』「全学問、力学と自由学芸を一日で修めるために」の章)。せっかくの貴金属が糞になったのではたまらない。錬金術は貴金属と卑金属とを配合することによって、卑金属を貴金属に高めるという発想があることから、貴金属を逆に台無しにする危険があり、錬金術では「研鑽を積んで富を得ようとすればするほど、〔逆にこちらが〕貧しくなって駄目になる」(スアレス・デ・フィゲロア『旅人』一〇章)ことも稀ではない。

文士どものたわごとには、耳を貸さなければそれで済む。ところが同業者とは言わないまでも、同じ化学現象を追及する者から本格的な反論が出てくれば、足元から危うくなる。事実、錬金術による一攫千金の夢は十七世紀後半に、イギリスの化学・物理学者のロバート・ボイル(Robert Boyle 一六二七–九一)の著書『懐疑的な化学者』(*The Sceptical Chemist*)によって、失速を余儀なくされる。セルバンテスが死んで約一〇年後に生まれたボイルは古代ギリシャの四元素説も錬金術の三元素説も、ともに先験的な観念論に過ぎぬことを明快に宣言したのだった。そしてこのボイルの主張はスペインでは比較的素直に、しかも意外とも思える速さで受け入れられていった。

何世紀にもわたる伝統を誇った錬金術の火は、諦めきれない少数者によって十九世紀まで細々と継承されていったものの、大勢としては十七世紀いっぱいをもって終息した。結局、東洋起源の中世説話・箴言集『ボニウム』(*Bonium o Bocados de oro*)にもあるように、地道に「種蒔きをして植物を植えるにしく錬金術はない」(二章)のかもしれない。さもなくば、ケベードの『万人の時と分別ある運勢』で、炭商人が自称錬金術師に向かって言うように、「俺は炭を売って、お前さんはそれを燃やす。だから俺が銀や金を造って、お前さんのほうは燃えかすを造るってわけさ。本当の賢者の石というのはね、安く仕入れて高く売りつけることなのさ」(三〇章)に落ち着くのかもしれない。

またセルバンテスがいみじくも比喩的に言うように、「騎士を名乗る者すべてが本当の騎士というわけではなく、〔本物の〕金からなる者もいれば、錬金術仕立ての者もいる」(『ドン・キホーテ』後編六章)。セルバンテスにとって、張り子の虎ではない錬金術があるとしたら、それは詩学をおいてほかにない。詩は「まことに見事な錬金術でなされ、詩の扱い方を心得ていれば、それをはかり知れない価値の純金そのものに変えることもできるだろう」(同後編一六章)。

占星術

筆者は昨今流行の西洋占星術には、他のもろもろの占い同様、個人的になんの関心も持たない。しかし昔の人が占星術をどのように捉えたかには大いに関心がある。なぜなら、それは「当たるも八卦、当たらぬも八卦」程度の遊戯としての星占いではなく、錬金術と同じように世界観をも左右するほど深刻なものでありえたからだ。ここでは、紀元一世紀頃に東地中海あたりで一応の完成をみたという黄道十二宮占星術に、スペイン文化の黄金時代がいかに対応したかを観察する。

占星術そのものの問題に入る前に、昔の天体観について少しく触れておく必要がある。一言で「昔」と言っても、時代や人や場所によって天体観も変わりうる。たとえば同心天球像を考えたアリストテレスは、月から黄道帯に至るまでに八天を考えたし、紀元二世紀にアレキサンドリアで活躍したプトレマイオスは離心球と周転球の組み合わせの立場から九天を考えた。ところがスペイン中世のラモン・リュルは『騎士道の書』の序文で天体が七つであることから説き始め、ドン・ファン・マヌエルの『騎士と準騎士の書』(三五、三七章)でも地球以外に天が七つあると言う。

同じ中世でもアルフォンソ十世はスコラ哲学の伝統を継承して十天プラス至高天の十一天を考え、ルネサンス期では、スペインに限らずサクロボスコ（ハリウッドのジョン）の『天球論』（*Tractatus de Sphera*）が版を重ねたこともあって、同じく十一天、その後も同様で、たとえばセルバンテスも『ペルシーレスとシヒスムンダの苦難』で「十一あると言われる天体に誓って」（第二書五章、第三書一一章）と言う。

中世における スペインと占星術との関係を考える際、どうしても等閑に付すことのできない人物にアルフォンソ十世がいる。『七部法典』の編者として本書でもいく度となく登場しているが、王の選出、戦運を占う際の星の役割などを論じた『十字の書』、一五編の論考からなる『天文学の知識の書』、そしてとりわけ後者を土台にした『アルフォンソ表』などの編者としてもきわめて重要だ。

『アルフォンソ表』はアルフォンソ十世が二人のユダヤ人学者に執筆準備を委託して成ったもので、トレドで一二六二年から一〇年の歳月をかけて星座観測をした成果が盛り込まれている。同書はそれまでのアル＝ザルカーリーの『トレド表』に取ってかわった天文表で、十三世紀末にラテン語に翻訳されることによって広くヨーロッパに広まり、とりわけ十五世紀から十七世紀にかけて数多くの版が出回る。本書の影響力は絶大で、十七世紀にケプラーの『ルドルフ表』が出て第一線を退くまで、いく度となく修正をされながらも、その有効性を発揮してきた。事実、この修正こそアルフォンソ十世の目指した科学のあり方だった。同書序文でアルフォンソ十世は、天体に関する研究は絶えざる修正を経ねばならないことを力説する。なぜなら、場合によっては天の動きは千年単位ほどのスパンが必要とされ、一世代で解決できない問題がありうるからだ。

さて、セルバンテスの生まれる四年前の一五四三年にコペルニクスは、かの有名な『天球の回転について』を完成させている。それを受けるかのように、一五六一年のサラマンカ大学講義要覧にはコペルニクスを論ずる旨が明示されている(ただし実現しなかった模様)。アウグスティノ会士のディエゴ・デ・スーニガ神父は一五八四年の『ヨブ記注解』で、コペルニクスの理論が聖書の教えと矛盾しないことを説き、のち一五九四年にはサラマンカ大学でコペルニクス理論の講義をしている。一五八二年には従来のユリウス暦からグレゴリオ暦への変更が、イギリスに一七〇年先んじて採択される(日本は一八七二年)。またセルバンテスの死んだ一六一六年といえば、ガリレオ・ガリレイが太陽中心説、地動説を放棄する誓約を強いられた年だ。こうして見てくると、セルバンテスの生きた時代は天文学の知識や認識が飛躍的に発展した時代であることがわかる。しかしながら、これらは言わば自然科学史上の事実であり、それらを他の分野の知識人や庶民が受容したか否かは別の問題である。

セルバンテスより二、三十年後まで生きた文豪二人で確認してみよう。ケベードの『万人の時と分別ある運勢』では「いつも固定されていて動かない地球」と旧来のプトレマイオス流の天動説が証言されている(四〇章、同じく三六章にも同系統の主張)。そしていま一人はロペ・デ・ベガだ。ロペの作品には分至経線、周転円、子午線、地軸、天頂、対蹠地などの専門用語が出てくるだけでなく、月が太陽光線を受けて光り輝くこと、月にはクレーターや海があることを知り、さらには潮汐の原因も理解していた。ところがその彼の芝居『クリストバル・コロンによって発見された新世界』の次の独白はどうだ。「月蝕の影は〔地球が〕球体で、〔地球が〕天体のただ中で不動であることを物語っている」(第一幕)。つまり地球球体説は採用しても、地動説とはあい容れない立場を堅持しているのだ。

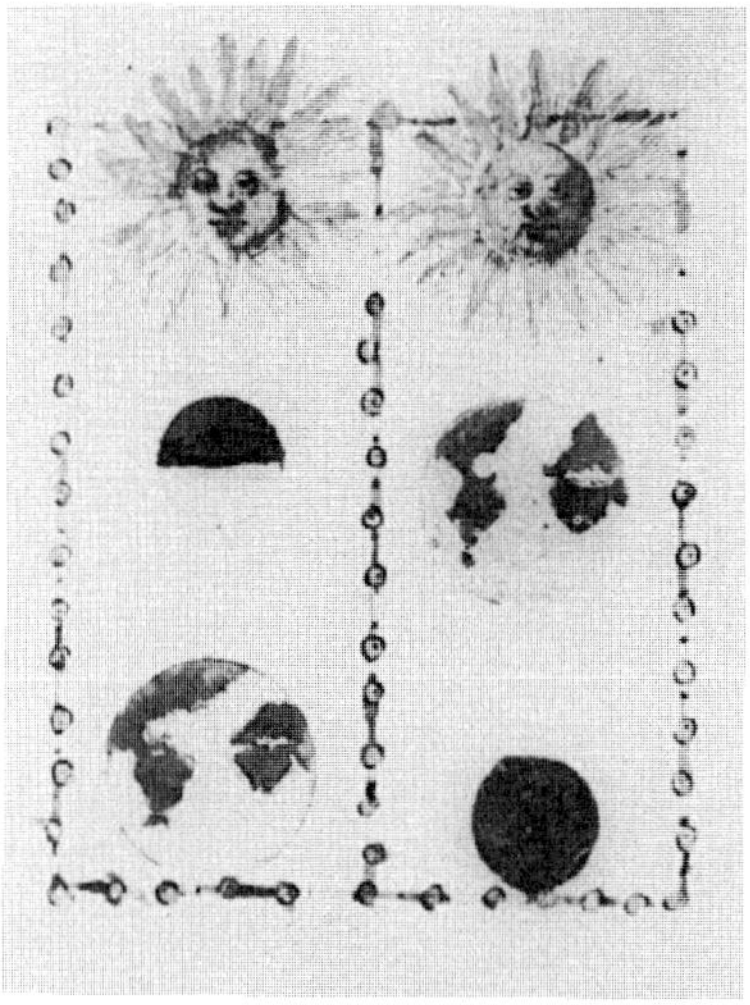

月蝕の図解

科学史の立場からすれば、サモスのアリスタルコス(紀元前四—三世紀)が地動説の可能性をすでに提唱しているものの、一向に相手にされなかった。他方、地球球体説は、意外ともいえるほど素直に採用されている。これはプトレマイオスの代表的著作で古代天文学の聖書『天文学体系』(アルマゲスト)で明確に唱えられているわけだが、十六、七世紀のスペイン文学ではそれを意識的に、しかも執拗に繰り返すふしがある。

ドン・キホーテみずから、昔の騎士たちの名前は「丸い地球全土で知られていた」(前編一九章)と主張するのをはじめ、クリストバル・デ・ビリャローンの『クロタロン』でも、

「所々に山があったり谷のくぼみがあろうとも、地球が全体、本性的に丸くなっていることを疑ってはならない」(第一二話)と叙述されている。そのほかに筆者は当時の文学作品の中で、地球の丸さを指摘する記述が妙に目立つことに以前から注意を引かれている。アグスティン・デ・ロハスの『愉快な旅』(第三書)やスアレス・デ・フィゲロアの『旅人』(二章)、セルバンテスの『アルジェー物語』(二幕)なども好例である。単に回数が際立つのではない。地球が球体であることを敢えて強調するほどの箇所でもない所で強調するからおもしろいのだ。

このような状況下にあって、占星術と天文学との境界が必ずしも明確ではなかったことを、我々は理解しなくてはならない。先に引用したプトレマイオスは『天文学体系』をもって古代天文学の権威者という名をほしいままにしたわけだが、同時に彼は『四書』(テトラビブロス)と題する占星術書を書いていることが象徴的だ。スペインのアルフォンソ十世の場合も同様である。

両者の境目が不鮮明ということは、「天文学」という語をもって必ずしも厳密科学を指さず、逆に「占星術」だからといって非科学的のレッテルを短絡的に貼れないことを意味しよう。そしてルネサンス、バロックの時代を問わず、一般的には「占星術」という語のほうが使用頻度が高かった。それればかりか、とりわけルネサンス期には占星術は世界観の基底をなし、「我らが内なるもの、すべて天なり」(Totum in nobis est caelum.)が公理ほどの重みをもって繰り返されたのだった。

となると占星術は単に「術」ではなく「学」にもなる。占星術に対して、しきりに「学問」、もしくは「科学」の範疇を与えようとした一人にセルバンテスがいる。作物の種をいつ蒔いたらいいかを問題にする百姓に向かって、ドン・キホーテは「その学問は占星術と言うのだ」(『ドン・キホーテ』前編一二章)と言うし、同じくセルバンテスの『ペルシーレスとシヒスムンダの苦難』では「私は魔法使いでも易者でもなく占星術師で、この学問に通暁すれば、ほとんど占いができるほどにまでなる」(第三書一八章、傍点はともに引用者)とある。ここで注意すべきは、占星「学」を認めるセルバンテスも、「占いができる」とは断言せずに、含みを持たせた言い方をしていることだ。

十六世紀あたりまでは、占星術が広い意味での認識の科学であったことは間違いない。問題は認識の科学として有益な占星術と、いかさま占星術とが混在していたことだ。占星「学」を認めたセルバンテスでさえ、絵札を使った当てずっぽうの占星術を「今日スペインで大流行で、(中略)嘘と無知のおかげで学問のすばらしい真理を台無しにしている」(『ドン・キホーテ』後編二五章)と弾劾する。

天界の探究によって認識の深化をはかれるとなれば、関連書物の執筆が旺盛になるのも必至だ。スペイン文化の黄金時代に書かれた占星術関係の著作を満遍なく調査した研究者がいるが、その一覧表には五〇〇点以上の著作が網羅されている。

「天体が下界の肉体に本来的に影響を与え、大なり小なり、肉体に作用を及ぼすのは確かだ」とは十五世紀に活躍した文学者マルティネス・デ・トレドの小説『コルバチョ』(第三部一章)の言葉だが、こうした発想は特にその前の十四世紀に強く、時代が進むと次第に厳密科学指向の占星術と、いかさま占星術とが二分化されていくのだった。ましてや自然科学を指向する専門家が贋占星術を攻撃するのは、自分たちのアイデンティティーを主張するためにも当然のことだった。そのうちの一人ガブリエル・デ・メンドサは日蝕に関する一六三九年の論考で「占星術は、とりわけ生来の品位、情感、および性癖を判断する真の自然科学であり、それ以外は乱用であって科学ではなく、排撃されなくてはならない」と言う。もちろん現代からすれば、ここで言う「真の自然科学」という言葉そのものも、当時の自然科学のレベルに相応するものとして理解されなければならないのだが。

こうした混乱を整理すべく、ついにはローマ教皇も動きだす。一五八六年一月五日付で、時の教皇シクストゥス五世(一五八五―九〇年在位)が「天と地」(*Caeli et Terrae*)と題する大勅書を出し、航海、農業、医学などのように実生活に関わることに占星術的観察が適用されるのはよいが、それ以外の事項への占星術の応用は厳禁した。約半世紀後の一六三一年四月一日にも、今度は教皇ウルバヌス八世(一六二三―四四年在位)がほぼ同じ内容の大勅書を再度発表している。大勅書の効き目が弱かった証拠と言えよう。航海や農業を天の観察と結びつけるのは一応納得がゆくとして、医学と占星術の関連は、すでに見た宝石と医学との関連同様に、現代感覚からすると違和感を免れない。しかし木星と火星が黄経上に並んだ一五二四年に、占星術師たちがペスト大流行、特に女性が大量に死ぬことを予言したことが知られているし、十八世紀になってもサラマンカ大学の数学教授で詩人のトーレス・ビリャロエル(一六九四―一七七〇)は、病気治療と星相との間に密接な関係があると主張して憚らなかったのである。

占星術への批判は紀元前の古代ローマのアグリッパ、ティベリウスをはじめとする政治家や皇帝の時代から、しきりに繰り返されてきている。しかしながら、キリスト教世界における占星術の是非は、実はのっぴきならない問題と直面しなくてはならなかった。それはいわゆる「自由意志」の問題だ。特に十五世紀以降、「自由意志」は人間の人間たる証として、文学・思想のなかで繰り返し強調されてきている。星の動きによって一個人の運命が事前に定められてしまうのなら、その個人の持つ「自由意志」はもはや自由の名に値しない。宇宙の創造主たる神の意志、星座、それと被造物の自由意志はどのような関係にあるのか？　占星術による予言と自由意志はどのように関わりうるのか？

この点に関しては、古くは聖アウグスティヌス（三五四—四三〇）が『神国論』第五巻で展開した議論がよく知られる。彼は自由意志の問題を占星術が説明できないことを指摘したばかりではない。人の一生が誕生時の星相で決定されるなら、双子の運命や性格が異なるのを占星術はいかに説明するのかと迫る。結局アウグスティヌスは、星相は肉体に作用こそすれ精神には影響しないと断言すると同時に、聖トマス・アクイナスと同様、星が自由意志に作用することはあっても、それを強制することはないとする。

こうしたキリスト教教父の思想が、後の文学者たちに受け継がれてゆく。ダンテは「自由意志は、天との最初の戦いでの疲労に耐え切り、その後、栄養さえ十分ならば、完全に勝者となる」（『神曲』煉獄篇、第一六歌、寿岳文章訳）と言う。スペインの多くの文学者もこの立場を継承したと言ってよい。カルデロン・デ・ラ・バルカの指摘どおり、「もし強いられるがままにしたら／自由意志に

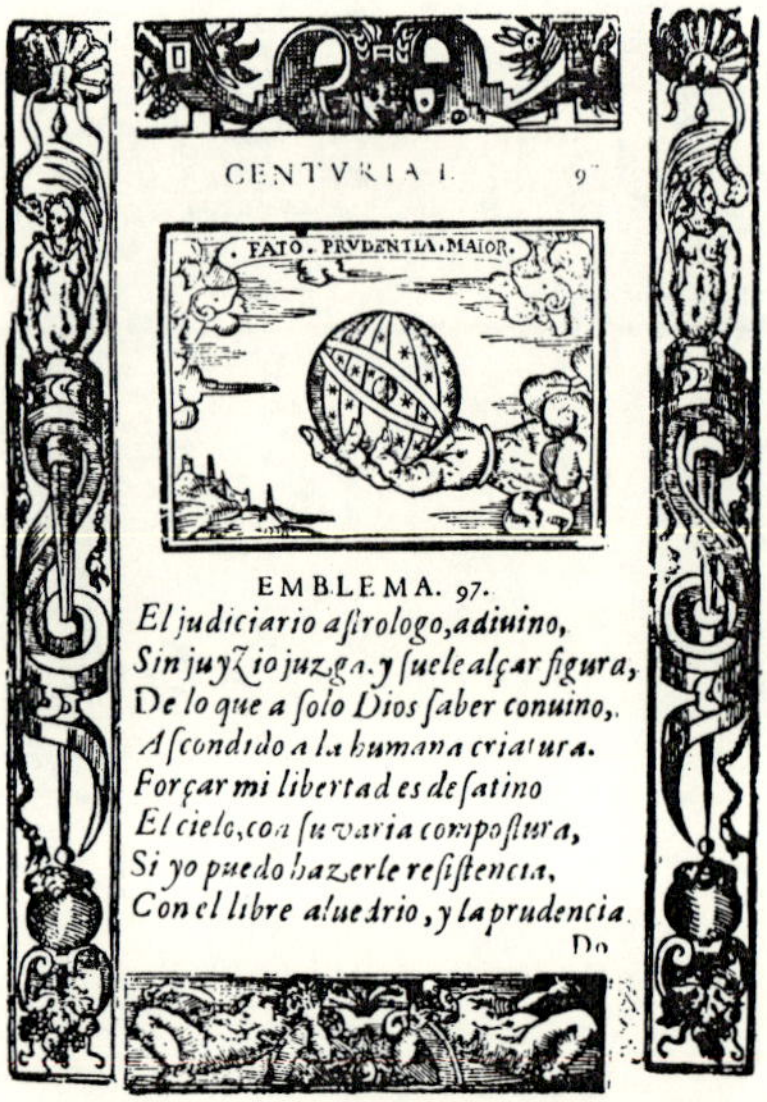

コバルービアス『道徳的寓意』第1部97番

はなるまい」（『驚異の魔術師』第三幕）。よきにつけ悪しきにつけ、人間は主体性を行使する。人間はおのが未熟さゆえに、自由意志をもって神の御心に反逆することも可能だ。キリスト教徒にとって、人生ドラマの根源はそこに収斂すると言ってもよい。同じくカルデロンが言うように、「いかにふらちな星といえども／意志の傾きを変えるだけで／意志を強制することはできない」（『人の世は夢』第一幕六場）。占星術などによる予言と人間の自由意志相剋の神学的ドラマを、もっとも見事に展開したのはティルソ・デ・モリーナの芝居『不信による地獄行き』だが、ここではこれ以上、神学的な問題に分け入るのは控えることにしよう。

　占星術が自由意志の問題を「克服」できないかぎり、それを実践する占星術師も非難の対象となる。以前引用したコバルービアスは辞書だけでなく、『道徳的寓意』の著者としても知られるが、その中でいかさま占星術師たちが「判断力もないくせに判断し（中略）／私の自由を規制するなどとは見当違い」（第一部寓意九七番、同じく四九番でも占星術批判を展開）と糾弾する。ロペ・デ・ベガも自由意志の問題で占星術につまずき、かといって星相の影響を否定しきることもないままに、人間は自由意志を知的に操作することによって自分の運命を変革できるという立場をとる。ただし、そのロペが二つのことに関しては、占星術を認めていたらしい。一つは恋の芽生えに星の影響があること。いま一つは、王家や将軍のように身分が高いほど、星の影響を受けやすいということだった。

中世のファン・ルイスの長編詩『聖き愛の書』にもあるように、「神のみぞ将来を知りたまい、他の者ではない」(八〇三連d)。神と人間との関わりの根本問題を解決できぬかぎり、占星術は人間に無益であるばかりか、神の領域を侵犯するものと言わなくてはならない。こんな時、痛烈な批判を買って出るのは決まってケベードだ。占星術に凝っている人に向かって、次のように攻撃する。「そんな心配は神の摂理と天の動きをつかさどる法則に任せておくことだ。(中略)いくら天の秘密を知ろうと躍起になったところで、物事を我流の解釈に合わせてでっち上げたり、夢を見たりすること以上のことはわかりはしないし、諸般のことどもの実相は、いくら勉強してもわかりはしないのだ」(『揺り籠と墓』四章)。

だから占星術を介して運勢を透視し、他人に助言をするのは、神をも恐れぬ行為とのそしりを免れない。キリストを裏切ったユダになぞらえられたりもする。否、ケベードの『夢』ではユダ以下の存在として占星術師が描かれる。「ユダが自分よりも悪人と教えてくれた連中をこの眼で見てやろうと、あと一段降りると、ある大部屋にふとどき者どもがいるのに私は出くわした。(中略)それは占星術師と錬金術師たちだった」(「地獄の夢」の章)。こうなると占星術を行ったり信じたりする者は、「異端とみなされねばならず、我らが『七部法典』の定めるところによって処罰されなくてはならない」という法律まで発布されても不思議ではない。これは国王フェリペ二世が一五六七年に発布した『新法律集成』(第八書一条五項)にある規定である。ただし実際には、これはざる法で、錬金術の場合がそうであったように、文字通り夜陰に乗じて星に頼る人は後を絶たなかった。

占星術が穀物の収穫期等々の自然現象を扱う限りにおいては問題にならなかったはずなのに、ロペ・デ・ベガの『フエンテ・オベフーナ』の第二幕では、それさえも鼻持ちならぬと攻撃されるようになったり、カルデロンの『贋の占星術師』第三幕の大詰めで「占星術は金輪際やめることにします」などという台詞が飛び出すのは、不敬の占星術を執拗に行う者たちがひきも切らぬことに対する不快の表明と読むことが可能だろう。

魔術

魔術、妖術、呪術、奇術……類義語が多いのだが、スペイン語でも同系の単語にはこと欠かない。表題に掲げた語「魔術」（マジック）の語源はギリシャ語で、古代イランの神官を指す「マゴス」の術を意味し、この語は古代ペルシャ語では拝火教徒をも意味するという。つまり魔術は本来的に宗教儀式と関連が深いのだ。

特定の動作や儀式を介して、自然法則や日常的出来事を超えた現象を起こすことを魔術と呼んでおこう。魔術師は通常の人知や能力を超えることを実現できるわけだが、その超人的能力と知恵を悪魔との結託のもとに行使する場合、これを黒魔術、その能力を神から授かった場合、白魔術という。したがって白魔術は神学的に問題はなく、神学者たちも高く評価する。具体例を一つだけ挙げると、「一月頃に薔薇の芽を吹かせたり、五月頃にぶどうを成熟させる」のが白魔術だという。これはロペ・デ・ベガの冒険小説『生まれ故郷の巡礼者』（第一書）に見られる解説だ。

メキシコ生まれで一六〇〇年にスペインに渡って活躍した劇作家ルイス・デ・アラルコンは芝居

『サラマンカの洞窟』第二幕で、魔術を自然的、人工的、悪魔的の三種に分類する。自然的魔術は自然界に潜む力、つまり植物、動物、あるいは石に秘められた力を活用し、人工的魔術は才知や器用な手先を最大限に生かす。そして悪魔的魔術は、いわゆる黒魔術のことだ。

以下の検討は黒魔術にしぼる。冒頭で述べたが、境界が不明確なのは魔術と隣接するもろもろの術の間だけではない。魔術と迷信との関わりも不鮮明だ。文学にその素材を求めるとなると、ますます混沌としてくる。狭義の迷信への言及なら中世文学にいくらでも実例があるが、迷信を正面から考察したものとなるとマルティン・デ・カスタニェーガ神父の一五二九年の『迷信と妖術論』、実際に術をかけるシーンが出てくる作品ではロペ・デ・ルエダ(一五一〇頃—六五)の芝居『アルメリーナ』を待たねばならない。

魔術への態度は中世とルネサンスとでかなりの落差がある。六三三年十二月五日の第四回トレド教会会議では予言者や迷信家に相談ごとをする聖職者への罰則が定められたり(カノン二九)、それから約二〇年後の『ビシゴート法典』でも、魔術を操る者に対しては二百回の鞭打ち刑が規定されている(第六書四条)。スペイン人ではないが、近世医学の先駆者でフランシスコ会士のロジャー・ベーコン(一二一四頃—九四)のように熱心に占星術と魔術を擁護した人物がいないではないが、全般的には中世はむしろ魔術に懐疑的だったのに対し、十五世紀あたりから、次第に魔術が積極的に注目されるようになる。スペインのみならずイタリア・ルネサンスの人文学者たちも然りだ。

スペインにおける魔術の拠点としては二つの町が著名だ。トレドとサラマンカである。トレドの魔術には中世から言及が多く、今まで引用した作品ではドン・フアン・マヌエルの説話集『ルカノール伯爵』第一一話が顕著だ。この伝統はセルバンテスの時代にも語り継がれ、ミラ・デ・アメスクア（一五七四？―一六四四）の『悪魔の奴隷』に「魔術を身につけたければ／私が教えよう。／トレドの洞窟で私は学んだのだ」（第二幕）とあるし、ロペ・デ・ベガも『娘テオドール』で、「知っておくがいい、この大いなる町〔トレド〕では／いにしえの時代同様／今日でも魔術が行われているのだ」（第一幕）と言っている。

サラマンカに関しては魔術論を著して、当人が魔術師とまで言われたエンリケ・デ・ビリェーナの存在が象徴的だし、スペイン黄金時代最高の叙事詩、エルシーリャ（一五三三―九四）の『アラウカ族』（一五八九年完結）にも「サラマンカはすべての／学問にひいでていて／魔術も教えられていた」（第二七歌三一）と言う。

魔術で一番手っ取り早いのは医療に応用する呪術、祈禱だ。これは今日の日本でも、かすり傷を負って泣く幼児に、おまじないで痛みを軽減してやろうとするのに通じる。昔はもっと広範囲に、しかも真剣に行われていたわけで、古代世界に関してはスペインの医学史家ライン・エントラルゴ（**Pedro Laín Entralgo**）の名著『古典古代における言葉による治療』（*La curación por la palabra en la antigüedad clásica* 一九五八年）がある。スペイン文化の黄金時代では呪術は主に潰瘍にきくとされたが、鎮痛にも応用される。たとえばピカレスク小説『ラサリーリョ・デ・トルメスの生涯』第二話の終盤で、神父に棒で殴られて負傷した主人公の所に、老婆の祈禱師が治しにやってくるシーンがある。

古代から広く伝承される魔術の一種で、セルバンテス時代によく話題になるものに「邪眼」（または「邪視」）があり、この魔力をもった人（婚期を逸した女性に多いという）に見つめられると、相手（特に幼児）は災いに巻き込まれると恐れられた。先に言及したエンリケ・デ・ビリェーナの短編『邪眼論』は現代からすれば噴飯ものだが、当時としては大まじめな著作だ。ロペ・デ・ベガの『恋する淑女』にも「淑女や美人は／幼子のようなもので／邪眼で命を落とすことが多い」（第一幕）とあるし、ケベードの『万人の時と分別ある運勢』の二四章でも、邪眼による殺害への危惧が表明されている。

眼差しだけで人の命まで奪うと言われるバシリスクばりの眼光で幼児が殺されるのを傍観しているわけにはゆかない。魔よけ対策を講じなくてはならない。一番手軽なのは、人指し指と中指との間から親指を出した拳を相手の眼の前に突き出すことだ。この拳の形状を模した御守りも多用された。キニョーネス・デ・ベナベンテの幕間劇『女形』には、邪眼よけの御守りとして小麦粉に水を差してこね上げたパン生地、ガラス、聖餅、水銀、鉄、黒玉、それにタヌキの脚を持参して、ミサに出かける光景がある。スペインを旅したドノア伯爵夫人は一六七九年三月の書簡で、ある少年が百本からの小さな手を身体中にぶらさげているのを見て仰天し、母親にわけを尋ねると、邪眼よけだという返事が返ってきて二度びっくりしたと記している。「小さな手」は黒玉かタヌキの脚を指すのだろう。

不幸にして邪眼に見舞われた人を救う魔術師もいる。患者の頭に水（または草と油）を入れた皿と、からの皿を交互に重ねて呪文を唱えるのが普通で、この道の専門家は十七世紀のトレドにとりわけ多かったという。

テーマの性質からして大分怪しくなってきたが、まだ序の口でしかない。本格的な魔術のお膳立てにはグロテスクなものが数多く必要だ。透明人間になるには埋葬した黒猫の頭部あたりから生えて来るそら豆一粒。金儲けには黒い鶏の左の羽根で作ったペンで、こうもりの血をインクがわりに旧約聖書の詩篇を書き写す。その際、鼠の眼球を詰めた蜜蜂の巣、蛇の頭部、それと綿少々を、汚れた布袋に入れて左手に持つのを忘れてはならない。女性が特定の男性に愛され続けたかったら、相手の男性にろばの脳味噌を食べさせ、きじ鳩の血をブドウ酒に混入して飲ませる。きじ鳩の血のかわりに生理時の出血、教会にたまった埃、爪の垢でもよい。

その他、アグスティン・デ・ロハスの『愉快な旅』第一書にも、タヌキの足、絞首刑で使用した縄、子やぎの心臓に刺して折れた針、褐色のやぎの血とひげ、牝狼の目玉その他が魔術に必要だったとある。筆者未読の劇作品で、サラマンカ大学学長にまでなったサンチョ・デ・ムニョーンの『リサンドロとロセリアの悲喜劇』第一幕二場では、さそりと蟹の内臓、小とかげの糞、牡狼のまつ毛、黒い牡犬の肝汁、蛇皮などが延々と羅列されるという。

魔術を語る時、魔女を避けて通ることはできない。スペインの魔術は元来、北部集中型だ。南のアンダルシア地方などでは相対的に記録が少なく、魔女の場合も同様である。ゴヤの黒い絵で有名な「魔女の集会」のことをスペイン語でaquelarreと言う。この語自体が北部のバスク語に由来し、「牡やぎの牧場」の意味だ。ビリャローンの小説『クロタロン』には次のような一節がある。「我々が〔北部地方の〕ナバーラ行脚を始めると、かの地の女どもは大変な魔法使いで、自分の術や魔法の効果を上げるために悪魔と結託しているのだと知らされました」(第五話)。

魔女の集会を開くのに最適の日は金曜とされたが、金曜日はキリスト処刑という悪魔的行為が行われた日であると同時に、愛の女神ヴィーナスに捧げられた日であることを想起しなくてはならない。したがって悪魔との「結託」には、後述するように、性的な意味が多分に込められる。

スペイン史の中で魔女が一番話題になるのはフェリペ三世の治世、十六世紀末から十七世紀初頭だった。つまり十字架の聖ヨハネ(一五四二—九一)や聖テレジアをはじめとして神秘主義文学が開花した後だ。純正なキリスト教文学の隆盛に背くかのように悪魔と結託した魔女が暗躍する……動・反動を劇的に反復することや二律背反は、スペイン文化の常道でもある。

魔女が悪魔と遠隔地で官能の喜悦に浸るだけなら、特に恐怖の対象にはなるまい。しかし魔女が「堕落した天使」たる悪魔と結託する以上、宗教的見地から恐怖心を与えずにはおかない。魔女は悪魔の定住する地獄にも出入りする。ロペ・デ・ベガ(?-)の芝居『キリストによる結婚』に登場する悪魔によれば、地獄では「魔女や妖術師のために/講義が行われる教室がある」(第一幕)。

魔女はキリスト教教義の視点からだけ恐ろしいのではなく、実際に悪事を働く。その一つが生き血を吸うことだ。ティルソ・デ・モリーナの小説『トレドの別荘』に挿入されたロマンセに次のような一節がある。「魔女とふくろうが現れて／（中略）／思い思いにランプを舐めたり／子供の血を吸ったりする頃に」（第三部）。特に子供の血が好きらしい。ケベードの『ペテン師』第一部二章にも魔女が子供の血を吸う話があるし（主人公の母親は魔女という設定）、ロペ・デ・ベガの『ラ・ドロテア』に登場する大人の発言が、そのあたりの事情を雄弁に物語る。「ヘラルダ、私は〔魔女に血を〕吸われるには〔身体が〕固すぎる」（第五幕二場）。

悪魔と結託した魔女は、もはや神聖冒瀆も辞さない。とりわけ縛り首になった人の歯を抜く性癖があった。初期ルネサンスの名作フェルナンド・デ・ロハスの『ラ・セレスティーナ』第七幕には、縛り首になった人の遺体から歯を七本抜きとる話もある。ケベードの『ペテン師』第一部一章のように、抜いた歯でロザリオを作る魔女もいれば占いに使う魔女もいた。

ゴヤ「カプリチョス No. 68」

さて魔女のイメージとしては、箒にまたがって空を飛行する様子が想起されるのだが、魔女といえどもいきなり空に舞い上がれるわけではない。それなりの下準備が必要だ。一番大事なのは塗り薬だ。この膏薬に関しては多くの処方が伝えられる。たとえばナバーラ地方の魔女が集会に行くために塗る薬の一製法としては、次のようなものがある。ひきがえるを鞭打って身体全体をじゅうぶんに肥大させ、次に逆に押さえつけることによって、口と尻から緑のまじった黒い液体を吐き出させる。これは強烈な悪臭を放つという。この体液を塗ってから月、水、金の週三回開催される魔女の集会に出かけるのだ。

十六世紀初頭にマドリード東方の町クエンカで逮捕されて裁判にかけられた魔女(?)の自白によれば、蠟、松やに、苦よもぎ、蛇、子供の遺体を混ぜて調合した塗り薬を膝裏、鼠蹊部、肘、脇の下に塗ったという。その他、魔女の膏薬(?)の原料として浮上してくるのは、催眠剤に使われるマンダラゲ、麻酔効果のあるヒヨス、苦痛軽減などに用いるナス科のベラドンナのような、あまり聞き慣れない植物だ。たとえばベラドンナの絞り汁を脇の下と鼠蹊部に塗ると、皮膚の毛細血管に浸透して、本当に身体が軽くなったような気持ちになるという。

この塗り薬について重要なヒントを与えてくれるのが、セルバンテスの短編『犬の対話』だ。カニサーレスという名の魔女が全身に薬を塗って失神し、針を刺されてもピクリともしない場面がある。問題はこの塗り薬が「極度に冷たい」と証言されていることだ。

作家で医者のアンドレス・ラグーナによるディオスコリデス注解についてはすでに説明したが、魔女の「冷たい塗り薬」について貴重な報告がある(七五章への注解)。フランス北東部の町メッス(Metz)で魔術師の洞窟の現場検証に立ちあった際、緑色の塗り薬が鍋に半分ほど残っているのを発見した。強烈な悪臭を放ち、低温処置が施されている。さっそく人体実験をして身体に満遍なく液を塗るが早いか、実験台になった女性は人事不省に陥った。そして三六時間後に目を覚ますと、自分が見たすばらしい夢について語ったという。ラグーナはこの塗り薬が神経を麻痺させる催眠性のものと推論する。魔女の飛行もこの深い睡眠中の幻覚という理解が可能だ。当時の一般庶民は、この膏薬が魔女に絞め殺された幼児たちの血で調合されたと信じていたらしいが、セルバンテス当人は魔女の飛行そのものに否定的で、むしろラグーナ流の解釈を採用する。

魔女の典型的な行動パターンは、まず自分の血を一滴捧げることを条件に悪魔と協定する。その悪魔の助力で空を飛び、赤子のいる家に忍び込んで、母親の枕もとに睡眠薬を置いて昏睡させてから子供を虐待する。手足をひねって骨折させる、血を吸う、絞殺する、たいまつの火で焼き殺すなどさまざまだ。もちろん、その後の儀式として魔女の集会への参加がある。

一五二七年頃、マドリードから比較的近郊の町パレーハ（Pareja）で初老の「魔女」を逮捕して、空を飛ぶまでの経過を尋問した記録がある。まず自分のまわりに円弧を描いて手拍子を三回打ちながら、悪魔の王「ルシフェールよ来い」と言うと、色黒で目の赤い青年がどこからともなく現れ、しわがれ声で「ここだ」と答える。女は自分の血一滴を捧げることで悪魔と協定する。次に近所の赤子を絞殺して肛門から指を入れ、赤子の体内から「油」を抽出し、胡桃の樹皮、蛇と馬の「油」と一緒に混ぜ合わせ、ゆであげて膏薬を作る。これをひかがみと鼠蹊部に塗ると空を飛べる、と女は答えたと言う。

魔女の飛行だが、箒にだけ乗るのではない。やぎ、牛、犬、黒い羊(いずれも牡)などのほか、麦藁、すでに生命を失いながらも権力を誇示し続ける丸太、年老いた悪魔の象徴とされる杖に乗る魔女もいる。しかし箒が基本であることは確かだ。箒は男根を表すというフロイト流の意味づけがよく知られる。だから「横坐り」はならず、魔女は必ずまたがねばならない。

しかし箒は別の観点からも好都合だ。箒は地表に散らばるゴミを掃除する道具であり、もっぱら汚れを宿命とする。堕落した天使たる悪魔と、現世的な欲にとらわれながら暗躍する魔女のイメージにうってつけなのだ。地上に執着し続けるからには、魔女の飛行は決まって低空飛行だ。また魔女の集会が人里離れた場所で開かれようと、必ず地上で行われ、集会では悪魔と魔女との地上的な性の合歓が行われる。

ラ・マンチャ地方に伝わる魔女伝説では、箒が別の機能を果たす。魔女は木炭か自分の毛髪で円弧を描き、あたりに塩、岩、硫黄を配置したうえで、箒と点火した蠟燭を手に円の中に入る。入ったら蠟燭の火が映し出す自分の影を、呪文とともに箒で掃き消してゆく。影ができるということは人体が地表と接していることを意味し、空中浮遊術が不可能だからだ。その後に悪魔登場の段取りとなる。ちなみに、悪魔を呼び出すのには魔女が円弧を描き、その中にみずから入って外界と隔絶するのが常套手段で、十六世紀前半に活躍したサンチェス・デ・バダホースの『女妖術使いの笑劇』に登場する魔女も円弧を描き、その中を腕組みしながらぐるぐる回って悪魔を呼び出す。

このラ・マンチャを出発点とするドン・キホーテは、騎士道小説に数多く登場する魔法使いと闘い、ドゥルシネアを魔法もしくは魔術から解き放とうとする。それは自由への闘争にほかならなかった。占星術の場合がそうであるように、「自由意志」という人間の切り札が迷信・魔術ごときに惑わされてはならない。セルバンテスは「魔術が意志を左右すると信ずる単純な人も中にはいるが、われらの意志は自由なのであって、それを強制できる草も魔術もありはしない」(『ドン・キホーテ』前編二二章、短編小説『びいどろ学士』でも同類発言)とする。

いわゆる魔女狩りや魔女裁判は、スペインの場合、他のヨーロッパ諸国と較べて極度に少なかった。それでもラ・マンチャ地方に属するトレドの異端審問所では十七世紀を通して一五一人の魔術師(?)を裁いたという(うち女性が一一七人)。そしてスペインの中でも魔女狩りや魔女裁判が相対的に多かったのは、北部やカタルーニャ地方だった。たとえば北部バスク地方では一五〇七年に限っただけで、三〇人の魔女が裁判にかけられた記録がある。

しかし全般的に見た数量の少なさは、魔女の実在や魔術の現実性が否定されていたことを意味するものではない。『ドン・キホーテ』をはじめとする数々の作品のエピソードの多くのものを、現代人であるわれわれが「荒唐無稽」と一笑に付そうと、当時の読者からすれば荒唐無稽では済まされない現実感と緊迫感をおびたものだった。見ようによっては、現代の我々こそ、魔術の恐怖を書物の中に封じ込めたうえで、それを実感できずに漫然と日々を過ごす倨傲の士でしかないのかも知れない。

美顔術

魔術や妖術にもいろいろな種類があるが、魅了する力が一番強いのは「女性の場合には顔、(男の)私の場合にはお金」——これはキニョーネス・デ・ベナベンテの『女妖術使いの幕間劇』に見られる台詞である。深刻に考えると問題になる台詞だが、ともかく男性は女性の美にひかれる。そしてその美の窓口が顔ということになろうか。女性が、まずもって自分を一層美しく見せようとするのは当然と言えよう。

美女の顔は明るく輝き、化粧をするとますます美しさを増す。セルバンテスの芝居『策略家ペドロ』(第一幕)にある「美人だと言われて悪い気がする女性はいない」(『ドン・キホーテ』前編二八章でも同類発言)は時空を超えた真理だ。ただし、いい気持ちも度を過ぎれば虚栄心に変貌し、さっそく口の悪い文学者たちの餌食になる。たとえば、女性というのは「見つめられたり、ため息をつかれたり、噂にのぼったり、通りで声をかけられたりすると、いかにも不愉快で我慢ならないような顔をするのだが、本当のところは神さまがご存じ」(マルティネス・デ・トレド作『コルバチョ』

第二部九章)といった具合だ。

化粧のことをスペイン語で maquillaje または cosmética と言うが、フランス語から入った前者は本来「カードで騙す」とか「働く」の意味だ。そしてギリシャ語(コスモス)起源の後者は「飾り」や「秩序」の意味で、紀元前五世紀に「宇宙」の意味が加わる。斎藤忍随氏は好著『知者たちの言葉』の中で、化粧品(コスメティック)には顔を秩序だてるものという発想があると推論しておられる。となると化粧品を駆使した美顔術とは、顔を調和のとれた宇宙なみに飾って秩序だてる術になるのか?

色白が美人の基本とされやすいのは日本だけではない。セルバンテスの生まれる約半世紀前に出た芝居『ラ・セレスティーナ』では、主要登場人物の一人メリベアの美しさを賛美するのに、「顔にはなめらかな光沢があって、その肌は雪をも恥じ入らせる」(第一幕)と言うし、セルバンテスと同時代の詩人ゴンゴラの長編詩『ポリュペーモスとガラテアの寓話』には「おお美しきガラテア 暁の手折りし/カーネーションより 汝《なれ》は麗しく/水面《みなも》に住まいて ひめやかに世を去る/かの水鳥の羽毛に いやまさる白さ」(四六連)とある。

では不幸にして(?)生まれつき色が白くない女性はどうするか? 経済力のある女性はファンデーションとして昇汞《しょうこう》、つまり塩化第二水銀で乳白色の皮膚をものにしようとした。この薬品はかなり強く、しみやそばかす、さらには顔の皺をも消すという。ケベードの『万人の時と分別ある運勢』に、「金持ち夫人が化粧のまっ最中だった。昇汞を塗った布でそばかすが点在する皺くちゃ顔を覆っていた」(一二章)とある。日本でもかつては硫化水銀から作った「水銀おしろい」が愛用されており、水銀性に変わりはない。

この高級化粧品はとても庶民の手の届くものではなかった。そこで利用されたのが鉛白(鉛の炭酸化物)から精製したおしろいだ。一六八〇年の資料によれば、鉛白は昇汞の一二分の一の値段で買えたという。日本では鉛白から作ったおしろいが七世紀末、つまり持統天皇の時代から使われている。ただ昇汞にせよ鉛白にせよ、敏感な肌にいいはずがなく、一時的にどんな効果があらわれようと、結局は皮膚を傷めるだけだ。アグスティン・デ・ロハスの『愉快な旅』に、「顔に化粧をするのは/有害この上なく、よろしくない」(第三書)とあるが、そのあたりを指摘しているのだろう。しかし鉛白白粉は簡単には手放されず、中川米造氏の『医とからだの文化誌』によると、その有害性がヨーロッパ医学で指摘され始めたのは十八世紀あたりだ。鉛白がもてはやされたというよりは、その代替物の開発が遅れたと言ったほうが正確かも知れない。

思うような効果があがらなければ、人間はさらなる挑戦に果敢につきすすむ。肌を白くするのに利用されたものとしては、菖蒲の根茎、まんねんろうやそら豆の花、おおばこの露をはじめとして、まさにきりがない。薔薇やみかんの花の蒸留液、すみれ、松、ルピナスなどから採取した香油なども下化粧によく使われた。また当時の文学作品では muda という塗り化粧が頻出する(『ドン・キホーテ』に限っただけでも前編二〇章、後編三九、六九章など)。この化粧品は一日一回、規則正しく顔に塗る(マルティネス・デ・トレドの『コルバチョ』第二部四章)。いろいろな製法があったらしいが、顔のしみを取って顔色をよくするという大変ありがたいもので、主成分としては、やぎの乾燥させた糞、ほるると草、夾竹桃、漂白液などだ。前掲のロハス『愉快な旅』第一書に次のような製法が説かれている。「muda が必要な友人がいたら、ライムと干しぶどうの絞り汁、天然の蜂蜜、新鮮な卵、氷砂糖、ホウ砂、それに昇汞を一緒にといて、九日間寝かせば muda として一年中使えると教えてあげなさい」。

装う美女

「新鮮な卵」が成分として挙げられていることに注目しよう。フェリペ二世の三人目の妻イサベル・デ・バロアはフランス出身で、スペイン国王の妻としては際立った美女とされる。そのせっかくの肌が天然痘を患ってひどく傷んでしまったが、鮮度の高い卵の白身を使ってもとに戻すのに成功した逸話が伝わっている。カルデロン・デ・ラ・バルカの芝居『美しさの武器』(第二幕)でも昇汞、鉛白、紅、樟脳、卵の白身などが化粧材料として列挙される。また、「氷砂糖」が muda の成分になっていることに関しては、日本の桃山時代に氷砂糖の水溶液を化粧水として用い、その上におしろいをふった記録があることを考えるなら、さして不思議でもあるまい。

顔を白くするだけで化粧が終わるわけではもちろんない。紅をさして色っぽくする。ところがこの時代の紅のさし方は尋常でない。頬は言うに及ばず、下まぶた、顎、耳の端、肩、指、手のひらにいたるまでだ。しかも起床時と就寝時の一日二回という念の入れようだ。もちろん口紅をさすこともあったが、唇の艶出しをするためには蠟もよく塗った。塗った当人はさぞかし異物感があっただろうし、そのまま熱いものを飲食できないという深刻な問題も抱えねばならなかった。

顔でもとりわけ大事なのは、口ほどにものを言う目だ。李白の五言絶句「越女詞」にも「眉目《びもく》は星月《せいげつ》よりも艶なり」とあり、まさに化粧(コスモス)は宇宙を連想させる。目の色は生まれつきで美顔術ごときでどうなるものではないが、ともかく黒い瞳ならぬ緑の瞳が美人の条件と考えられていた。『ドン・キホーテ』で、お伴のサンチョがドゥルシネアの容姿に関していい加減な報告をすると、ドン・キホーテは次のように反駁する。「おまえは彼女が真珠の目をしていると言いおったが、真珠の如き目は貴婦人の目というよりは鯛の目だ。そこで自分の思うに、ドゥルシネアの目は緑色したエメラルドで、切れ長で、二本のえもいわれぬアーチが眉を描いているに違いないのだ」(後編一一章)。十五世紀末の『ラ・セレスティーナ』にも、「その緑色した目は切れ長で、まつ毛も長い。眉は品よく際立っている」(第一幕)とある。

眼球そのものは細工できなくても、眉毛ならある程度の変化をつけられる。弓型に整えて際立たせることだ。『ドン・キホーテ』後編四〇章には、家々をまわって眉を細く揃えて歩く女性のことが出てくる。

毛は剃らずに抜くものという発想は日本もスペインも共通していた。『ラ・セレスティーナ』第六幕に、「眉を毛抜きや貼布剤で抜いて、きりっとさせる」という文句が見られるし、マルティネス・デ・トレドの『コルバチョ』第二部四章にも、「たくみに毛を抜き、吊り上げて弓型にした眉」とある。眉以外の顔の無駄毛は、松やにやカミツレ(キク科植物)などから精製したもので脱毛処理しなくてはならない。

またアイシャドーの一種を用いて目を際立たせることも行われた。「アルコール」なる単語は元来飲み物を指すのではなく、眉、まつ毛、頭髪などの生え際に塗ることによって白い肌との境界をくっきりさせるようにした黒い粉末のことだった。『コルバチョ』の第二部四章に、日本語にそのまま置きかえると「アルコールをつけた目」とあるのは、それを指す。しかしこれもやりすぎれば「眉は黒というより、すすがかかっているほど」(ケベード作『夢』「内側からの世界」の章)と皮肉られる。

これ以外にも、金髪を少なからず羨望したスペイン女性がどんな方法を用いたか、あるいは化粧を側面から支える香水の問題などもあるのだが、春山行夫の『化粧』、樋口清之の『帯と化粧』のほかに、R・コーソンの『メークアップの歴史』やJ・パンセとY・デランドル共著の『美容の歴史』などの邦訳を通して、かなり推測が可能だと思われるので、ここでは割愛し、美顔術とキリスト教思想という深刻な問題に入ってゆくことにしよう。

化粧の力を借りて一層美しくなりたいという願望が自然なものであるのは事実として、早くから(たとえば十五世紀の『コルバチョ』第二部三章)化粧する女性が痛烈な批判や皮肉の対象になっているのも確かだ。そしてスペイン・ルネサンスの代表的思想家・文筆家二人によって、単なる皮肉を超えるイデオロギー的批判が行われたのだった。一人はファン・ルイス・ビーベス、そしてもう一人はフライ・ルイス・デ・レオン(一五二七―九一)神父だ。

旧約聖書「創世記」の有名な箇所「神は御自分にかたどって人を創造された」(第一章二七節)を想起することから始めなくてはならない。被造物の人間は造物主の神に似せられて、つまりあまたの恵みを賜って、この世に生を享けた。だとしたら、程度の差こそあれ、化粧の魔力で生来の顔を変えようとすることは、その恵みを否定しないまでも、恵みに対して不満の意思表示をすることになりはしないか。

ビーベスはラテン語で著した書物『キリスト教女性養育論』の九章で、キプリアヌス、アリストテレス、ソクラテス、ソフォクレス、アンブロシウスなどを博引旁証しながら、女性の化粧指向に猛反駁を加える。たどり着く結論が次のようなものになるのは、論旨からして必至だった。「化粧しない娘が結婚できないというのなら、妻よりも鉛白のほうに喜びを感じて創造主を冒瀆する男に嫁ぐより、一生独身を通したほうがずっとましだ」。

ビーベスの女性論の影響下で執筆されたのが、サラマンカ大学神学教授で十六世紀のスペイン知性の象徴的存在、アウグスティノ会士フライ・ルイス・デ・レオンの『完全なる妻』だった。本書一一章で化粧が完膚なきまでに罵倒される。「化粧品で色の変化をつけることはできても、形状を変えることはできない。つまり狭い額を広げることも、小さな目を大きくすることも、不恰好な口を直すこともできはしない」のだから、そのようなまがい物には執着しないことだ。化粧をした妻を夫が愛するとしたら、「この場合、夫は妻を愛しているのではなく、化粧をして造りあげた仮面を愛しているわけで、舞台で美しい乙女を演ずる人を愛するようなものだ」。この主張がビーベスの延長線上にあるのは明白だし、日本の現代文学では安部公房の『他人の顔』に酷似した記述がある。フライ・ルイスは化粧品そのものも憎悪しており、化粧品は「悪臭の源」で、「化粧で己れを美化する女性は売春婦になり下がる」とまで断じて憚らない。

現代キリスト教思想が化粧を問題にするか否かは筆者の知るところではないが、十六世紀スペインの知性の重鎮が、キリスト教思想に立脚して化粧を排撃したのは確かだ。そしてその結末は？天より授かった生とはいえ、その生を現世でまっとうせんとする人間は、あまりに地上的な存在だ。十七世紀中頃にスペインに旅したフランスのブリュネルは、スペイン女性は「頰に真紅の色をさすが、度が過ぎて、美しくするというより変装するためのようだ」と記しているし、やはり同じ頃マドリードに旅したボンヌカーズ（Robert d'Aloide de Bonnecase）は、スペイン女性は「地肌が見えないほど厚化粧をしていた」とあきれる。こうした姿勢が「自由意志」に関わるか否かには立ち入るまい。

ただし問題はここにとどまらない。錬金術がそれなりに化学と関連することはすでに見たが、美顔術のほうは医学もしくは医術と連なる。エジプト起源のアイシャドーが、もともと眼病予防を狙ったものであることは周知のことだ。そして美顔術をさかのぼれば、医学と未分化の状態となる。たとえば十四世紀から十五世紀にかけての文筆家ディエス・デ・カラタユーの著した『医療集成』(カタルーニャ語による)は女性美を追究した書物だが、通常の化粧を論じているかと思いきや、いつの間にか頭痛、歯痛、眼病、耳鳴り、育毛、鼻血対策から、生理不順、流産しやすい女性のための処方、不妊に悩む女性へのラテン語のおまじないなどが九三章にわたって開陳されている。これは決して「脱線」ではないのだ。

育毛法を例に取り上げてみよう。もぐらの糞と犬の糞を、それぞれ同量用意し、よく掻き混ぜてから、それに薔薇油を加えて育毛させたい所に塗ると効果てきめんだという(一三章)。決してこの処方が特異なのではない。セルバンテスなどの活躍した時代になっても大同小異の処方はいくらでもある。艶のある美しい腕にしたかったら、女性は犬の糞、蜂蜜、卵をよくといて、腕に塗りたくって一昼夜そのままでいることと十七世紀の処方が教えている。

こうした処方が実は魔術や錬金術で使われる薬品の処方に近似し、それらに負けぬほど怪しいことに、ここで我々は思い至らなくてはならない。おまじないも然りだ。妖艶な女性を指して「怪しい」美しさと言うことがあるが、化粧は根源的な意味において「怪しい」のだった。たかが化粧を検討するのに「美顔術」として錬金術、占星術、魔術と同じ章で扱ったのは、まさにこの理由によるし、こうした術と同系統と考えれば、当時のキリスト教神学が化粧に批判的立場をとったのも、ますますもって納得がいく。

算術

古代ローマの修辞家でスペイン生まれのクインティリアヌス（紀元一世紀）が雄弁術に必要だといい、四教会博士の一人アウグスティヌスが神学に必要だと説いたことからもわかるように、数学の重要性が認識されたのは近代のことでは決してない。スペイン最古の伝統を誇るサラマンカ大学では、当初から神学などと並んで数学の講義があった。十六世紀のスペインの高名な人文学者ペドロ・シモン・アブリルも、数学は確実な真理を修めるための基礎で、もろもろの学問の立脚点にならねばならぬと主張した。現代でこそ理数系と文科系などと言うが、もとをただせば両者はさほど明確に区別されておらず、ドイツの大学の伝統では、二十世紀になっても、数学は名目上、哲学科の教科に属する。

アブリルのような考えが提示されたり、さらには国王フェリペ二世みずから熱心に数学を学んだりしているものの、その動きと全般的な現実とは必ずしも一致しなかった。一五九〇年、フェリペ二世はスペインの主要都市に数学講座開設を呼びかけたが、積極的な反応をしたのは北のブルゴス市だけだった。また国王は、マドリード近郊のエスコリアル修道院の建築に決定的な貢献をしたファン・デ・エレーラに主宰させて数学アカデミーを設立したが、それでスペインの数学研究が飛躍的な進歩をみせたわけでもなかった。そもそもこのアカデミーの基本精神は、中世の神秘主義者ラモン・リュルの思想とピタゴラスのそれが混在したものだった。エスコリアル修道院の構造そのものに、オカルト的要素が強いことが近年の研究でつまびらかにされてきており、その建築指導に携わったのがエレーラであることを考えれば、それも不思議ではない。結局、この数学アカデミーは一六二四年に閉鎖され、サラマンカ大学でも数学の講義が全廃される。諸外国での数学の飛躍的進歩に、スペインは背を向けたかのようだ。

少数派とはいえ、数式と地道に取り組んだ学者がいないわけではない。平方根の研究を行い、十七世紀のセビリア商務院でその代数理論が活用されたミゲル・ヘロニモ、数学や天文学で用いる機器を数多く開発し、『アルフォンソ表』からコペルニクスにいたるまでの天体理論に果敢に修正を迫ったアンドレス・ガルシア・デ・セスペデス（一六一一年没）、四部からなる『数学教程』で数論を展開しながらロガリズムの研究をしたファン・デ・カラムエル（一六〇六―八二）、本来スコラ哲学の教授だったが一六七五年に国王カルロス二世の数学師範に抜擢されたイエズス会士ホセ・デ・サラゴサ（一六二七―七九）などが代表的存在だ。

しかしスペインにおける数学の遅れ、特に幾何学の遅れは覆うべくもなく、国家にとっても重大なブレーキとなる。天体研究は言うに及ばず、航海術、さらには兵法にも数学が関わるからだ。そもそもコロンブスが新大陸をジパングと即断したのも、地球の円周距離を誤り、海洋と陸との比率を誤認していたためだったことを想起せねばなるまい。

しかしここには計算以前の単位の問題が隠されていた。十六世紀では、基本となる長さの単位さえ不安定だったのである。特定の単位のあらわす内容が人によって異なることも稀でなかった。だからこそ、サラマンカ大学修辞学教授のネブリハのような人物まで、しびれを切らせて『第六講・寸法論』(一五一〇年)のようなものを発表せざるをえなくなったのだ。

これに加えて海上の遠距離を計測するとなれば、ほとんど絶望せざるをえない。海上の距離が正確に測定できなくては航海術にとって致命的であるばかりか、新大陸の領土をポルトガルとどのように分割するかも決められない。一四九四年にカスティーリャとポルトガルとの間にトルデシーリャス条約が結ばれ、境界(領海)をカボ・ベルデ群島の西三七〇レグアの子午線と定められたまではよかったが、そもそも群島のどの地点を厳密な起点として、どのように三七〇レグアを計測するのかさえ明らかにされていなかったというのだから、科学的にはお粗末な条約だった。

当然のことながら、数多くの有志がこの計測に挑む。インディアス諮問院は賞金まで出して計測法を募り、先に言及したエレーラも応募した。セルバンテスの『犬の対話』にも、この難問に挑んだ人の話が出てくる。この問題に決着をつけるべく、マドリードから見て南西の町バダホース(Badajoz)で一五二四年に検討委員会が開かれ、スペイン側の地図製作者ディエゴ・リベーロ(Diego Rivero)とともに、コロンブスの息子エルナンド・コロン(Hernando Colón)が出席した。

エルナンドは時計を空間移動させることによって、時差から距離を測定する方法を提案したのだが、当時の時計の精度からして、とても採用できるような代物ではなかった。ちなみに、今日のように光の波長から距離を割り出す方法だと、東京駅から小田原駅までの距離測定をして残る曖昧さは、わずか〇・四ミリだという(高田誠二『計る・測る・量る』)。

ところでセルバンテス時代の文学を読んでいると、数学が思わぬところに活用された、ないし活用されようとしたことがわかる。剣術がそれだ。セルバンテスの『びいどろ学士』に、「連中は敵の動きやいらだちを数式に還元してしまおうとした」とある。とっぴな着想のようだが、こうした動きがあったのは事実だ。グラシアンの『論評の書』第二部八評でカランサとナルバーエスという剣豪が並列されるが、二人とも実在の人物で剣の道に数学を応用した書物を著している。

セビリア生まれのヘロニモ・デ・カランサは騎士団長の肩書きを持ち、文才のほうもセルバンテスのお墨つきを得ていた(牧人小説『ラ・ガラテア』第六書)。一五六九年に執筆して、八二年に出版されたカランサの『武器の哲学とその技法』は数学理論を剣術に応用した結果、たとえば相手を倒すには正面からの突きがよいとしている。

南の田舎町バエサ(Baeza)出身のルイス・パチェコ・デ・ナルバーエスは国王フェリペ四世の剣術師範に登用された男で、カランサに劣らぬ剣の使い手で理論家だった。『球面学』(*Spherica*)で知られるテオドシウスやユークリッド幾何学を剣術に応用し、剣は相手に向かって直角に構えること、攻撃にさいしては腕を曲げないことなどを数学的に証明しようとした。フェリペ三世に献じた『剣

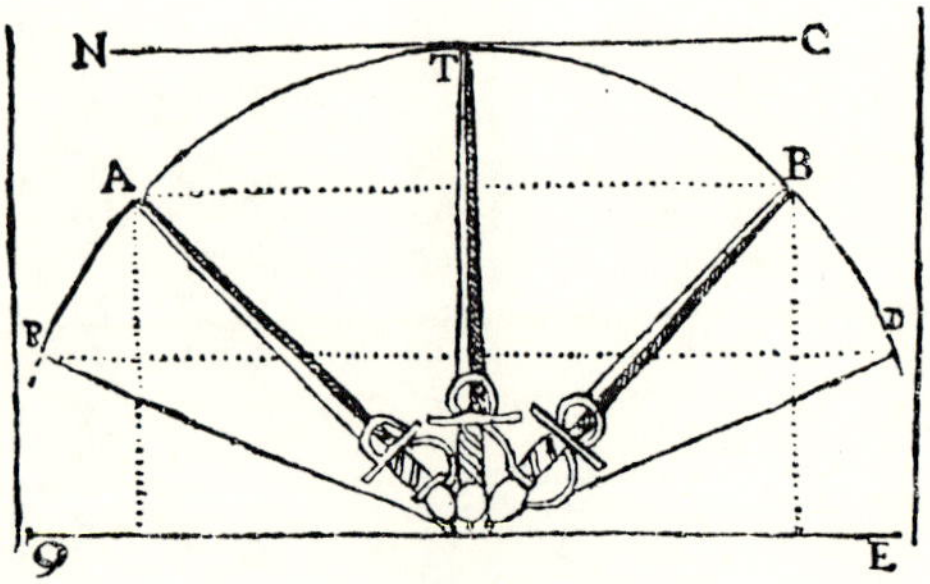

ナルバーエスが剣術に適用した数学

の偉大さに関する書』（一六〇〇年）は、その一大成果だ。ビセンテ・エスピネルの小説『準騎士マルコス・デ・オブレゴンの生涯』第三部五章でもパチェコ・ナルバーエスが言及され、「この〔剣〕術の真の哲学と数学」で彼の右に出る者はないと断言されている。

十七世紀後半に入っても、剣に数学を応用した本が出たり版を重ねたりで、根強い信奉者がいたことを示している。しかし実戦での成果のほどは怪しい。ケベードのように、こうしたへ理屈剣法を皮肉る作家もいるが、たとえばセルバンテスの『ペルシーレスとシヒスムンダの苦難』にある次のような一節のほうが、間接的ながらわかりやすい批判と言えよう。「定石、動き方、切り込み方、引き方、体さばきにも両者はお構いなしで猛然とぶつかりあい、たちまちのうちに一人は心臓を突き抜かれ、もう一人は頭を二つに割られた」（第一書二〇章）。

スペインの数学者が剣術論にうつつを抜かしてばかりいたわけではない。十七世紀には正多角形や三角法の研究などに寄与する者も出てくる。そしてこの時代の数学者を魅了してやまなかったテーマに、ユークリッド以前からの古典的な円積問題、つまり「円の正方形化」があった。セルバンテスの『犬の対話』にもこの難問に挑む男の話がある。まさに古代ギリシャの喜劇作家アリストパネスの『鳥』(紀元前四一四年)に見られるエピソード、つまり円積問題で数学者をからかうエピソードの再現だ。

「円の正方形化」というのは、与えられた円と等積の正方形を作ろうとするもので、手段をコンパスと定規に限るかぎり作図不能だ。アリストテレスは『カテゴリー論』(七章b31)で、円の正方形化を「「知識されるもの」と仮定すると、それの知識はいまだ存在しない、しかし「知識されるもの」そのものは存在する」(山本光雄訳)として、認識論の俎上に載せる。アリストテレスは円積問題をかなり意識していた模様で、これ以外にも『詭弁論駁論』(一一章b15)や『自然学』(第一巻二章185a16)などでも批判的に取り上げる。

この問題に関する数学理論の立場については、村田全氏の『日本の数学・西洋の数学』に簡にして要を得た解説があるので、そちらに譲ろう。スペインのかなりの数学者がこの問題に取り組んだ模様で、バレンシアの幾何学者ハイメ・ファルコー(一五九四年没)などは寝食忘れて問題に没頭したという。なお、円の正方形化が不可能であることを数学的に証明するためには方程式理論が高度に進む必要があり、それは実に一八八二年を待たねばならなかった。

ところで表題に「算術」を掲げながら、ここまでは「算術」を意識的に避けて「数学」を用いてきた。だが数学と言いながらも、当時のそれが学問として自立しきれていなかったことは了解されたのではあるまいか。真の自立をしていなかったからこそ、剣術のようなものにまで応用が拡散したとも言える。「算術」としたゆえんも、この辺にある。

この項目を「算術」とした理由が、あと二つある。一つは「数学」、英語のmathematics、スペイン語のmatemáticaの意味の検討からだ。「占星術」の項で引用したローマ教皇シクストゥス五世の大勅書「天と地」に、「昔は「数学者」と呼ばれた占星術師たち」という言葉が見られる。中世のアルフォンソ十世賢王などは「数学者」を「予言者」の意味でも用いる。

ところが「数学者」を占星術師、予言者、魔術師などと同系列で扱ったのは、実はアルフォンソ十世の時代(あるいはそれ以前)ばかりでなく、シクストゥス五世が言うような「昔」だけでもなかった。ビセンテ・エスピネルの『準騎士マルコス・デ・オブレゴンの生涯』でも占星術師と数学者(matemático)を結びつけたくだりがあるし(第三部四章)、キニョーネス・デ・ベナベンテの幕間劇『ずだ袋少年』には、ご主人に棒で殴られるのを恐れる人に向かって「私は数学者〔占星術師〕だから、あなたを逃がしてあげましょう」とある。占星術で占えば格好の逃げ場が教えられる。ケベードの『ペテン師』にも、「数学者〔占星術師〕が〔相手の居所を〕教えてくれるだろう」(第一部五章)とある。

これは文学世界だけの出来事では決してない。サラマンカ大学で「数学」と銘打った講座で、ユークリッド幾何学と一緒に占星術の講義が行われていたことが知られている。そういえば三次、四次方程式の解法を主著『大いなる術』(*Ars magna* 一五四五年)で披瀝したイタリアのカルダーノ(一五〇一–七六)は代数学者であると同時に、占星術師としても名声を博していた。

数学を「術」扱いするいま一つの根拠にも言葉の問題が絡む。「代数」(algebra)、「代数学者」(algebrista)の語源的(アラビア語)意味として「補修する」があったことに着眼しよう。そこからして「代数学者」は骨つぎ、整骨医、整体術の専門家の意味で使われることにあいなった。『ドン・キホーテ』に登場する学士サンソン・カラスコは肋骨を痛めたが、「幸運にも代数学者〔整骨医〕を見つけて、不運なサンソンは治療してもらった」(後編一五章)という。ケベードの『ペテン師』には、世間で悪評高い「おふくろのことを、ある者は快楽の繕い師、ある者は挫いた思惑を治療する代数学者〔整骨医、調整係〕と呼び、なかにはずばり女衒《ぜげん》呼ばわりする者もおりました」(第一部一章)とあって、同時代のカスティーリョ・ソロールサノの小説『トラパーサ学士の冒険』にもこれと瓜二つの表現があり、整骨医が転じて調整係、仲介人、ついには女衒、つまり売春斡旋人の意味になる(一六章)。

整骨医

　十七世紀になると「代数」の意味が落ち着き始めるものの、フェリペ三世名の文書によると、当時のスペインでは整骨担当の「algevista が大いに不足しており」、外科医たちは「外科学の一分野である整骨学（algebia）」を身につけるべきとされた。一六二四年二月八日、フェリペ四世一行は悪天候をついてマドリードを立ったが、旅には床屋三人、大工一人、楽士二人、医者三人、瀉血師二人、外科医三人、それに代数学者（整骨医）一人が同行している。馬車が横転したり、落馬した際の骨折やねんざの手当てをするためだった。

こうして厳密さの代名詞のような数学の意味するところを通時的に眺めてみると、算術はおろか、すでに検討したもろもろの「術」と不即不離な状態だったことがわかる。ロペ・デ・ベガの牧人小説『アルカディア』第五書に『算術』（*Aritmética*）と題する「算術」を擬人化した詩が挿入されており、いみじくもロペは「我〔算術〕には深遠なる秘教（カバラ）が秘められ／ついに我なくしては、万事は混沌となりて違算せん」と結ぶのだった。もろもろの術の場合と同じように、当時の知性はこうした術《じゅつ》をいぶかしく思いながらも、それから脱却しきる術《すべ》を知らなかった。オカルトをオカルトとして突き放して見ることをせず、それを追及しぬいた地平の向こうに見えてくるはずのものを忍耐強く待ったと言ってもよい。二十世紀スペインの知性を代表する哲学者の一人オルテガは、「数学がまさに詩や想像力と同じ根源から芽吹くものだということに注視せずして、人間をよく理解する手だてはない」（『観念と信念』*Ideas y creencias*）とまで断言したのだった。

第7章　奇書の宇宙

バルタサール・グラシアン（Baltasar Gracián 1601-58）

『迷信と妖術排撃』

古今東西、「奇書」と呼ばれる書物にはこと欠かない。発表当時は大真面目な書物が現代からすれば奇書の類に入ったり、逆に当初「奇書」扱いされたものの真価が、ずっと後になって見直される場合も珍しくない。以下、五冊の奇書を取り上げて解説を試みる。それらは単に「奇」を衒った「奇妙な」ものでは決してない。スペイン文化史の中で特異な位置を占める「貴重な書」でもあり、十六、七世紀のスペイン文化史、あるいは精神史に近づこうとする者に、重要な示唆を提供してくれるものばかりだ。

最初に取り上げるのは一四七五年前後に北のアラゴン地方、ダローカ(Daroca)に生まれたペドロ・シルエロ神父の著作である。サラマンカ大学で「占星術」を学んだことが知られている。前の章で見たように、これは今の「数学」を兼ねたもので、シルエロは数学者として頭角をあらわす。さらに一四九二年あたりから一〇年ほどパリに留学し、ソルボンヌ大学で博士号を得た後、同大学数学教授に就任する。帰国後の一五一〇年、創立間もないアルカラ・デ・エナーレス大学(マドリード大学の前身）でトマス・アクイナス神学講座の主任教授の地位を得る。一五三五年には母校サラマンカ大学の教授に迎えられた。正確な没年は生年同様不明だが、一五五四年以降とされる。

彼は数多くの学問的業績を残した。自然科学では、イタリアの有名な古代哲学者で自然科学者のボエティウスの『算術教程』注釈、三角法で知られる中世イギリスのトーマス・ブラッドワーディン（一二九〇―一三四九）注釈、同じくサクロボスコの『天球論』注釈、哲学ではアリストテレスの『範疇論』や『分析論後書』注釈、数学の著書としてブラッドワーディンを下敷きにした『数学的自由学芸四教程』（一五一六年）、宗教関係では『告解法』（一五〇一年？）、『告解集』（一五二四年）、自然科学と宗教双方にまたがる著作としては、すでに「ペスト」の項で言及した『対ペスト医薬管理に関する神学的検討』、『キリスト教占星術指標論』（一五二一年）、それにこれから解説する『迷信と妖術排撃』などがある。

Lignū plātatū sec' decursus aq̄rū: fructū suū dabit in tp̄e suo: & foliū ei' nō defluet: ac deniq̃ oīne qđ fecerit p̄spabit. ps. I.
Lignum afferens fructus duodecim: per menses singulos reddens fructum suum: & folia ligni ad sanitatem gentium. Apocalypsis vltimo.
FONS · SAPIENE ·
Apotelesmata Astrologiae Christianae. Nuper edita a Magistro Petro Ciruelo Darocensi: super duabus tantum iudiciorū partib': hoc est: de mutationib' tēporū: & de geniturīs hoīm. Reiectis omnino interrogationib': & vanis electionibus falsorū astrologorū.

『キリスト教占星術指標論』扉

この書の初版の扉には出版地も出版年も明記されていない。諸説があるが、おそらくは自分がスペインで職を得たアルカラ・デ・エナーレスが出版地で、一五三〇年代のものと推定される。その後、一五三八年にサラマンカでも出版され、以後何回か版を重ねる。そして初版の刊行がアルカラだとするなら、かの地での第二版は奇しくも一五四七年、ちょうどセルバンテスがこの世に生を享けたのと同じ年と場所でもある。しかし一六二八年のバルセロナ版を一つの区切りとして、本書は三五〇年近くの間、ほとんど顧みられなくなる。逆説的な言い方をするなら、後述する本書の性格からして、その沈黙は本書が自己の文化史的役割を果たしきった証左とも理解できる。騎士道小説のパロディー『ドン・キホーテ』の出現により、それまでの騎士道小説の系譜が致命傷を負ったのに似るのである。

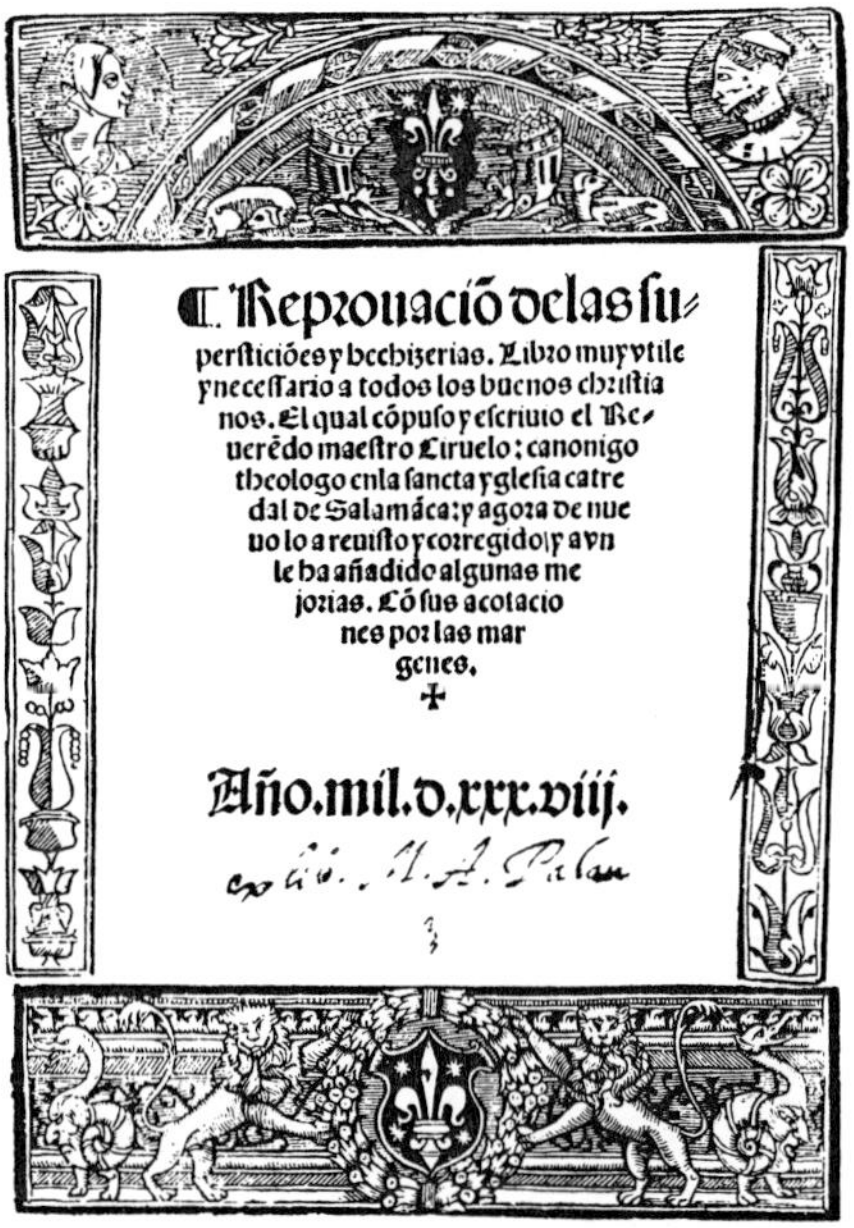
¶ Reprouació delas supersticiónes y hechizerias. Libro muy utile y necessario a todos los buenos christianos. El qual cópuso y escriuio el Reuerēdo maestro Ciruelo: canonigo theologo enla sancta yglesia catredal de Salamáca: y agora de nueuo lo a reuisto y corregido: y avn le ha añadido algunas mejorias. Cō sus acotaciones por las margenes.
Año. mil. d. xxx. viij.

『迷信と妖術排撃』1538年版扉

　ところが二十世紀も終盤に入って、ようやく本書の価値が再評価されるようになった。一九七七年にアメリカで数多くの有益な注がついた英訳版が出版され、翌年にはスペイン本国で一五三八年版に依拠した新版、一九八一年に同じくスペインで著者

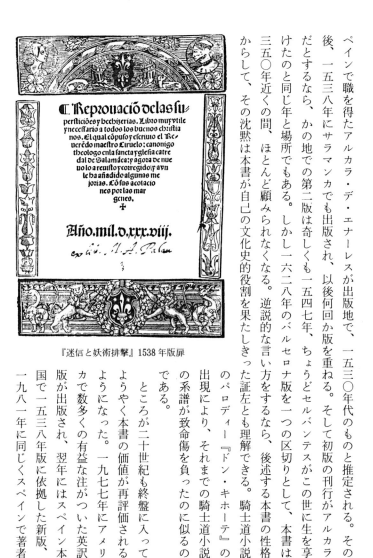

に関するモノグラフィックな研究書、八六年にはメキシコで一六二八年版の復刻出版、八九年にはスペインで一五四一年版の復刻出版という具合だ。軽薄な懐古趣味や興味本位ではない。

本書『迷信と妖術排撃』は三部、計二三章からなる。一般論から具体的な各論へと配列されている。第一部は聖書の十戒と迷信とを突き合わせた、いわば迷信序説だ。第二部では黒魔術や占いが解説されるのだが、その際、著者シルエロの姿勢を貫くのは、現世での認識には限界があるという当然の理を人間は解すべきとする主張だ。第三部はその延長線上にあり、さまざまな妖術や迷信が解説されるとともに、そうした諸悪から逃れる方法が示される。

『迷信と妖術排撃』を書くことによって、偽科学や科学の名を汚す迷信のはらむ危険性を「すべての善良なキリスト教徒、神を恐れる下僕に警告する」(同書序文)のが著者の意図だった。中世来の数多くの迷信がそのまま尾を引いていた同時代人たちにとって、「迷信」は真実、もしくは真実を思わせる重みを持つものだ。迷信を排除することによって本当の信仰をまっとうしなくてはならないのだ。人は己れを失って迷信に走りがちだが、「我々の弱さにたいしては洗礼や、キリストの御降臨でもたらされたその他もろもろの秘蹟によって人間が力を得ることを神は望みたもう」(第一部一章)と言う。

表題にある「迷信」は、当時の常識人からするなら、敢えて証明する必要もない「事実」である場合が少なくなかった。過去の「迷信」を問題にするのに、現代の間尺で大上段に構えたところで、生々しい過去の実相は見えてこない。

司祭で自然科学者、とりわけ数学者のシルエロが、このような本を書いたのは何故か？　著者自身からすれば、ここになんらの飛躍もない。自然科学に通じた聖職者ゆえに、迷信や魔術の誤謬を是正する必要があったのだ。一六二八年、本書の各章に補注を施して出版したペドロ・アントニオ・ホフレウは、注の中で「占星術師のことを正式には数学者と呼ぶ」と言い、前章の「算術」の項で触れたことを確認してくれている。またアウグスティヌス同様、数学が神学者にとって必要とする立場をとるシルエロからすれば、神学と数学という、およそ互いに隔絶したかに見える学問を追究するのは必然的でさえある。

さて本書が排撃する迷信には大別して四種類ある。悪魔と結託した黒魔術、同じく悪魔と通じた予言、呪文による医療行為、小道具を利用して営利を目指すもの、である。本書の魅力は迷信を排撃するのに先立って、詳細に対象を調べあげて解説する点だ。やみくもに迷信の刻印をおすのではない。顕在化した欠点を指摘したり論破しただけでは、本物の批判にはなりえない。相手の誤謬の根源にまで遡及し、その誤謬に代わる真理を論証するのでなくてはならない。それを達成するために、シルエロは博識、慧眼、旺盛な知識欲を総動員したうえで、怪しい対象にじっくりと肉迫してゆく。第二部二章では「人間は生まれつき知ることを欲する」というアリストテレスの『形而上学』冒頭の言葉が引用されているが、シルエロは「この性癖は理性の規律と神の掟によって制御されなくてはならない」と警告する。迷信は冷静に分析されたうえで峻拒されねばならない。そして人間に生得的な知識欲が存分に発揮されなくてはならないのはもちろんだが、知の追求は傲慢とはあい容れない。最終的には、被造物である人間は全知全能の造物主、つまり神の前にひれ伏さなくてはならないというのだ。

夜空を飛行する魔女への言及も見られ（第二部一章）、飛ぶために身体中に膏薬を塗る様子などは、すでに見たセルバンテスの短編小説『犬の対話』に登場する魔女の行動と重なりあう。シルエロのこうした著作が、当時の文学作品中の不鮮明な箇所の解読に資すること大であるのは言うまでもない。魔女を頭ごなしに否定するより、魔女の生態を描くことが先決とシルエロが考えて、それに徹してくれたお陰なのである。黒魔術を排撃するのは、その作業後の話だ。シルエロの説明によると、魔女の飛行には二種類ある。女が特定時間に外出し、実際に悪魔に運ばれる場合、いま一つは外出しないのに、悪魔の働きかけで女が現実の知覚を失い、空を飛ぶ幻覚に襲われる場合だ。

とりわけ興味深いのは占星術論である（第二部三章）。先に論じた占星術が近代天文学と不可分の関係にあることは、シルエロの本書で一層明確に確認される。シルエロは占星術も二種に峻別する。まずは偽占星術で、人間の自由意志を等閑に付したうえで、星と無縁な現象まで星座にこじつける。また心の秘密は神のみぞ知ることができるのに、悪魔と結託した偽占星術はそこに分け入ろうとする。これは神をも恐れぬ不敬行為である。

それに対して本物の占星術は「もろもろの天の作用によって引き起こされる事象を語る」もので、「自然科学や医学同様、真の科学」だ。占星術は季節や大気の変化と結びつけられ、初歩的とはいえ気象論にまで発展する。周到な論考を積み重ねるシルエロは、本物の占星術でさえ過ちを犯すことがあるのを率直に認めたうえで、その理由を二つ挙げる。一つは、知ろうとする対象が広範囲にわたりすぎ、「それらすべてを人間の技能や学問で修めることができない」から。もう一つはいくら正統派の占星術師とはいえ、「本来必要とされるだけの学識を有していない場合が多い」からだ。もはや多言は要すまい。シルエロは近代科学の道を堅実に歩み始めているのだ。妖術を排撃するから本書が近代的なのではない。排撃のための認識論、学問論において当時としては比類のない近代性を見せているのだ。

続く第二部四章では、偽占星術に端を発するもろもろの占いを解説して批判する。無作為に地面に点や線を書いてその意味を読む土占い、溶かした鉛、蠟、松やにをコップの水に落としてできる形状による水占い、梢に吹く風の音で判断する風占い、色や形による炎占い、死んだ動物の背骨を火に当て、熱ではじけたり割れた時の様子で判断する骨占い、手相、カード占いが反駁される。なお、第二部六章では夢占いも否定するが、夢の内容が聖書の記述と合致する場合には別格となる。その他もろもろの迷信がシルエロによって排撃される。動物や人間の挙動による予言の批判(第二部五章)はもちろん、「魔術」を論じた際に紹介した邪眼も全面否定とまではいかずとも部分的に批判される(第三部五章)。

呪術が医療に多用されたことは、すでに確認した。シルエロもこの問題を避けて通るわけにはいかなかった。呪文を唱えながら唾液や吐息で病いを治す治療、狂犬病のいかさま治療や予防も信じてはならない。当時恐れられていた狂犬病の治療に関しては、偽祈禱師に頼らずとも、神、聖母マリア、聖人、聖女への帰依を一層確固たるものとした祈りがちゃんとあると主張する。その場合でも、「困った時の神頼み」では逆に信仰心の薄さを露呈するようなものだ。『自然誌』のプリニウス、本草学のディオスコリデスなどのようなすぐれた学術的業績があるのなら、まずそれを参考にして人事を尽くさねばならない。シルエロは自然の恵みを利用した療法をいくつか具体的に提示する。「まず第一にもっとも自然な療法は、人間を咬んだ狂犬を殺し、その血を咬まれた患部に塗ることによって毒は取り除かれる。（中略）犬の血が手に入らない場合には、毛を取って焼き、その灰を患部にまぶす」といった具合だ。これ以外にも、にんにく、製粉時に出るふすま、豆などを利用した治療法が延々と開陳される（以上、第三部七章）。

悪魔祓いは神学の知識がない偽エクソシストを頼りにせず、正規な方法で行われなくてはならない（第三部八章）。妖術使いたちは雲の発生、あられ、雷などを悪魔の仕業だと言うが「十万の雲が流れて来ようと、そのうち悪魔が仕組んだものはせいぜい一つ」で、祈禱師の手を借りるには及ばぬとも言う（第三部九章）。

こうした叙述をもって「本書の内容も実は迷信」と即断してはなるまい。本書こそ、当時最先端の科学認識に立脚しながら迷信と対決した苦闘の書なのだ。歴史ではとかく大発見をしたり、大事件を起こした人物だけが名を残しがちだが、疑似科学と真の科学との区分に向けて不屈の闘いを挑んだシルエロのような人物の系譜に、いわゆる著名人がどれほど力強く支えられていることか。

「妖術」に科学的根拠がなく、世に「迷信」がはびこっている時、それを無視することで事足れりとするのは、シルエロからすれば唾棄されねばならない安直な姿勢だ。妖術や迷信はキリスト教の立場からして、偶像崇拝に直結する異端の罪になる。司祭シルエロは世俗の罪と壮絶な闘いを展開し、悪魔の挑戦を潔く迎え撃つことを職務とした。本書では「悪魔」への言及が執拗なほど繰り返される。それは神に拮抗せんとする悪魔の正体を暴くことによって神をより純正に賛美しようとするシルエロの基本姿勢にほかならなかった。本書終章にあたる第三部一二章で、迷信は神を冒瀆するもので、その冒瀆に対して「神は怒りを込めて厳罰に処す」と言い、世にはびこる迷信排除のあかつきには、ことキリスト教信仰にかけては「スペインはヨーロッパ全土でもっとも清浄にして強固な国となろう」とまで断言する。当時のスペインの政治経済力に見かけ倒し的な側面が強かったことを洞察していたシルエロは、こうした言葉を用いることによって、少なくとも精神的にスペインを奮い立たせようとしているかのようだ。狭義の学術書をラテン語で執筆したシルエロも、こうした視点をより効果的に伝えるべき宗教上の告解関係の著作と『迷信と妖術排撃』は俗語のスペイン語で執筆したのだった。

『世俗哲学』

十六世紀半ば、浮き世の知恵と哲学とを結ぶ奇妙な格言集が出た。フアン・デ・マル・ララの『世俗哲学』だ。「高貴にして忠誠この上なき町セビリアに生まれ育ち、高潔なるペドロ・フェルナンデス師の講莚に列してラテン語とギリシャ語の学習を始めた」(第一部一五番)マル・ララは、一五二四年の生まれだ。わずか十四歳でセビリア大司教の甥たちに奉公しはじめたのが功を奏して、サラマンカに移って勉学にいそしむ機会に恵まれる。よき師を得たマル・ララの学究心はいよいよ高まり、高名な人文学者フランシスコ・デ・エスコベールに師事すべくバルセロナに足を伸ばす。エスコベールにはギリシャ語とラテン語の修辞学を中心に指導を受けており、マル・ララの人文学の土台はバルセロナで確立されたと考えられる。再度彼はサラマンカに戻って人文学の研鑽を積みながら、格言収集の作業を開始する。

帰郷したマル・ララはラテン語と修辞学を基本にした学塾を開設する。愛する故郷セビリアの青年に一般教養を伝えることが基本だったには違いないが、将来有望とみた弟子には高度な古典の知識をたたきこんでいった。マル・ララは名家の出身ではなかったが、その広く深い学識の噂を伝え聞く貴族や高位聖職者の信任をしだいに取りつけてゆく。また彼は知識人・文人同士の緊密な協力の必要性も説いた。「諸外国では教養人がこぞって文筆家を擁護し、作家は己れの作品を自分たち用に設立された機関で読み上げて、皆が意見を述べあう。（中略）著作は、同時代の知識人の承認を得て修正され、完成状態で公刊される。けれども〔スペインでは〕嫉妬と傲慢さが邪魔をして、自画自賛をしたり、他人の著作を見下すばかりだ」（「読者に」）と嘆くのだった。

　詩人、劇作家、文法学者、格言研究者、修辞学者、教育論者として多岐にわたる活動をしたマル・ララは、遺言の中でみずからを「文法教師」と位置づけたうえで、一五七一年に妻と二人の娘を残して故郷で他界する。

フアン・デ・マル・ララ

　「文法教師」の執筆活動はいわゆる文法関係以外に、古典に関するものと世俗的発想を追及したものとに大別されるが、問題の奇書『世俗哲学』を別格にして、まず二つの作品に注目しておこう。まず『高貴この上なく類稀なる忠誠の町セビリアの、我らカトリック国王ドン・フェリペ陛下歓待』と題する作品だ。大げさで長い題だが、マル・ララが国王フェリペ二世にどれほど思い入れていたかが知られる。この作品はフェリペ二世が一五七〇年五月一日から十五日にかけてセビリアに滞在したのを機会に執筆を委託されたもので、国王を讃えながら自分の故郷セビリアのすばらしさを描写したものだ。

もう一つは『静謐この上なき海軍大将ドン・フアン・デ・アウストリアの王室帆船の描写』だ。これはセルバンテスが名誉の負傷を負った有名なレパントの海戦で、ドン・フアン・デ・アウストリアが指揮する予定だった帆船を賛美して、「船がいつなん時、いかなる所にあろうと、ドン・フアンが取られるべき行動の指針となる」九つの物語を韻文で書くよう命じられて執筆したものだ。

こうした作品でマル・ララは宮廷に媚びたわけではなく、宮廷の方が彼を必要としたのだった。その証拠に、後者には注目すべき一節がある。「一五六六年、私めがマドリードに滞在しました折り、国王陛下はティツィアーノの手になる六点の絵画を賛美せよとお命じになり(中略)私が各作品に対し、ラテン語で四行詩と八行詩をしたためましたところ、陛下のお気に召したのでございます」。

本題以前にこれだけ紙幅を費やしたのには理由がある。こうした著作とは一見正反対の仕事の準備をマル・ララが進めていたことを対照的に示すためだ。格言の注釈書『世俗哲学』決定版がセビリアで出たのは一五六八年だが、実際には一三年ほど前から本格的に格言・ことわざを収集しはじめていた。以下では、スペイン語の格言そのものではなく、格言に向かうマル・ララの姿勢にしぼって検討してゆく。

本書執筆を着想するには、それなりの動機があった。まずマル・ララに刺激を与えた外国人学者が二人いた。一人は『ドン・キホーテ』後編二二章でも言及されるイタリア人のポリドーロ・ヴィルジリオ（Polidoro Virgilio）、いま一人はオランダのエラスムスである。特に後者の『格言集』（*Adagiorum Chiliades* 一五〇〇年パリ刊）の影響は大きかったのだが、ポリドーロ・ヴィルジリオにせよエラスムスにせよ、根本的にはギリシャやラテンの格言を集めたものでしかなかった。

一方、一五四八年、マル・ララがサラマンカに滞在していた際、同大学教授で、尊敬する恩師エルナン・ヌーニェスが格言を収集していることを知る。その仕事に関心を抱いたマル・ララは恩師の仕事の完成を心待ちにした。ところが、一五五五年に刊行されたエルナン・ヌーニェスの著作『俗語による格言もしくはことわざ』はマル・ララの期待に応えるものではなかった。もはや本格的なものを自分で執筆するしかなかった。

その決断と努力とが結実した本書は単なる格言集ではない。ただの格言集なら類書がある。見出し項目としては一〇〇〇（某研究者が数え直したら一〇〇一だったという）だが、注釈の中で他の多くの格言が援用されているため、実際の数は数倍にふくれ上がる。ただし、本書の重要性は収録した格言の数にあるのではない。格言の量を問題にするなら、恩師のエルナン・ヌーニェスは八千からの格言を集めている。

むしろ注釈のほうで本領が発揮される。なによりも著者マル・ララには、歴史をはじめとする広範な人文学の識見があった。ギリシャ・ラテンの文化遺産としての知識を随所にちりばめ、古代詩人、哲学者などの名文を見事なスペイン語に翻訳して解説に盛り込む。「この仕事のために私は実に多くの文筆家を検討するよう心掛けた。こうした格言の説明に役立つとあらば、ギリシャ、ラテン、スペイン、さらにはイタリア人もだ」と、本書に冠された「序言」でことわる。解説が語源にまで遡及するのも稀ではない。

本書にはいま一つ傑出した特色があった。庶民生活に実際に沈潜し、そこで冷静な観察をした結果を巧みに解説に盛り込んだことだ。それに加えて、既存の格言集や先学の著作を渉猟することによって獲得した知力を武器として民衆の知に迫り、その分析と体系化をはかった。かくして庶民の伝承が、著者の知的構造に組み込まれてゆく。もろもろの格言への平均的解釈と、自分なりの解釈との差異が対比される場合もある。こうして見てくると、現代の学問がよく話題にするところの、方法論とフィールド・ワークとを意識的に組み合わせたのが本書であることが了解される。

神、人、運、時、自然など一〇部に大別された本書が収録する格言は、狭義の処世術に関するものばかりではない。農業(とりわけ農業に関連する動物)、町、教育、人相、外国語、家庭、国王、健康などに関連する格言が紹介され、論述される。当時の学生についても、典型的な悪戯、食生活、かかりやすい病気、勉学、スポーツ、娯楽、服装などが生き生きと描き出され、興味は尽きることがない。

厳選された格言と内容豊かな解説からなる本書は、十六世紀のスペイン人の生活様式、思考形態の一大絵巻となり、スペイン文化史を本格的に学ぼうとする者の必携書となっている。惜しむらくは、この大部四巻の著書も一九五八年から翌年にかけて三〇〇部限定で出版されたものが一番新しく、その後に新しい版が出た話は寡聞にして聞かない。筆者は留学中の昔、一二〇〇ページ近い本書のコピーを取り、今もってそのコピー版の利用に甘んじている。一日も早い新版刊行が待たれるところで、本書のような文化遺産は稀覯本になってはならない。

ところで著者はなぜ『世俗哲学』などという妙な表題をつけたのか？　いわゆる浮き世そのものに実は深遠な哲学が潜んでいて、世俗の英知は高邁な哲学思考に決してひけを取るものではないと考えた。しかもこの世俗の知への着目、さらには研究がスペインで大幅に遅れていることをマル・ララは喝破する。格言を単に採集並列するにとどまらずに、学術的論評に堪えうるか否かを検証したのもそのためだった。そもそも「哲学は知恵の研究であり、知恵は神聖なものと人的なもの双方の認識である」（「序言」）。哲学が「知識」ではなく「知恵」の研究であるかぎりにおいて、世俗の英知も同じ哲学の線上にある。では著者によると論理学、倫理学、自然学の三つの分野に大別される哲学のうち、格言はどの分野に入るか？　答えはこうだ。「格言には多くの教義が込められ、意味の範囲も広く、簡潔で、学問に都合よく合致するので、うまい具合に応用できない哲学分野はない」（「序言」）。

この洞察そのものが、スペイン・ルネサンスの展開の一つにほかならぬことに我々は思い至らなくてはならない。「ルネサンスはそうした素朴な思考表現のうちに現代的で人間的な価値を汲み取ったのだが、それを浮彫りにしつつ、これほど奥深く我々の格言に切り込んだ格言集は、マル・ララの後にも先にもない」とまで言い切ったのは文献学者・歴史哲学者のアメリコ・カストロ(一八八五―一九七二)である。誤解を恐れずに荒削りな断定を試みるなら、イタリア・ユマニスムが古代ラテン世界の鋳型から眼をそらさぬように気を配りながら発展する傾向が強かったのに対し、スペインのそれは、高雅な古典的知性と齟齬することも知らぬままに、俗世の英知のほうも開拓し続けたのだった。前節のペドロ・シルエロしかり、そしてまたラテン語での著述もあるマル・ララの場合しかりである。マル・ララは俗世の知恵を、自分が専攻したギリシャ・ラテンの英知にひけをとるものではないとみなすだけの平衡感覚を持っていたのである。

国王とかかわるまでになった文人が、言わば対極にある浮き世に沈潜して『世俗哲学』なる奇書を書き上げた。為政者の権威への忠誠が確かなら、市井の英知への畏怖も忘れなかったのがマル・ララだった。「もし自分に十分な学識があったら(中略)、もし自分に綺麗なスペイン語が操れたら(中略)、以上の格言に更なる学識を盛り込み、言葉遣いももっと立派なものにすることができただろうに」(第一〇部一〇〇番)。本書結末に書かれたこの言葉は、ひたむきな彼の姿勢を語って余すところがない。

このひたむきな姿勢は、労作にたいする絶対的な自信と矛盾するものではない。エラスムスの『格言集』を一つの範として編纂した格言集は、スペインにおいては自作をもって嚆矢とすることを公言するのに躊躇しなかったのである。「後に〔格言を〕収集する人は、私に負うところ大であることを認めることになろう。というのも、私が先鞭をつけ、行く手すべてを照らし出したからである。私は彼〔エルナン・ヌーニェス〕の弟子として、この仕事がスペインで手つかずのままになってしまわぬよう着手した。これは大事業なので、その端緒を開いただけでよかろう」（「序言」）。マル・ララの自負は厳密には誤りで、エラスムスを範とした格言採集の前例はスペインですでにあった。ただし、本書の完成度の高さ、および後代への影響の強さを考えれば、マル・ララの豪語もあながち的外れではない。

同郷の大詩人フェルナンド・デ・エレーラ（一五三四?―九七）は「フアン・デ・マル・ララの死をもって〔スペインの〕文芸はその真価と高潔さの大部分を失ってしまった」と述懐するが、マル・ララの本格的再評価が始まったのは十八世紀末になってからのことだった。

『雑 録』

本書は筆者がこの十年余、折りに触れてはつきあってきた座右の一冊だ。ところが五〇〇ページ弱で馴染みの書物(一八五九年初版)をいざ解説するとなると、はたと困ってしまう。すでにこの本でも何回か引用してきた本書には筋も一貫性もなく、文字通りの『雑録』で、その梗概を説明することさえ不可能に近い。前節のファアン・デ・マル・ララが、多様をきわめる格言の世界に「方法論」を持ちこんで成功したのに対し、本書は特定の「切り込み」を意識的に放棄したかのようだ。

著者の数奇な人生を概観しよう。ルイス・サパータ・デ・チャベスは一五二六年十一月十六日、マドリードから見て南西のエストレマドゥーラ地方の寒村リェレーナ(Llerena)に生まれる。十歳にも満たぬ一五三五年、ポルトガルの姫君イサベルの随員として、彼女の結婚相手スペイン王カルロス一世(神聖ローマ帝国皇帝カール五世)の宮廷に入る。四年後には夫妻の息子フェリペ皇太子(後の国王フェリペ二世)の側近に迎えられ、さらに二年後にはカルロス一世から名誉あるサンティアゴ騎士団員の正式称号を賜る。

三十一歳で結婚したが、順風満帆の人生に影がさし始める。妻が翌年の出産で、一人息子を残して他界する。五年後の一五六三年に再婚したものの、三年後にはなんとフェリペ二世の指令で投獄されたうえに、サンティアゴ騎士団員の称号も剥奪されてしまう。借金、女性関係、文筆活動のため、などの憶測が飛ぶが、処罰理由は今もってはっきりとしない。模範的な牢獄生活を送るサパータ、そして慈悲を乞う彼の後妻に国王は心を動かされて少しずつ刑罰を軽減してゆき、その三年後には故郷近くの要塞に移されて幽閉の身になる。妻、先妻との間にもうけた子供、それと四人の下男が同行することも許された。しかし、その後妻も翌年には没する。

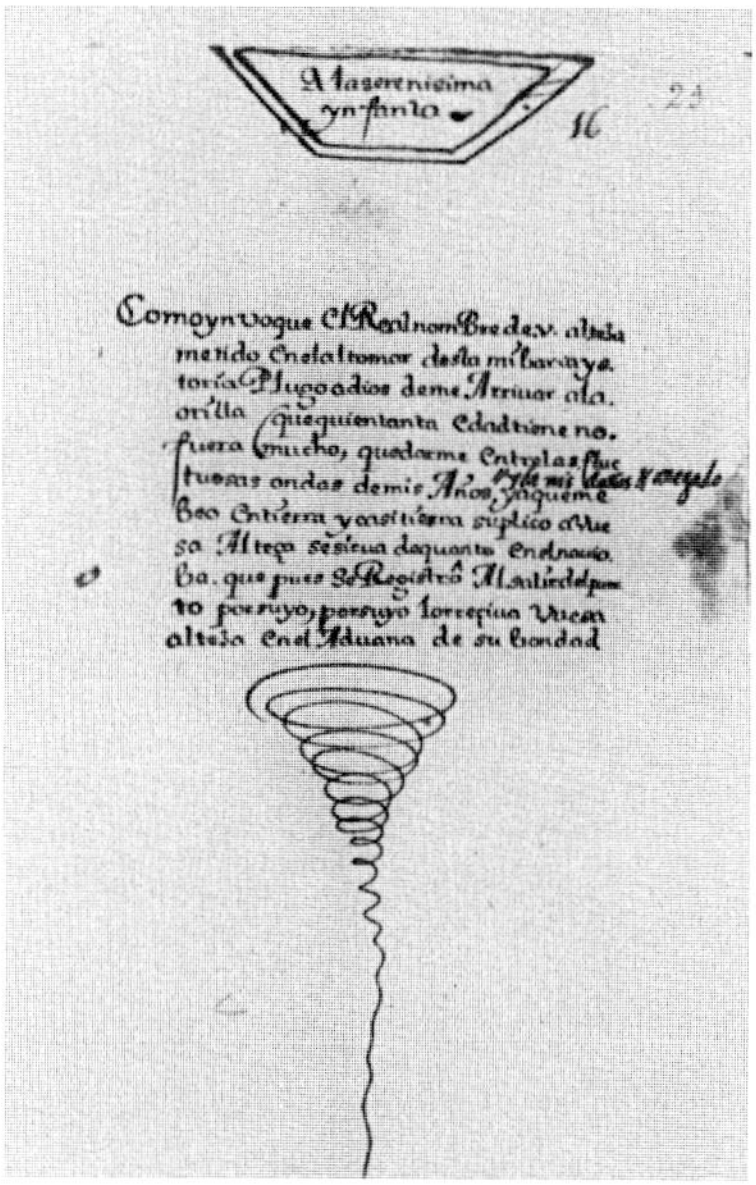

『雑録』手稿

屈辱と孤独のなかで執筆活動を続けたサパータが自由と名誉を回復したのは、二四年後の一五九〇年だった。二年後には訳書『ホラティウスの詩法』をリスボンで出版し、わずか三年後の一五九五年にサパータは泉下の人となった。彼の代表的著作『雑録』の初版は冒頭でも指摘したように前世紀中頃、『鷹狩りの書』初版にいたっては一九七九年になってからのことで、長期間人目に触れなかったことでは著者の幽閉生活の比ではない。

ちなみに筆者は十数年前、『雑録』の最新版のデータを事前に確認することを怠って、マドリードの本屋(古書店ではない)に本書を発注したところ、しばらくして製本はおろか綴じてさえもない一八五九年初版が送られてきて仰天したことがある。せっかく出版されたのに約一二〇年経過しても、まだ売れ残っていて、通常の新刊書店の守備範囲だったのである。実際には、学術的価値の高い別の版がスペイン語原文のままアムステルダムで一九三五年に刊行され、それとほぼ同じ頃にスペインでも本書抜粋版が刊行されており、これらの版も筆者は入手したのだが、数年前のことでしかない。またごく最近、別の版もスペインで刊行され、ようやく本書が脚光を浴びるようになってきた。

サパータの存命中に出版された詩集に『高名なるカルロス』がある。カルロスとはカルロス一世を指し、本書はその息子で自分を牢送りにした国王フェリペ二世に捧げられている。カルロス一世の一五二二年から没するまで(一五五八年)の生涯を、総計四万四七四八行の長大な詩に書き上げるのにサパータは一二年の歳月をかけ、一五六四年末に脱稿している。ちなみにセルバンテスが未刊の本書の噂を伝え聞いたと推定する研究者のいることを書き添えておこう。『ドン・キホーテ』前編七章に、さまざまな書物が焚書にあい、そのうちルイス・デ・アビラなる男の著書『皇帝の御業』が焼却処分になったことを嘆くシーンがあるが、これはサパータの『高名なるカルロス』を指しているとの立場だ。

高雅な筆致で貫かれたサパータのこの詩集は、国王の皮相な賛美に徹するのではない。史実に逸話、伝説が巧みに織り込まれている。著者の長年の努力にもかかわらず本書はさして評価されなかったが、当時の風俗、発想、習慣を知るのに格好の書であることに変わりない。序文で、本書執筆のために「多くの報告書、書類、記録、文書、書籍を集めた」と述懐するが、旺盛な知識欲の溢れるサパータの姿勢を物語る。

詩形式で鷹狩りの技法・作法を説いた『鷹狩りの書』の情報も彼独自の収集によるのではなく、先輩詩人ペロ・ロペス・デ・アヤーラ(一三三二―一四〇七)に大きく依拠したものだ。サパータの場合、他の多くの古典作家同様、現代的意味での独創性にさして興味がなかった。本書序文で「白鳥が餌を食べた後にこそ美しい声で歌うのと同じように、詩人も人生の終焉間近になってからがよい」と達観めいたことを記すが、旺盛な知識欲とこの達観とを基盤にして執筆されたのがほかならぬ『雑録』だった。

『雑録』はフェリペ二世の長女イサベル・クララ・エウヘーニア(Isabel Clara Eugenia 一五五六年生まれ)に捧げられている。彼女こそ「世界一美しく、聡明で、類稀な姫」(本書には章だての通し番号なし)だという。軽妙な散文で綴られた本書は、碩学メネンデス・イ・ペラーヨ(Marcelino Menéndez y Pelayo 一八五六―一九一二)によれば「どこから読んでも楽しい」だけでなく、本書は「なんの秩序も衒いもなく、大らかで生き生きとして味わいのある散文で貫かれており、型にはまった修辞を弄さない」。この指摘を裏づける一例として、こんな書き出しの箇所がある。「これほどいろいろな事柄について書いてきたのだから、このあたりでひとつ鳥について書いてみるのもよかろう」。

獄中生活を体験したことへの反動からか、話題は奔放そのものだ。馬、象、牛、まむしなどの動物、地震、雷などの自然現象、真理、礼節、忠誠、迷信などの抽象概念、その他、死、歴史、悪戯、祭り、都市論などの話題が飛び出す。しかも単なる抽象論を展開するのではなく、直接自分が関わったこと、見聞したこと、もしくは本当に信頼できると判断した文献に基づいてのみ記述される。思い入れのある迫真の語りになるのも当然だ。

さまざまな話題を取り上げる過程で、適度な風刺・皮肉ももちろん忘れない。たとえば「動物たちが感謝の気持ちをちゃんと持つものであるのに対して、人間たちがひどくぞんざいであることを示して、私は人間に恥をかかせてやりたいと思う」と言う。

本書は絵空事を並べたてた文学でも、史実を並べただけの安直な史書でもない。まさに新しいエッセイの台頭と言ってよい。題材や、その扱い方にも差があることから軽率な比較は峻拒されねばならないが、隣国フランスの同時代人モンテーニュの『随想録』を連想させるに足る方向性が秘められているとも言えよう。

ただし方向性はあっても、計画性のほうはどうも怪しい。たとえば数字の十二を褒める楽しい一節があり、次のように言う。「拙著を十二の部分からなる構成にしようとしたのは、一レグアごとに休む宿があれば十二レグアの道のりも、旅人にとってもっと楽になるからだ。この十二という数はとても際立ったこととつながっていて、この私も愛着をいだくようになった」と言いながら、イスラエルの部族が十二あったこと、ヤコブの子供が十二人だったこと、キリストが夜の十二時に生まれたこと、キリストの使徒が十二人だったことなどをとうとうと語るのだが、肝心の本書を十二章の構成にするのをすっかり忘れてしまい、明確な章だてさえしていないのだ。したがって、本書の場合には引用箇所の明示自体がしにくくなっている。

ところで、絵空事を巧みに描く小説の手法と、小説より奇なることの少なくない事実を巧みに伝達するサパータの手法との間に、そもそもどれだけの距離があるのか？　新大陸のクロニスタたちの歴史書、旅行記、あるいは紀行文に、想像力を駆使した創作意識が欠けるのが確かではあれ、結果的には文学作品とみなすことのできるものがある。紀行文の場合には「紀行文学」の名称が市民権を得ている。著者の意図がどうあれ、受け手の読者が文学的に審美的な喜びを味わうとするなら、サパータの『雑録』は、正統派文学に属すると言わなくてはなるまい。芸術か否かを断ずるのは創作者ではなく、それを享受する側である。

しかも本書は「教えると同時に楽しませる」という伝統文学の究極目標を見事に体現するものだった。ホラティウスの説く喜びと訓戒の両立(delectando pariterque monendo『詩論』三四四)はスペイン文学の中でしっかと継承され、ロペス・ピンシアーノ(一五四七頃—一六二七頃)も一五九六年の重要な文学論『古代の詩哲学』で、詩の目的は「教えて楽しませる」(第三書簡)ことだと明言する。『ドン・キホーテ』前編四七章でも同じ主張が繰り返される。ホラティウス来の視点は、十

六、七世紀のスペイン文学でジャンルを超えたオーソドックスな流れとしてあった。以上を踏まえたうえでいま一度『雑録』を考えると、本書が伝統的にして斬新という二律背反を見事に達成している事実が了解される。ヴァレリーが『文学論』でいみじくも言うように、「新しさの中にあって最上のものは、古い欲求(デジール)にかなうものなのだ」(堀口大學訳)。

『雑録』を読むおもしろさは、当時の実生活、発想が手に取るようにわかることだ。たとえば「スペインで傑出したことども」の段落では、最高の海とガラス製品はバルセロナ、陶器用の最高の土はタラベラ、最高の布地はセゴビア、最高の絹はグラナダ、聖職者が一番多い修道院はサラマンカのサン・エステバン等々、延々と書き連ねられる。お国自慢に終始することもなく、諸都市の評価を多元的に過不足なく伝える。ただし「騎士の家で最高の家はリェレーナのドン・ルイスの家で、それは多くの大公たちの家より立派」とまで自分の邸宅の自慢話をする箇所もあり、読者をほほえませるサービスも忘れない。

私事を語るのに興が乗り過ぎて、つい悩みも打ち明ける。悩みは肥満だった。「一〇年以上私は夕食を控え、一日一食にした。肥満の元凶となるブドウ酒は食前食後一切飲まず、煮物も実に長期にわたって口にすることはなかったし、身体に幅広の帯を巻きつけていた時もある。脚を細くするために脛当てをして寝た晩もある」。纏足《てんそく》どころではない。

複眼的視点を持つサパータの関心は自分の周辺や宮廷に限定されなかった。前掲の『高名なるカルロス』はスペイン詩の歴史の中で、新大陸発見、それに続くメキシコとペルー征服でのスペイン人の活躍に言及した最初の作品（特に第一一—一三歌）である。新大陸を直接知らないサパータの知識の源泉はロペス・デ・ゴマラ（一五一一—五九？）の『インディアス総誌』だと推定されている。

さらにはコロンブス以前に新大陸を偶然発見した人がいたことまで指摘してみせる（第一一歌）。歴史的意義という点ではコロンブスの発見が絶対的だったことを認めるのに、やぶさかではないのだが。だからこそ『雑録』のほうでは他の人による発見には触れず、コロンブスに集中して次のように言うのだった。「この丸い地球全土で、コロンブスが果たした新大陸発見に勝る有益なことがあったろうか？　かの地からどれほど多くの財宝と身体によい品々がもたらされたことか？　この発見来どれほど多くのインディオの魂が布教によって救済され、地獄への道から天に向かったことか？」

こうして眺めてきてわかるのは、サパータが同時代の歴史状況に、時には距離を置き、時には至近距離から光を照射し、その生の姿を懸命に浮上させようとしていることである。前節のマル・ラ
ラが伝統的格言の腑分けをし、次節で見るペロ・メシーアが古代の英知を現代に受肉させるのに主に腐心したとするなら、サパータは同時代の揺れそのものに身を委ねることによって、肌で感じたその揺れをそのまま伝えようとしたと言えよう。

昔の懐古にひたるばかりで、現代を創造力が失われた価値のない時代だと嘆息する同時代人が多いのをうけて、サパータは「我々の時代の栄誉にいま一度目を向け直し、数々の創意や才知の面で、我々が今の世界にどれほど大きな貢献をしているかを示したい」と宣言する。この宣言に続いて説

得力のある文章で、絵画（ミケランジェロ、デューラーなど）、音楽、農業、印刷技術、武器、舞踊、強力な水車、癒瘡木などによる疫病治療、脇腹に行う新しい瀉血法の開発等々、同時代の創造力を客観的に証明する素材を丁寧に列挙してゆく。

そしてなによりも、同時代の創造力をもっとも端的に示してくれたのが、ほかならないサパータのみずみずしいスペイン語表現そのものだった。同じく『雑録』の中で、「トスカナ語は腐敗したラテン語だというが、我らの国語のほうは腐敗していないラテン語であり、我らの輝けるスペイン語以上にラテン語に近い言語はほかにない」と言う。これがサパータの本心か否かはここでは問わないとして、俗語のスペイン語が教養語のラテン語と十分渡りあうことができるのを、思わぬ角度から示してみせたのが本書だった。

『森羅渉猟』

この章で取り上げている奇書は、いずれも文化史的に貴重な奇書であるだけでなく、肝心の原書入手の段階で筆者が予想外の苦労をさせられたり、思わぬ風の吹きまわしで入手できたものばかりだ。これから話題にする奇書の入手にも手こずらされた。狙っていた一九三三年から三四年にかけての二巻本が、何年待っても古本市場に流れてくれない。スペインで新版の近刊予告が出ながら刊行が大幅に遅れる(この本の執筆段階になって、ようやく二巻のうち一巻目が出た)。思うところあって一日も早く入手したいと考えていた矢先、フィレンツェから送られてきた古書カタログでついに本書を発見した。著者はなんと「不詳」扱いされている。一五五六年フランスのリヨン刊の版だ。矢も盾もたまらず下手なイタリア語での国際電話とファクスの二段攻撃で、ようやくこの版を手中に収めた。著者「不詳」のためか、三万円前後で無傷の古書が入手できた。

スペインで出版されてわずか四年後にイタリア語に翻訳され、判明しているだけで、約一三〇年のうちに三〇種のイタリア語版が出るほどかの地でも高く評価された代物で、扉に著者名が印刷さ

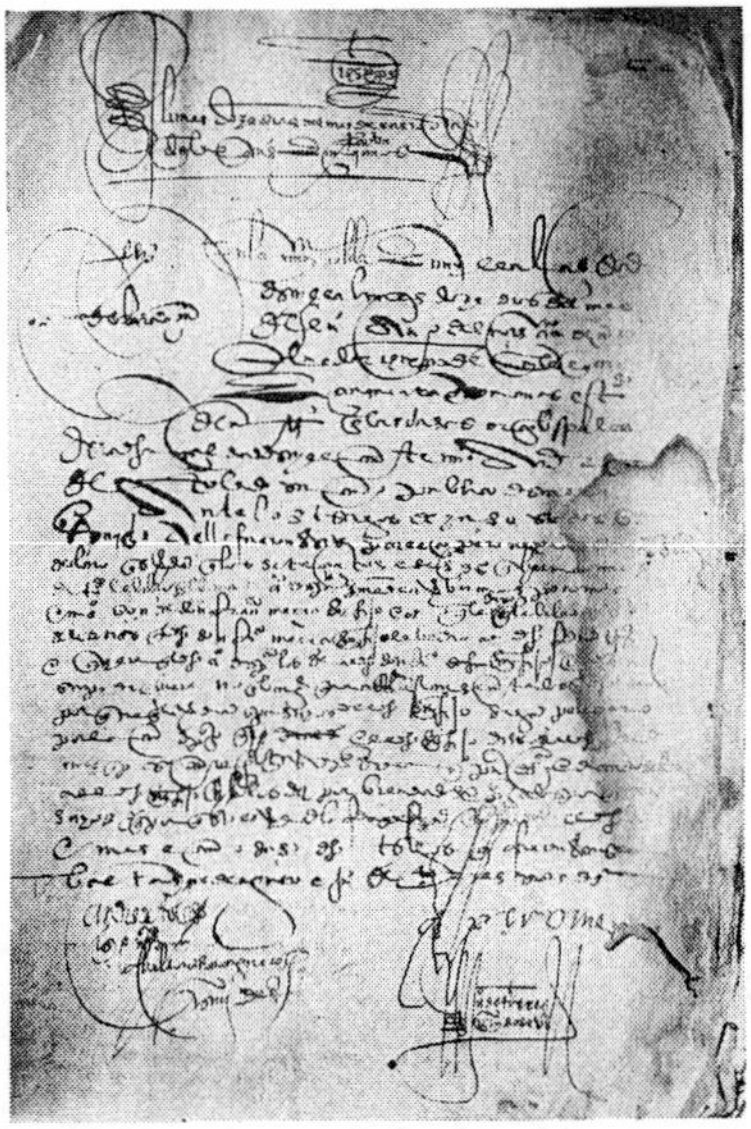

ペロ・メシーアの筆跡

れていまいと、ペロ・メシーアの著書であることを古書店主が見抜いていたら、少なくとも数倍の値で商談が成立していたはずだ。奇書や古書に挑む者が古書店主の知識にかなわぬくらいなら、最初から挑戦しないほうがよいかも知れぬ。

題は『森羅渉猟』、すでに述べた通り、著者はペロ・メシーアだ。生涯には不透明な部分が多い。一四九七年セビリアで生まれた彼はサラマンカ大学で主に法律を学んだ。やはり故郷セビリアでの死去は、一五五一年一月のことだった。セビリアでは「哲学者」、「占星術師〔天文学者〕」で通っていたという。

この本で何回も引用しているエラスムス、ファン・ルイス・ビーベス、さらにはファン・ヒネース・デ・セプルベダ（一四九〇?―一五七三）など当代一流の知識人と文通を続けながら、彼は歴史を中心に旺盛な勉強を続けた。画家ベラスケスの義父フランシスコ・パチェーコ（一五六四―一六五四）の評伝によれば、メシーアの睡眠が四時間を越えることはなかったという。歴史関係で最初の著書は一五四五年の『帝国およびシーザーの歴史』だった。ジュリアス・シーザーの記述に始まり、マクシミリアン一世(スペインのカルロス一世の祖父)までを膨大な文献を土台に熱っぽく語る。本書のことを伝え聞いたカルロス一世が、メシーアを自分の年代記作成者に起用したのも当然である。厳密な文献引用を繰り返しながら、皇帝たちの輝かしい足跡を再編成してみせた本書は、スペイン語だけでなく、ラテン、イタリア、フランス、ドイツ、オランダ、英語の各語に翻訳され、広くヨーロッパで読まれた。

晩年の一五四九年に着手した『皇帝カール五世史』は、エピソードめいた話題を思い切って割愛して同時代のスペインを語り、カルロス一世が一五三〇年にローマ教皇クレメンス七世によってボローニャで戴冠するまでを追ったものだ。本書では、この国王が愛読していた騎士道小説の批判も飛び出す。

メシーアはあまり健康に恵まれなかったため、自分の脚を使って実際に見聞を広めたり、史実を検証することはできなかった。したがって彼の本領は、セルバンテスが生まれた一五四七年に出た『対話集』や、これから検討する『森羅渉猟』のように、机上での学問の蓄積を巧みに展開することで発揮される。医学や食べ物について興味深い問答を展開する前者は、十六世紀後半から十七世紀初頭にかけてヨーロッパの主要言語に翻訳され、国外でもかなりの成功をおさめたが、後者の爆発的とも言える成功には及ばない。

『森羅渉猟』の初版はセビリアで一五四〇年六月に出版された。三部からなり、総計一一七章の構成だった。同年十二月には、第三部に一〇章を加筆した改訂版が出る。一〇年後の版ではさらに

『森羅渉猟』1556年版(筆者蔵)扉

第四部二二章が加筆される。その後次々に版を重ね、人気が急落する十七世紀後半までの一三〇年余りの間に、確認されただけで三二のスペイン語版、七五種類の外国語訳の版が出版されている。これは当時としては驚異的な数字であり、ヨーロッパ全土を巻き込んだベストセラーだったわけだ。

本書の影響力は甚大だった。今まで引用してきた作家の中でもマル・ララやサパータは言うに及ばず、セルバンテス、ロペ・デ・ベガ、スアレス・デ・フィゲロアなども本書をひもといている。さらに外国に目を向けると、シェイクスピアの『お気に召すまま』、モンテーニュの『随想録』に本書の痕跡を指摘する研究者も少なくない。

気になるのは『森羅渉猟』という奇妙な題である。著者みずからの説明を聞こう。「表題に「森羅」(Silva)の名を冠したのは、森(selva)や林には秩序も規律もないまま植物や樹木がはえているからだ。こうした執筆手法は我らのスペイン語では斬新で、この類のものに挑むのは私をもって嚆矢とすると考える」(「序言」)。表題が意図するところは、種々雑多な書物を読んできた成果を、思うがままに書き連ねた本ということになる。

哲学、歴史、言語、修辞学、音楽、動物、天文学、法律、医学、神話など、メシーアが読書を通して蓄積しえた知識を極限まで盛り込んだ本書は、スペイン・ルネサンス人文学の金字塔と言っても過言ではない。実は雑学的なものを一冊の書にまとめたのは、メシーアが最初ではなかったのだが、彼自身、「以下私が書くのは、偉大でしっかりと認められた著述家に取材したものばかり」(「序文」、「序言」とは別)で、「史実や諸般について書く場合、その道の権威者の書物で読んでいない限り、誓って私はなにも言わないし書きもしない」(「序言」)と執筆上の基本姿勢を強調する。

事実、プリニウス、アリストテレス、聖イシドロ、ピタゴラス、トマス・アクイナス、A・マクロビウス、A・ゲリウスなどが縦横無尽に引用される。ある研究者によると、本書では二五二人の著述家への言及があり、引用は一九八〇にのぼるという。二五二人のうち一六二人はいわゆる古代の著述家で、中世の三八人、同時代の五二人を圧倒する。中でも多いのが『自然誌』のプリニウスで二五〇回引用され(同時代人は合わせても一七八回)、次が聖書(とりわけ旧約)、三番目がアリストテレスだ。

本書ではサパータの『雑録』以上に厳密で多彩な知識が集積されると同時に、平明さが至上とされる。また、メシーアが秩序も規律もないと言明したにもかかわらず、章ごとの有機的な関連性も見られる。知識は断片的に丸暗記されるものでなく、しかと賞味さるべきものという立場を見事に体現したのが本書だ。著者が文献味読の秘伝をこころえ、元来の味をそのまま自分のペンに託す術を身につけていたことによって初めて可能な仕事だったといえる。

本書序言の冒頭でメシーアはプラトンを引用し、人間は己れのためにだけ生まれたのではなく、自分の国や友人を益するべく生まれたことを力説する。そして、多くの読書を通じて「諸般についてのいくばくかの識見もしくは情報を自分のものにした場合(それも知れているのだが)、伝達し、自分の同胞や近隣の人々とそれを共有するのが義務」(「序言」)だと言う。

知の饗宴を同時代に提供することを構想したメシーアは、知の正確さに最大限の配慮を怠らなかった。だから執拗なまでに出典を明示する。「プトレマイオスは、彼の『天文学体系』の第一書で……、ストラボンは彼の第三書冒頭で……、キケロは『神々の本性』の第二書で……」(第三部一九章)といった具合だ。該当事項に関心を持つ者は、明示された箇所を原典で当たることができる。実際にはどんな知が披露されているのか、二、三の指摘を無作為に拾ってみよう。

本書が出版された時点では、印刷術のスペイン導入後一世紀も経ていなかった。文筆家としてこの問題に関心が向かないはずがない。「ドイツのグーテンベルクによって発明され、場所はマインツの町だったという。(中略)それは一四四二年のことで、出典はポリドーロ・ヴィルジリオによる」とあり、さらには一四五八年にドイツ人のコンラッドがイタリアに印刷術を伝えたとか、別のドイツ人兄弟がイタリアに伝え、一四六五年にローマで初めて本が印刷されたなど、諸説が詳細に解説されている(いずれも第三部二章)。

本となれば有力者たちの書籍蒐集のほども気になるところだ。ギリシャ人の確信するところでは、最初の図書館は紀元前アテナイの王ペイシストラトスのものだ。アレキサンドリアのプトレマイオス二世が蒐集した書籍も膨大なもので、七〇万冊を誇っていたという。キリスト教時代最初の大蔵書家は殉教者パンフィルス（三〇九年没）で、三万冊を擁していた。セビリアに二万冊以上の本を集めたコロンブスの息子エルナンドの業績を讃えるのも忘れない（いずれも第三部三章）。

「眠り」に関する章を見よう。眠りとは、食べ物が気化して頭に昇り、そこで冷やされて下降し、外部に対する感覚や動作が鈍くなって身体を休めることだという。根本的にアリストテレスの発想だ。では正しい寝方は？　最初に右脇を下にし、それから左を下にして深く眠り、最後にいま一度右を下にして休み、その後起床する。右を下にしたままだと、肝臓に胃が覆いかぶさってよくない。また古来から言われるように、大の字になって寝るのはよくない。人間の徳と力が一つになってこそ効果的な働きをするのだから、小さくまとまって寝るのがよい（第三部三五章）。我々はヨーロッパの宮廷にしつらえたベッドの小ささに驚かされるが、こんな教えと無縁ではないのかも知れない。

「想像力」について。強く念じた場合、他人に物理的な危害を与えることができるほど想像力には威力があるという。そして「想像力は人間を狂人にし、時には病気にしてしまうことがあるのを我々は知っている」（第二部八章）。この指摘はもちろんドン・キホーテを連想させずにはおかない。ドン・キホーテは架空で嘘八百の騎士道小説を読みすぎて発狂した。想像力を駆使して発狂したのだ。セルバンテスがメシーアの教えに通じていたとすれば、主人公は当時の典型的な病いにかかったことになり、ドン・キホーテの狂気の解釈もこの視点から試みられてよいかも知れない。

本書は学問の最先端を披露するものではなく、むしろ古代の英知をよりすぐって提示する。自然科学の分野では特に事実誤認が多い。しかし、そうした誤認は本書の全体的価値を低めるものでは決してない。フランスの碩学M・バタイヨンは本書を凡庸だと批判したが、本書が単なる知識の集積にとどまるならバタイヨンの指摘は全面的に正しい。しかしメシーアが力を入れたのは「何を言うか」だけでなく、「いかに言うか」であり、それは文学の領域に踏み込んでいるのだ。文学世界で展開する知に、いわゆる客観的知だけを求めてはなるまい。主に古代の知を同時代に再生させるのがメシーアのもくろみだとしたら、十六、七世紀の受け手はそれを距離を置いたうえで客対視し、把握し直さなくてはならない。つまり本書がルネサンス思考の一つの結実であるとすれば、原理的には読み手にもルネサンス的読書術が要求されねばならない。

ギリシャ・ラテンの古典語を解さぬ人口が増えた時代にあって、伝統的な意味での知識人が減少したのは確かかも知れない。しかしメシーアが少数のエリートに限られていた「高雅な文化」を広く開放することによって、それを十分に消化するだけの知力をもった新しい知識人が台頭し、逆に古典語を読めるというだけで知識人であることに安住していた者の中に、とても知識人とはいえない者がいることも明らかになってきた。ルネサンスの思わぬドラマが始まったのである。

『諸学のための才知の検討』

ドイツ啓蒙思想の重鎮で、劇作家・評論家のレッシング(G. E. Lessing 一七二九―八一)が、どの程度スペイン語に通じていたかは定かでない。しかし一七五二年、彼はヴィッテンベルク大学にスペインの某書物に関する論文を提出して学位を得た。論文だけでなく、同書の一六六二年アムステルダム刊のスペイン語による原典と数種の翻訳をもとに、独訳も同じ年に完成させる。訳本は現存するが、論文のほうはメモ程度の断片しか残念ながら伝わらない。

レッシングを刮目させた十六世紀のスペインの書物は『諸学のための才知の検討』、著者はファン・ウアルテ・デ・サン・ファンという。長い名前なので、ウアルテで通すことにしよう。一五三〇年頃に北部スペインで生まれたウアルテの青少年時代は、ほとんど知られていない。確実なのはアルカラ・デ・エナーレスで医学を学んだこと、あとは一五七一年八月には南の町バエサ(Baeza)で医者として仕事をしていたことだ。以後、このバエサと近くのリナーレス(Linares)を行動拠点とする。結婚して七人の子宝に恵まれたが、晩年には妻と末娘に先立たれたり、後で見るように著

『諸学のための才知の検討』
初版表紙

書が検閲にかかったりで、暗い日々を余儀なくされた。一五八八年十一月二十五日にバエサで遺言をしたため、同年の暮れ、または翌年の初めに没し、遺言に従ってリナーレスの教会に埋葬される。

以上から、彼が都会で典型的な研究者の道を歩むことなく、田舎の臨床医の道を選んだことがわかる。彼の場合には大学に奉職しなかったこと、研究のための常道を選択しなかったことが、結果的に既成の枠にとらわれない独創的な考察とその展開を可能にしたと言えそうだ。

その独創的考察の集大成が前掲の書物なのだが、一五〇〇部の初版は一五七五年、バエサでの刊行だった。全部で一五章からなる。今でこそバエサはひなびているが、当時はかなり繁栄していた町で、人口も二万を数えたという。本書は刊行三年で再版されたのを皮切りに次々と版を重ねる。一五八〇年にフランス語訳、八二年にイタリア語訳、九四年に英訳、一六二二年にラテン語訳（ドイツのライプチッヒ）、五九年にオランダ語訳といった具合だ。そしてそれぞれの言語で版を重ねるだけでなく、何種類もの訳が出回った。

神にたいするウアルテの信仰は確かだったが、神を学問的に研究するはずの当時の神学の方向に、盲目的には従おうとしなかった。ウアルテからすれば、程度の差こそあれ、当時の神学は先学の言辞の焼き直しに終始するばかりだった。神を恐れながらも神学の権威を恐れぬウアルテの著書は、異端審問に睨まれる。一五八一年にポルトガルの発禁本リストに載り、八三年にはスペインでも発禁、翌年には内容修正が求められる。ウアルテは検閲に従って修正を施し、その修正版が死後数年経過した一五九四年に刊行される。異端審問の圧力に屈したのではない。多少の修正が余儀なくされても、根本的な主張が歪曲されない限り、発禁で埋もれてしまうより出版したほうがそれなりの責務を果たすことができると考えたのだ。事実、この修正版が十七世紀以降のさまざまな版の基礎となったのだが、本書の最終的な「名誉回復」は、実に一九六六年十一月十五日付、第二ヴァチカン公会議の成果を待たねばならなかった。

本書のたとえばどんな箇所が、異端審問に睨まれたのだろう。トリエント公会議、一五四六年四月八日の第四部会の議決(聖書の版と活用について)では、己れの知を過信してキリスト教の教義を勝手に解釈してはならず、聖書の正しい意味解釈は権威ある教会に一任すべきことが定められている。ウアルテの本書を検討しても、教会の権威に反抗するような箇所は見当たらないのだが、その人間の心的能力に分け入る筆運びそのものが大胆すぎ、過度な警戒を誘発したと考えられる。たとえば、アリストテレスを援用しながら夢について論じた後、次のように言う。「こうした立論から明らかに導き出されることは、理解力と記憶とは対立し、相反する力だということである。したがって、記憶力でず抜けた人は理解力に劣り、理解力で抜きんでた人がすぐれた記憶力をもつことはありえないことになる」(五章)。この主張はキリスト教の信仰そのものと抵触するものではない。しかし、神経過敏になっていた異端審問からすれば、純朴な信心を攪乱する危険性のある傲慢な見解としか映らなかったとしても、いたしかたない。

さて本書に、近代的な鋳型を当てはめるなら「差異心理学」の先駆的著作と言えるかも知れない。差異心理学とは人種、性、個々人などによる心理の差を研究する学問であり、十九世紀末にイギリスのゴルトン(Francis Galton 一八二二―一九一一)によって、その基礎固めがなされている。もちろんウアルテ当人は差異心理学などという名称はあずかり知らないものだし、逆に近代心理学からすればウアルテの著書には噴飯ものの主張が少なくない。それと同時に近代の差異心理学の守備範囲よりずっと広範な問題意識に貫かれているのがウアルテの本書でもある。

ウアルテは多くの古典に注意を払う。聖書は別格として、引用頻度の高い順に列挙すればガレノス、アリストテレス(かなり批判的)、ヒッポクラテス、プラトン、キケロといった、当時の知識人には馴染みの古典を駆使する。ただし、こうした「常識的な」見解は、彼の鋭敏な問題意識の中で発酵させられ、思わぬ方向をたどり始める。ウアルテは自分なりの思索を展開する過程で、「人格」という大問題に正面から取り組む必要性を痛感するにいたった。医学上の人体解剖学が進展しようと、人間の本質・本性が一向に見えてこないことに、医者ウアルテは焦燥感を禁じえなかった。そこで彼は方向転換をはかり、人体ではなく心の腑分けに臨んだのである。そしてウアルテは、彼なりの生理学的知見を最大限に盛り込みながら、実証的な心の腑分けに全神経を集中させたのだった。その作業を進める過程で、あまりに多くの問題が手つかずのままになっていることに愕然としながらも孤軍奮闘を繰り返す。たとえば「年齢によって相反する気性を持つがゆえに、〔同一人物なのに〕矛盾した行動をとるようになる」(二章)といった「気性」に関する単純な指摘さえ、スペインではなされていなかった。

そしてとりわけ彼が着眼したのは「才知」(ingenio)の正体だった。人間の心的能力の総体を彼は才知と呼ぶ。この才知は質的に三種類に区分されるという。記憶系、知力系、想像系の三つだ。記憶系統は平明な問題をつかさどり、たとえば語学学習、法律などと関連する。知力系統は文字通り理解をつかさどり、学問ならば神学、医学、弁護、道徳哲学などと関連する。この知的才知を具備した人間がよい教師と文献に恵まれると、難問に対応することも可能だという。想像系統は創造的なものをつかさどり、詩、雄弁術、音楽、説教、絵画、政治などと関連する(八章)。こうした分類や類型化はウアルテのもっとも得意とするところだった。

ところでなぜ才知にこだわるかというと、「この点においてのみ、人間は野生のままの動物と異なり、神に似る」(一五九四年修正版二章加筆箇所)からだ。才知こそは人間を人間たらしめるものであり、すべての人間に共通にそなわったものでなくてはならない。ところがしょせん有限な人間は、上記三種の才知を均等に持ち合わせることができるわけではない。各人固有の適性がある。それは以前に論じた体液の配置に関わる生理的な問題でもある。そして個人の全体的な心的能力には、生得的に持つ能力つまり天賦の才が関与してくるだけでなく、年齢による差も関連してくる。ウアルテはこうした複雑な総体を根気強く分析し続けた。記述はたんたんとして明快だ。たとえば、「知力には主に三つの仕事がある。まずは推論すること、第二は識別すること、第三は選択すること」(五章)といった具合だ。

男女の能力差について、ウアルテは次のような主張をする。「〔女性は〕奥行のある才知を得ることはできない。軽くて単純な分野なら、ありきたりで凡庸な言葉遣いで、ある程度軽妙な話もできるが、こと学問となると、ラテン語が少しばかり覚えられるだけで、それも記憶によるものだからだ」(一五章二部)。今日なら女性差別もはなはだしいと排撃されるところだが、これが先の「記憶系の才知」の例証であることは言うまでもない。彼の見解では、女性が深い才知を得られないのは女性そのものが劣る存在だからではなく、体液理論からしても、女性は男性と異なる方向の才知にすぐれ、別種の気性を有するだけの話だ。これは差別ではなく、学問的見地に立脚した男女の「区別」になる。ただウアルテの本来の意図とは別に、こうした考察が女性の劣等性を「科学的に裏づけ」てしまう効果をもったことは否めない。

原初形態でしかなかったとはいえ、ウアルテの「科学的」心理学書の影響は大きかった。古来の四体液説と心の問題を結びつけて考察し、さらには個々の人間の職業上の適性から結婚、教育論まで展開した書物は、ウアルテ以前のスペインには皆無だった。人間の心の絶妙な機微を扱う文学者たちが関心を持たないはずがなかった。今まで引用してきた文学者でも、ロペ・デ・ベガやティルソ・デ・モリーナもウアルテを読んだ形跡が濃厚であるばかりか、ほかならぬセルバンテスにも影響を与えていることがつとに指摘されている。

とりわけ一九〇五年のサリーリャス（Rafael Salillas）の研究書は、ウアルテのセルバンテスへの影響を誇張気味に説いたもので、小著ながらセルバンテスの研究者たちに衝撃を与えるに十分足るものだった。サリーリャスは『ドン・キホーテ』のフル・タイトル『ラ・マンチャの才知溢れる郷士ドン・キホーテ』そのものからして、すでにウアルテの著作にヒントを得たものだと指摘する。

ドン・キホーテの発狂の仕方に注目してみよう。ドン・キホーテは騎士道小説を連日連夜読み続け、「ろくに睡眠をとらないのと読書のし過ぎとで脳がひからびてしまい、正気を失うことになってしまった」（前編一章）。他方、ウアルテはアリストテレスを引用しながら言う。「睡眠は肉体に潤いをもたせ、人間を動かすすべての能力を強固なものにする」（五章）。ドン・キホーテは睡眠をとらずに発狂した。ウアルテによれば、睡眠不足を続けると頭脳が乾燥してしまい、その渇きを潤すのは夢＝睡眠だ。しかもドン・キホーテはラ・マンチャ（アラビア語起源で「乾いた土地」の意）出身だ。乾いた土地で頭脳をひからびさせたドン・キホーテはドゥルシネアを夢見て己れの頭脳を潤す――まさに自己完結的・自給自足的狂人である。「読書のし過ぎ」にも注目しなくてはならない。セルバンテスは「多くを見、多読することは、人間の才知を活性化させる」（『ペルシーレスとシヒスムンダの苦難』第二書六章）とも言う。「多読」して発狂したら、あとは遍歴の旅に出て「多くを見る」ことによって、いよいよ才知を磨きあげることだ。

狂気から正気に戻る過程もウアルテを連想させずにはおかない。最終章でドン・キホーテは発熱して深い眠りに落ちた後に、正気に戻ったと突然言い始める(後編七四章)。狂人が発熱した場合、正気に戻ることがあるのをウアルテも指摘する。コルドバで実際に起こったことで、(ドン・キホーテと同じように)洒脱なことをよく言っていた狂人が、ある日発熱して正気に戻り、(ドン・キホーテと同じように)立派な遺言を残し、(ドン・キホーテと同じように)神の慈悲、それに自分の罪の赦しを請うた後に(ドン・キホーテと同じように)死んでいったという(修正版四章加筆箇所)。ウアルテの痕跡を『ドン・キホーテ』以外のセルバンテスの作品でも指摘できるが、ここではウアルテの存在の大きさに注意を喚起するにとどめ、これ以上の例証は控えよう。前掲のサリーリャスは自著の最終章で「以上は出発点でしかない。ささやかな道が指摘されたことになるものの、さらに突っ込んだ研究が不可欠である」と言う。これは研究の進展によるウアルテの正当な位置づけを誘うものであって、ウアルテを過大評価しようとする姿勢でもなければ、セルバンテスの独創性や創造性に横槍を入れようという立場でもない。

人間精神を根源的に問い直す本書は、十六世紀はおろか二十世紀になっても新鮮さを失わず、刺激的であることをやめない。スペインでは哲人ウナムーノ(Miguel de Unamuno 一八六四―一九三六)、スペイン以外ではアメリカのノーム・チョムスキー(Noam Chomsky)などが、ウアルテから知的養分を吸収している。

二十世紀の言語学に一大革命をもたらしたと言われるチョムスキーがウアルテに着眼したことに、

筆者なりに興味を覚えざるをえない。チョムスキーの『言語と精神』(*Language and Mind*)の冒頭章は「精神の研究に対する言語学の貢献――過去」と題され、「手始めはスペインの医者ファン・ウアルテの著述が適当で、彼は十六世紀末に人間の知能の特質に関して、広く翻訳された研究を公けにした」とある。

チョムスキーの着目は当然なことでもあった。ウアルテが人間精神の「生成」、ひいては言語の「生成力」に着眼していたからである。ウアルテは「自然哲学者たちと話をしてみると、理解とは生成能力であり、身ごもって出産し、さらには子供や孫、プラトンの言うには、お産の手助けをする助産婦をもみずからに孕みこんだものであることを、彼らはちゃんと承知している」(修正版一章加筆箇所)と言う。こうした立場はチョムスキーの力説する言語の創造性におもしろく絡みあう。

チョムスキーはウアルテの「才知論」の紹介を試みながら、「ウアルテは、経験論の格言に合致する従順な才知と、十分な生成的力量をそなえた正常な知能とが、動物と人間のあいだの差異であると唱導する」(川本茂雄訳)と言う。しかし、先に指摘したように、ウアルテは才知そのものが人間と動物とを区別すると言ったのであり、チョムスキーの言うような「従順な知」と「生成的知」が動物と人間とを区別するという記述は、本書のいかなる箇所にも見られない。チョムスキーの誤解である。

ウアルテの著書で展開された主題と論述は、すでに見てきたように同時代の凡百の識見を睥睨するほど斬新なものだったと同時に、今日の諸学に対しても警鐘を鳴らし続けていると考えられる点で、今まで論じた四冊の奇書と少々毛色を異にする。対象への確固たる方法論を標榜する現代の学問で、実際には己れを制御する能力もないまま、知の暴走を犯す例は決して稀ではない。それに対して本書は、理論構築と臨床(実践)との整合を追及しながら、人間の学を実証的に確立しようとする姿勢を見事に対置しえているのである。

本書が異端審問の検閲網にかかったことは先に指摘したが、ウアルテの場合、その検閲より遥かに大事な別の知の自己制御が作動していた。万能の神へのゆるぎない崇敬と畏怖がそれだ。異端審問には誤解されようと、本書の論述展開に見られる大胆さと謙虚さとの交錯は、文章の明晰さと相まって、心地よい快感を今日の読者にも与えずにはおかない。十八世紀のレッシングは己れの学問的起点としてウアルテを設定したわけだが、そのレッシングの帰結は、そのままウアルテ自身の帰結ともみなすことができそうだ。レッシングは神学論争文「再答弁」で次のような述懐をしたのだった。「もし神が右の手に一切の真理を持ち、左の手に唯一つの、真理へのやむことなき衝動を持って、選べといい給うならば、私は左の手の前にひれ伏し、《父よ、与えたまえ、誠の真理は唯あなただけのものでございます》というであろう」(秋山英夫訳)。

終　章

カトリック両王(左上：イサベル Isabel，右上：フェルナンド Fernando)
左下：カルロス一世(Carlos Ⅰ)，右下：フェリペ二世(Felipe Ⅱ)

張りつめた時代

本書では取りあげた項目の一つ一つがささやかな帰結であり、全項目から最大公約数のごとく帰納されるような結論を、本書はその性格上持ちうるものではない。各々の項目で試みたことは、それぞれの事項が同時代の文脈でいかなる意味を持ちえたか、その思いがけぬ外延がいかなるものであったかを提示することであった。

それでもなお、この作業を進める過程で、一つのことを痛感せずにはいられなかった。それは数多くの文学作品が、行間を通してであれ、当時のスペインの孕みこんだ葛藤や緊張を切々と訴えているということであった。

その象徴的な一例が、またしても『ドン・キホーテ』である。ドン・キホーテは中世の騎士道を近世において復活させようとする。これが狂気の発想であることは間違いない。しかし時代環境からして、これを現実離れした狂気の一言で済ませられるかどうか。スペインのルネサンスは、明確な形で中世との訣別を示すものではなかった。少なくとも、イタリアにおける中世とルネサンスのような区別は困難だ。スペイン・ルネサンスのもっとも典型的な宮廷詩人ガルシラソ・デ・ラ・ベガでさえ、そのルネサンス的な詩情の世界に中世的要素を多分に秘めていることは、近年の研究がつまびらかにしてきたところである。こうして考えるなら、狂人ドン・キホーテの時代錯誤が度を越したものであるとはいえ、同時代の歴史的重層性(中世と近世)をかなり図式的に言い当てたものとの見方も可能になってくるのではあるまいか。

この重層性もしくは緊張は、十六世紀以降のスペインで生き続ける。スペインが対イスラムの国土回復戦争を八世紀近くの長きにわたって展開したのはよく知られる。それはキリスト教スペインを死守する聖戦であった。イスラムの支配に屈することは、キリスト教が邪教に屈することであり、それは己れの存在理由を放棄することにほかならなかった。この国土回復戦争に決着がついたのが一四九二年の年明け、そしてその年の十月にはコロンブスが新大陸を発見する。つまりスペインがようやく本来のキリスト教スペインになることができた矢先に、今度は「見ず知らずのスペイン」に相対することになったわけだ。その際の対処方法は根本的に中世のそれだったと言ってよい。新大陸に福音をもたらすこと、すなわちキリスト教を布教することを不可避の課題として念頭に置いたのだった。今まで被征服者だったスペインが今度は征服者側にまわったわけだが、根本原理に変わりはない。新大陸のキリスト教化は国土回復戦争と同様、絶対に完遂されなくてはならず、それは本来、十字軍的発想に基づいた一大事業だったのである。もちろん、布教という精神的「征服」にとどまることなく、物質的搾取をはじめとする犯罪行為が横行したのも否定しがたい事実なのだが。

中世には考えられなかった財宝がスペインに転がりこむことを、新大陸の征服は必然的に意味した。しかしそれをどう扱ったらよいのか、悲しいかなスペインは知らなかった。イタリアのジェノヴァの銀行家たちをはじめとする金融家たちに、みごとに吸い上げられていったのである。このあたりの事情をフランスのスペイン史家ピエール・ヴィラール(Pierre Vilar)は次のように言い当てている。「スペインは富み、かつ貧しい。スペインには新大陸があったが、それは「外国の新大陸」なのだ。スペインは宴を開きながら、ひもじい思いをする。スペインは帝国を保持しながらも人材を欠く」。

経済的に逼迫した人物を主人公に立てたピカレスク文学は、単にスペインが貧しいことを受けて登場したのではない。富める貧乏国スペインにあってこそ、大きな存在感を持ちえたのである。そしてまた、見栄をはるばかりの貴族が横行するなかでこそ、高潔な精神を貫く遍歴の騎士ドン・キホーテは鮮明に浮上するのだった。

ここで注意しなくてはならないのは、富と貧困、見栄と高潔な精神といった本来対立的なものが距離を置いて別個にあるのではなく、同一の舞台で隣接しているということだ。こうした現象は黄金時代のスペインのいたる所に見て取ることができる。新大陸の発見は地理的な認識を一挙に拡大する新しい事態を同時代人に突きつけた。当惑した文学者たちの中には新大陸を気にしつつも、いま一度懸命に天へのこだわりを見せようとした者も少なくなかった。彼らが占星術や錬金術を躊躇しながら論じる時、その背後に従来の信仰にかかわる問題がついてまわることは、すでに観察したところである。

こうした隣接は文学のジャンル間でも見られる。たとえばどろどろした現実に肉迫したピカレスク小説と、神の現存との一致を経験的に主張かつ賛美する崇高な神秘主義文学が同じ十六世紀に栄えたことを想起すればよい。両者は隔絶しているようでいながら近い。「主は鍋の間を歩まれる」、「私は己れの中に生きることなく生きる」などと聖テレジアが言う時、主はまさに地上の存在者として捉えられ、地上の己れは天界に臨んでいる。

己れの中に中世的な資質を孕みこんだ十六世紀のスペインは、十七世紀に進む過程で苦しい歴史展開に巻き込まれてゆく。いわゆる「スペインの没落」がそれだ。スペインの国力衰退を具体的な形で指摘したのはルイス・オルティースの『記録』(特に一、三、七章)で、一五五八年のことである。つまり、スペインの繁栄が頂点に達していたと思われがちな時点で、はやくもスペインの没落を喝破していた人物がいたのである。その翌年十一月二十二日付の勅令で、フェリペ二世はイタリアのボローニャ、ナポリ、ローマ、ポルトガルのコインブラの四大学を除いて、他国の大学でスペイン人が学ぶことを禁じ、知的領域での閉鎖策を打ち出す。

こうした状況の中で、スペイン経済はひたすら破綻への道を進む。フェリペ二世が他界した時点(一五九八年)で、すでにスペインの経済的破綻と政治的失敗は取り返しのつかないところまで進んでいた。本書で何回か引用した小説『トルコ旅行』には、国王フェリペ二世宛の長文の献辞が冠されており、最後は次のように結ばれている。「アジア、それとわずかながら残ったヨーロッパを幸福な勝利のうちに征服できるよう、神が陛下に益々の御健康と、幾年の御加護を下さいますように」。フェリペ二世が王位を継承した翌年の一五五七年三月一日の日付が記されている。これが単なるおもねりの言葉でしかないのは言うまでもない。事実、この献辞と実際の作品内容のズレには、決してあなどれないものがある。そしてまた、こうした現象は、この作品に限ったことではないのである。

十七世紀に入ると諸物価が急騰する。一六〇九年にはモリスコ（国土回復戦争終結後もスペインに残ったイスラム教徒）追放令が出され、五〇〇万からの、主に農業人口をスペインは失うことになる。一六三五年には宰相リシュリューの采配のもと、フランスがスペインに宣戦布告して進撃を開始する。さらにカタルーニャとポルトガルが一六四〇年に反乱を起こす。三年後にはフェリペ四世の寵臣オリバーレス伯公爵（Conde-Duque de Olivares）の率いるスペイン軍がロックロアの戦いで敗北を喫し、続くランスの戦い、ダンケルク北方の砂丘地帯の戦いで連戦連敗を重ねてゆく。

新大陸からの頼みの金銀も、この頃になると、めっきり途絶えがちになる。グラシアンの『論評の書』に、新大陸から金銀財宝を積んだ船が戻ってくるのをわが事のように喜ぶフランス人が登場する。その異様な態度に驚いたスペイン人に向かって、そのフランス人は財宝がスペインの懐を暖かくするものではないことを指摘したうえで、次のような痛烈な言葉を吐くのだった。「やれやれ、スペインほど進んだ国のお方なのに、まだ処世術もわきまえず、老境に達しても、まだ本当に生きてゆく術を心得ていない御仁が沢山おいでだとは」(第二部三評)。

ひいき目に見ようにも、一六四〇年代にもなればスペインの国力が内外で極度に疲弊している事実は、もはや覆うべくもなかった。政治力の衰退と芸術とのそれが一致するわけではもちろんない。それればかりではなく、ずっと上昇気流に乗っていたかに見えていた母国の衰退を、直観的にであれ、訴え続けたのは他ならぬ文学だった。国力の衰退に抗するかのように、スペインの芸術はそのエネルギーを懸命に放出していった。

もちろんルネサンス期のそれとは表出の仕方も異なる。新大陸の富が己れの生活とつながらず、この地上的な生《せい》に確信を持てぬ時代を生きなくてはならない以上、ペシミズムや風刺に徹した文学(グラシアンやケベード)や、現世を超絶したかのような孤高に徹する文学(ゴンゴラ)などが台頭する。はかない現世で無謀にも自己の永遠化を試みるかのように作品に自分の映し絵を描き込んだり、人生はしょせん夢でしかないという覚醒、あるいはまた狂気、死が芸術上の大きな題材として浮上したのだった。

十六世紀後半以降、すなわち地盤が落ち着こうとしない時代に文を業とする者は、危うい思いの中で己れの精神的均衡を保ちつつ、みずからの位置づけを摸索していかねばならなかった。そのプロセスの中で、自問への回答にもなりえぬ皮肉や風刺が頻出するのは、同時代に対してなげやりだったからなのでは決してない。そもそも文学という営為そのものが、往々にして具体的な答えを持たぬ主張と言えるのではないか。回答を持たぬのは文学者が脆弱だからなのではない。混沌とした生《なま》の現実を客対視し、豊かな想像力に裏打ちされた知力を駆使して、己れの表現、新たな現実を創造する……これが創作者の提示しうる回答である。

キリスト教に改宗したユダヤ人がスペイン文学史、ひいては歴史全般の中で担った役割を強調し続けたアメリコ・カストロは、イサベルとフェルナンドによるユダヤ人追放令(一四九二年)以降のスペインを「葛藤の時代」と呼んだ。かりにユダヤ人問題を抜きにしようが、本書を通して見てきたように、この時代のことを短絡的に「黄金時代」と呼ぶには、あまりに多くの矛盾や葛藤を抱えていた。しかしそれにしても、なんと豊饒な葛藤かつ矛盾だったことか。「黄金時代」の名称に、咲き誇った華やかさだけを求めるならば、スペイン文学の絶頂期は黄金時代の名ににつかわしいものではない。だが、猥雑なまでの人間ドラマの沸騰を表現しきった時代という評価をそこに与えるならば、十六、七世紀(カルデロンの死ぬ一六八一年が象徴的な区切りとなろう)のスペイン文学は、まぎれもない黄金時代のそれであった。

黄金時代の文学と現実

「物語《イストリア》の場合には、何を書こうが持ち前の真実味がついてまわる利点があるが、作り話《ファブラ》の場合は嘘を並べて悟性と齟齬するものであっても、寸分たがわぬ筋運びと味付けを施し、もっともらしさをあしらって、真の調和をかもし出すようにするのがよい」——これはセルバンテスの『ペルシーレスとシヒスムンダの苦難』の一節（第三書一〇章）である。

このセルバンテスの指摘を文学理論の立場から分析することは、今はさし控えることにしよう。ただ注目すべきは、物語《イストリア》には真実味が持ち前のものとしてついてまわるという指摘である。物語作者は、少なくともそうありたいと願った。真実味を物語に持たせることを通して現実に関与したかった。アリストテレスの『詩学』の根本は脈々として生きている。

しかし真実と真実味との間に、埋めがたい溝があるのもやはり否定しがたい。真実味をねらった文学作品をもって、スペインのいわゆる黄金時代に接近しようというのは、やはり無謀ではないのか。文学作品は文学作品そのものに素直に回帰するしか、術を持たないのではないか。そもそも、文学作品と社会とを積極的に結びつけて考えるのは、スペイン文学史の中でも十九世紀のロマンチシズム到来を待たねばならなかったはずではないか。情報と史料とを細大漏らさず集積したうえで、それを堅実に練りあげて構築する「史実の世界」からは対極にある「虚構の世界」が文学ではなかったか……。歴然たる史実《イストリア》を前にしては、物語《イストリア》も結局は作り話《ファブラ》でしかないのではあるまいか。

近現代のスペインにおけるユダヤ人を論じた浩瀚な著書の中で、文化人類学者・歴史家のフリオ・カロ・バロハ（Julio Caro Baroja）は、黄金時代のスペイン文学の大半は一種の体制文学だったと鋭い洞察をした。彼はユダヤ人のスペイン文化史での足跡を緻密にたどり、その位置づけを試みるうちに、スペイン文学中のユダヤ人の描かれかたが一面的であることに思い至り、スペイン文学の黄金時代の作品がユダヤ人を客観的に描くどころか、異端審問などの体制に与したものでしかなく、ユダヤ人の実態を包括的に描き出したものではないと結論づけたのである。

なるほどカルデロン・デ・ラ・バルカをはじめとする黄金時代の演劇で、キリスト教徒がユダヤ教に改宗しようと真剣に悩んだり、逆に「善人のユダヤ教徒」が自分の正しい信仰を貫くことによって幸せになってみたり、カトリックがプロテスタントに移行して真理と巡り合うといった筋書きは論外だった。偶像崇拝、ユダヤ教、イスラム教、プロテスタンティズムは類型的に悪であった。邪教への改宗、もしくは邪教からの見せかけの改心は異端審問という体制の容認するところではなかった。こうした了解が事前にある以上、そこにドラマはない。かりにあるとしたら、悪が滅ぼされるプロセス、悪の道を捨て正しいカトリックの道を歩むまでの過程を劇的に描くことだけだった。かくして写実主義を標榜する文学といえども、あるがままの客観的な現実を描きだすものではないという見解が生まれる。

問題が二つある。まず、第一は文学が客観的現実そのものを再生しようとしたことがあるか。第二はカロ・バロハのいう「体制派文学」を認めるにせよ、それはまさに体制の脈絡と重なりあう事項においてそうなのであって、逆に文学の幅広い脈絡全体からいえば、その一面性の指摘は別種の誤謬を犯すことにはならないか。

文学のレアリズムは、原理的にも非現実でしかない。文学は複雑極まりない社会や生を様式化したうえで提示する。この意味において文学は図式的である。写実主義との関係で取り沙汰されるピカレスク小説さえ大同小異だ。しかしながら、文学が現実認識に基づいた営みであることも、これまた動かしがたい事実である。それがどんなに空想あるいは理想主義に走ったものであっても、この原理は変わらない。セルバンテスと同時代の多くの作家の出発点となった牧人小説のように、およそあるがままの現実とは隔絶する桃源郷を描いた作品でも、現実認識または把握はなんらかの形で作動している。

　様式化された写実手法を用いようと、ピカレスク文学がピカロの実在と照応することは、すでに該当箇所で確認したところである。またこうした文学がかなり読まれたこと自体、この類の文学を肯定する知識層の存在を前提とする。慎まねばならないのは、文学作品の記述を金科玉条として、社会史を説明しきろうとする傲慢である。狭義の文学のみに拘泥することなく、科学史をはじめとするいわゆる歴史的な資料にも本書がこだわり続けてきた理由もそこにある。

　ロマンチシズムの重要人物マリアノ・ホセ・デ・ララ（Mariano José de Larra 一八〇九－三七）は「文学」と題する記事を一八三六年に発表しており、その中で「文学は一国家の文明の有様を示す真のバロメータだ」と主張した。客観的現実の再現を試みるだけならば、文学も美術も創造の名に値しない。創造芸術は意識的・無意識的にも、生《なま》の現実・文明の有様に対する対応・反応の所産である。文学は「世界を写生することなく、学術書よりも巧みに、その機構をつまびらかにする」と指摘したのは、ピエール・ヴィラールだった。

　作者の姿勢いかんで、客観的現実が反映されることも稀ではない。相対的にその傾向が強かったのがセルバンテスだ。一例を挙げよう。『ドン・キホーテ』後編六〇章でバルセロナに向かうドン・キホーテとサンチョは、縛り首になった山賊が樹木から吊るされているのに出くわす。それによってドン・キホーテは、自分たちがバルセロナからほど近い所まで来ていることを察知する。これは社会の動向に敏感だったセルバンテスゆえに、作品に盛り込まれたエピソードである。まさに本作品が世に送られた十七世紀初頭、バルセロナ近郊に山賊が横行していたことが知られているからだ。セルバンテスからすれば、カタルーニャ地方では山賊を登場させる必要がどうしてもあった。グラシアンの『論評の書』第二部三評で言及される山賊も同じことだ。カタルーニャにはピカロは不似合いなのだ。現実を作品に描き込むことによって、作品に一層の現実味を持たせようとしているのである。

　この場合のセルバンテスやグラシアンは現実に即した対応を示したわけだが、先に指摘したように、現実に抗するかのように、意識的に離れる場合がいくらでもある。しかし、だからといって、それは「虚構」のレッテルのもとに、歴史の立場から一蹴されるべきものなのか。

　スペインの黄金時代文学の作品群は、他の芸術表現と同じように、歴史そのものの一部となり、熱っぽく歴史を語ってきた。過去の人の生きざまを含めた生《せい》の記録をもって歴史と呼ぶのなら、人の心情を描くばかりか、同時代人の琴線に触れて感動を呼び起こした傑作文学の数々を歴史から排除するのでは、歴史の奥行きと振幅自体をみずから矮小化することにもなろう。審美的な創造姿勢を保ちつつ現実への対応を表現するという意味において、文学が年代記に勝るとも劣らぬ史料になることは稀ではない。逆に年代記作成者が体制の中にいるがゆえにこそ、体制の呪縛に拘束され、現実を曲げざるをえない場合があるのを忘れてはなるまい。

二十世紀のスペイン史学界でもっとも豊かな論争、すなわち「歴史学者」のサンチェス・アルボルノース（Claudio Sánchez-Albornoz）と「文学者」（?-）のアメリコ・カストロの大論争の中で、サンチェス・アルボルノースが相手の姿勢で容認できなかったことがある。それは信頼できる史料に依拠するという学術姿勢を論敵が放棄して、文学の所産にまでむやみに触手を伸ばしたうえでスペイン史を論じたことだった。しかし程度の差こそあれ、いわゆる歴史資料をいかに読み込むかには、文学の何をいかに読むかと同質の問題が根本的に潜んでいるはずだ。もちろんここで、文学作品の虚構がいわゆる史実と同等だなどという暴論を吐こうとしているのではないことは、本書全体、そして今までの考察で明らかだと思われるが、両者の関係は通常考えられる以上に微妙なのだ。すでにこの二人の大学者が他界したスペインにあって、提起された問題の豊かさという意味では、カストロが残したインパクトが、サンチェス・アルボルノースのそれに勝るというのは、決して筆者の我田引水ではない。

古典との関わり

文学と現実、もしくは史実の関連について少しく考えてみたが、ここまで読み進めて来られた読者は、本書がたとえばフランスのロベール・エスカルピ（Robert Escarpit）ばりの文学の社会学を指向したものでも、アナール学派に追随するものでもないことは、敢えて断らずとも納得していただけよう。筆者がしてきたことは、古典スペイン文学のテクスト世界を文献学的に、よりよく理解しようとする、ただそれだけのことである。

ところで、文学が芸術の営為である以上、他の芸術と同じように感動、審美的充足感を提供するものである。英文学の長老である工藤好美氏は、一九八九年春のあるインタヴューで「文学とは、喜ばしく感動的な経験の表現であります。その喜びを感じなくなったら、人は文学とは無縁になってしまう。文学の社会的研究というのがありますが、文学に関する研究ではあっても、文学の研究ではない」と、まったくの正論を説いておられる。

ただ、多少のコメントが必要とされる。文学が感動だという時、その感動は文学テクストがまぎれもなく読者に伝える、もしくは読者を誘うものでなくてはならず、読み手の恣意的な思い入れによる疑似感動であってはならない。ヴァレリーの言う「創造的誤解」を、安易にふりかざすことは慎まねばならない。対象が古典文学の場合、そのテクストを契機とした感動が、読者の思い入れによるものである危険性はとりわけ高まる。その感動もしくは感慨の価値を否定しないまでも、それはテクストの質の高さを十全に認めたうえでの感動ではない。文学の感動を愛する者は、虚像による感動ではなく、テクストがかもし出す感動をよりよく理解し自分のものとするために最大限の努力をはらう義務を負うている。それは作品への敬意である。

テクストを読むということは文脈《コンテクスト》に置いて読むことである。この場合のコンテクストは通時・

共時双方を意味する。この文脈を欠落させたままでは、文学は昨今の文学理論の試し切りに堕する危険に晒されよう。小林秀雄は『本居宣長』の終結部で、「観念論とか、唯物論とかいふ現代語が、全く宣長には無縁であつた事を、現代の風潮のうちにあつて、しつかりと理解する事は、決してやさしいことではない」と言うが、この指摘は実に重い。

かくして古典への敬意をまっとうしようとする過程で、テクストの周辺的知識が不可避的に要求されてくる。古典人がほとんど所与のものとして抱いていた知識や共通感覚を、現代に生きる我々は所与のものとしないからである。文学のまぎれもない感動を享受しようとする時、「文学に関する研究」が不可避的に必要となるのは、とりわけ古典の場合において真と言えよう。

ここで言う「文学に関する研究」の目指すところは、過去にただ光を当てるというよりは、過去を息づかせる、過去においてあった生命力を、再生させようと力を尽くすことだ。文学を、創造された時代の知的環境で捉え直そうとすることだと言ってもよい。古典を現代の視点から読もうとする立場は尊重されねばなるまいが、古典が古典の知的環境の中でいかなる意味を持ったかをまず探り、さらにいわゆる現代の視点から読み直す必要がある。古典は過去と現代との往還運動を我々に要求し続けるのである。

他方、セルバンテスと同時代の文学者たちは、そのすぐれた作品群を介して、これまた多くの視点、眼光を光らせている。各々の眼光が複雑な交錯を見せながらも、それらはまぎれもないスペイン黄金時代の文学者の眼光である。交錯した視点は交錯したまま張り合い、その相容れないはずの自己主張がいつの間にか不可思議な共鳴音をかもしだす。スペインのこの時代特有の現象というのではない。ただ、この現象が十六、七世紀のスペイン文学においてとりわけ顕著だったのも、否定しがたい事実である。そのせめぎあいともいえる現象を、わずかずつであれ読みほぐしてゆく手探り作業は、緒についたばかりである。我々がスペインのこの時代の文学に対して果たさなくてはならない仕事は、まだ無尽蔵にある。それほど豊饒で魅力的な時代を、我々は最大限の敬意を込めて「黄金時代」と呼ぶのである。

あとがき

とにかく、ここまでたどり着いた。みじんの安堵感もない。早急に勉強してみたい題材が、まだまだ山積している。過去約一五年間の読書体験に基づいてなったのが本書である。読みながら作成してきたカードや走り書きのメモ類のうち、四千枚弱を今回ひっくり返したことになる。文献があるからといって研究ができるわけではないものの、特にこの種の仕事の場合、文献不足ではやはり動きがとれない。本書で多用した文献は、研究書より作品自体が多い。ただ、作品であれ研究書であれ、文献探しに注いだ労力のほうも決して少なくない。そしてその一冊一冊に愛着がある。

文化史を鳥瞰的に評する人から見れば、筆者が書き連ねたことなどは、重箱の隅をつついた戯れに過ぎぬかも知れない。しかし何を「いかに語るか」が問題の文学の作品群に分け入ることは、文化史の微細なひだを味読しようとすることでもある。積み重ねてきた引用が、筆者の評釈などよりはるかに雄弁に、多くを物語るに違いない。筆者の狙いも多分にそこにあった。

執筆の最終段階で、一つの訃報に接した。スペイン文学・文献学の重鎮で、詩人のダマソ・アロンソが九十一歳で他界した。今でも覚えているが、その前夜、私は実に久しぶりにスペインの恩師の夢を見ていた。なぜか日本文学を語りあったことだけが目覚めの記憶として残った。その恩師を介してダマソ・アロンソに引き合わされたのは、四年前の春だった。それが最初で最後の面会となった。私は『ドン・キホーテ』に関する上梓間もない小著を謹呈し、その表紙に「スペインすべてが『ドン・キホーテ』にこめられている」という彼の言葉を引かせていただいた旨を説明した。白ワインのグラスを左手にしたダマソ・アロンソは、微かな笑みを私に向けた。忘れえぬ、美しい笑みだった。この碩学の文芸学は学生時代の私に衝撃を与えた。本書にも、その余波が思わぬ形で残っているかも知れない。

本書の発端は、NHKスペイン語講座のテキストに長期連載したものである。語学テキストに不似合いな拙稿の掲載を許してくださったNHK、日本放送出版協会に深い謝意を表したい。ただし連載記事を土台としながらも、本書では大幅な修正加筆を全面的に行い、実質的に新しいものとなった。また新項目も書き加えた。なお、本書での引用は、特に断らないかぎり拙訳により、原典タイトルは便宜上、現代スペイン語の綴りに改めることを原則とした。

本書の編集者小島潔氏とは、雑誌『思想』にスペインの人文学者に関する論文を寄せて以来のおつきあいだが、今回も確かな批評眼をもって導いてくださった。氏との楽しい対話が、どれほど本書への刺激になったか知れない。心からのお礼を申し上げる次第である。

一九九〇年十月

清水憲男

岩波人文書セレクションに寄せて

本書を上梓してちょうど二十年の歳月が経過した。学究生活を送る者にとって二十年を長いと見ればよいか、それとも短いとするべきか、正直なところよく分からない。これだけの時間が流れると、多くの人がそうであるように、周辺環境におのずといろいろな変化が起こる。さまざまな人や書物や景色と遭遇することもあれば、親との別れ、恩師との別れをはじめ、さまざまな別れを体験し、自分が別れの当該者になる時のことが脳裏をかすめたりもする。

けれどもいったん活字となった書物は、著者や読者がどう思おうが、紙上の活字として収まったままだ。その無機的な記号の羅列からなる拙著を読む労を取ってくださり、そこから肯定的であれ否定的であれ、なにかを導き出してくださる方がおいでだった。拙著が多少なりとも、この対象となりえたことは、著者として誠に新鮮な感慨としか言いようがない。

本書は予想外に何回か版を重ね、長い間、品切れとなっていた。見ず知らずの方から、どうしても手に入れたい、古書店でもなかなか見つからない、などのお便りをいただくたびに、申し訳ないという思いとありがたいという思いとが交錯した。手元にあった残部は、本当に読んでくださりそうな方たちに献本していって数部しか残っていない。このたび新版を出していただけることで、また差し上げることができる。

ところで本書を上梓してから今までの二十年間、勉強もしくは研究らしきことをそれなりに進めてきたことで、浅学非才な著者の知識も多少は膨らんだ。理解も少しは深まったかもしれない。しかし私はこの間、知識の蓄積をおろそかにしたつもりはないものの、むしろその知識の意義・価値・機能のほうに、より深く思いを馳せてきたように思う。その意味で、新版を機に新しい知見を加筆しようという衝動を抑えるのは、さして困難ではなかった。

知識はじっくり味わわれねばならない。文学という芸術が対象の場合にはことさらと言ってよい。私は若さのエネルギーに任せて知識をどん欲に蓄積しようとする段階を少しずつ脱して、直観力を含めて、対象をよりよく、より深く、よりおもしろく理解することを心がけ、さらにはそれを身体全体で「体感しよう」と努めるようになってきた。

本書を上梓してから今日までの間に、私は少なくとも三十～四十回、スペインと日本とを往復した。今回の新版刊行の知らせを受けたのも、スペイン滞在中だった。執拗なまでにスペインに渡り続ける理由は主に三つある。第一は、必要と考える古書を探し続けること。第二は、大仰に言うなら学問に対する持論の実践。日本でしか通用しない学問は学問たりえない、仮に日本語で執筆もしくは口頭発表をしようが、その内容は対象国や志を同じうする外国の第一線研究者たちと渡り合えるものでなくてはならないことをみずからに言い聞かせ、後進に説き続けてきた。身のほど知らずの自分が、同じ学究徒たちと実際に伍することができてきたか否かは心もとない。それでもなお、

「日本人にしては、まあまあ勉強しておる」という、ありがちな消極的評価の域を、少しずつは脱して来られたのではないかとも思う。ちなみに「外国人ごときに我が国の文化の機微が分かるはずがない」とのっけから決め込んでしまうのは、決して日本人だけの悪癖ではないことを、私は今まで痛いほど味わってきた。

頻繁な渡欧のもう一つの理由は、スペインという異形の文化・他者と己との距離をしかと確認しようとする手探り作業の実践だった。自分がとらえたつもりのスペインの姿は虚像でしかなかったのではないか、スペイン古典文学が現代に生きているとするなら、それはいかなる様態を呈しているのか……私の問いは答えを見いだせぬまま宙を浮遊し、問いそのものが別の問いを生み出し、問いの虚しささえも痛感させられることが一再ならずあった。

カスティーリャのどこまでも続く荒野で車を走らせながら、時には地中海やカンタブリア海に打ち寄せる波を、空転する己の思考と重ねて眺めながら、時にはピレネー山脈奥の寒村で、さんざめく満天の星を仰ぎながら、ひたすら考えを巡らせ、感性を鋭敏化しようと努めてきた。そしてその結果、堂々巡りのように決まって思い至るのは、とほうもない質と量の文学作品を創出していった過去のスペイン人たちの才知であり、エネルギーであり、あきれるしかないどん欲な生きざまだった。

文学は他の芸術同様、フィクションであり、作りごとである。しかしフィクションはいつの間にか現実に忍び入り、現実を浸食し、みずからが確固たる現実を構成し、いわゆる現実をより内実の富んだ現実に誘導してゆく。文学という営為が、既成あるいは未来の現実に対して牽引力、警鐘となることも稀ではない。それは平坦な論理によるものではない、もしくは通常の論理では構築できないがゆえに、読者が味読して消化、さらには昇華させるものだ。理性や知力をもってしてだけでは、指の間から漏れて行かざるをえないものを把捉せんとすると言ってもよいかも知れない。

飛躍するようだが、私は夏のピレネー山脈が好きだ。とりわけ谷間を吹き抜ける風に心ゆくまで身をさらすのが好きだ。その風はビルなどの人造物に触れることなく文字通り自然のまま、疲れ身を癒してくれる。風は間違いなく吹いているのに、カメラでもビデオでも捕らえることができない。草木の揺れや吹かれることで立つ音をもってしか、風の実在を他者に証拠だてることができない。

こうした風に身を任せながら、私は文学体験と風とを二重写しにして考えることを繰り返してきた。文学で表現された時空間は、それを直接体験した者にしか伝わらない。作品の梗概を説明するのは、草木のたなびく様子を平板な写真に収めて風の存在を他者に伝えるのに似る。捕獲するための網や笊を風は事も無げにすり抜け、通常論理では対応が困難な感性、感情、感覚、自己矛盾をはらむ人間の心情に揺さぶりをかける。『詩経』の「国風」と『楚辞』の代表作「離騒」とを結びつけて「風騒」と呼び、これが文学、とりわけ詩を指すようになり、詩人のことを「風人」という(一海知義による)。そういえば『奥の細道』に「風騒の人、心をとゞむ」とある。

こんな遇想をするようになったころ、幸田文の「風」と題する次の文に出くわした。

目をあげると五月の陽が輝いていて、遠い山裾の青葉をさざめかせて、風がきらきらとうまれ、野の若草が一斉になびき渡り、林の入口にいる私の顔を肩を足もとを、爽やかさが吹分けていきました。(『図書』一九八二年三月号)

風にこだわり始めてしまった以上、その風が「きらきらとうまれ」くる現場を訪ねたくてたまらなくなる。スペイン文学の源流はもとより、それが大きく羽ばたいた「黄金時代」を、できうる限り原初形態で確かめたくなる。その作業は苦しくもあり、楽しくもある。「専門」の美名のもとに特定の作家や文学作品に絞って読んでも、その時代が見えてこないばかりか、作品の文化史もしくは文学史上の位置づけは遠く及ばない。

ただでさえ風が把捉しにくいものであるなら、その風がいよいよ生成される状況は、絶望的なまでに猥雑な状況にあるはずだ。美術を含めて芸術の世界にあっては、一人の天才の出現をもって「時代」は創られない。その天才は時代の象徴的存在、時代の寵児たりえても、時代に取って代わることはもちろんできない。輪郭が必ずしも判然としなかろうと、特定の時代が私たちを魅了するとしたら、それは決して一筋縄ではいかないドラマや確執、古代ギリシャの哲人ヘラクレイトスの言う「弓と竪琴」が秘められているからに相違ない。

広義での文学史は、スペイン文献学の重鎮F・リコの言葉を借りるなら「著者と時代のパースペクティヴを作品に照射する」作業の積み重ねになる。かくして厳粛な意味においてドン・キホーテの世紀、スペイン文学の黄金時代は、その多義性、混迷の度を高めてゆく。原理的に見た場合、文学史の決定版は言うに及ばず、「標準的な文学史」さえ成立が至難となる。私がスペイン文学史などに挑戦しないのは、目を覆わんばかりの己の学識不足に加えて、こうした視座による。ついでに(?)言うなら、私がたとえば『ドン・キホーテ』の翻訳に挑もうとしないのは、同じく自分の日本語表現力の乏しさを痛いほど承知しているからだけでなく、スペイン文学研究の末端を汚す一人として、スペイン人セルバンテスがいかなるスペイン語=母国語をもって自分の思いのたけを表現したかをつぶさに見極めることに最大の関心を払ってきたからで、それを日本語で表現し改めることに大いなる意義を認め、心からの敬意を懐きながらも、それは少なくとも自分の目指す文学研究とは趣を異にするとの認識があるからに他ならない。

芸術家もしょせんは「時代の子」と言われる。かくかくしかじかの時代だったが故に、このような芸術家が台頭したといった類の解説を見かける。これは是であり非でもある。時代環境に恵まれるようにして、流れに棹差して順風満帆に進む者もあろうが、むしろ逆の場合のほうが多い。スペイン文学の黄金時代を形成した大多数の文筆家は後者に属すると言ってよい。レパントの海戦でオスマントルコに勝利してキリスト教徒側の優勢に酔ったかと思えば、スペイン大艦隊はイングランド軍を前に無惨な敗北を喫する。新世界の物理的な征服は思わぬ思想・宗教上の内部葛藤を生む。物理的な征服といっても、戦利品はスペイン庶民の生活を豊かにするものでは決してなかった。こうした状況に各個人のかかえる矛盾が絡まってゆく。

表向きの豊かさと内実との葛藤を痛感しながら、たとえばセルバンテスはドン・キホーテの度重なる挫折と、それに抗する個人の尊厳とを描いていった。時代の混迷や錯綜はセルバンテス個人の混迷と照応され、それをいかにフィクションとして描き切ってゆくかが、同時代の他の文筆家同様、セルバンテスの生きざまの苦渋の証だった。そうした無数の証の総体を後代が結果的に「黄金時代」と賞賛しようが、セルバンテスをはじめとする個々の文筆家からすれば、その結果論はもはや関知しないところでしかない。

二〇一〇年九月

清水憲男

■岩波オンデマンドブックス■

ドン・キホーテの世紀
——スペイン黄金時代を読む

1990年11月28日 第1刷発行
2010年12月10日 人文書セレクション版発行
2015年9月10日 オンデマンド版発行

著者 清水憲男《しみずのりお》

発行者 岡本 厚

発行所 株式会社 岩波書店
〒101-8002 東京都千代田区一ツ橋2-5-5
電話案内 03-5210-4000
http://www.iwanami.co.jp/

印刷/製本・法令印刷

ISBN 978-4-00-730264-0 Printed in Japan

引用人物一覧

本書に登場する人物の中から，16,7世紀のスペイン人の作家を中心に列挙した.

アグスティン・デ・ロハス　Rojas Villandrando, Agustín de
アグスティン・モレート　Moreto, Agustín
アグレダ　Ágreda, María de Jesús de
アブリル　Abril, Pedro Simón
アベリャネーダ　Avellaneda, Alonso Fernández de
アルフォンソ・リモン・モンテーロ　Limón Montero, Alfonso
アルフォンソ十世　Alfonso X el Sabio
アロンソ・デ・アンドラーデ　Andrade, Alonso de
アントニオ・デ・ゲバーラ　Guevara, Antonio de
アントニオ・デ・トルケマーダ　Torquemada, Antonio de
アントニオ・デ・ネブリハ　Nebrija, Antonio de
アンドレス・ガルシア・デ・セスペデス　García de Céspedes, Andrés
アンドレス・ラグーナ　Laguna, Andrés
イエズスの聖テレジア　Santa Teresa de Jesús
エルシーリャ　Ercilla, Alonso de
エルナン・ヌーニェス　Núñez, Hernán
エンリケ・デ・ビリェーナ　Villena, Enrique de

カスティーリョ・ソロールサノ　Castillo Solórzano, Alonso de
カルデロン・デ・ラ・バルカ　Calderón de la Barca, Pedro
カルロス一世　Carlos I = Karl V
カレーム　Carême, Marie Antoine
ガブリエル・デ・メンドサ　Mendoza, Gabriel de
ガルシラソ・デ・ラ・ベガ　Garcilaso de la Vega
キニョーネス・デ・ベナベンテ　Quiñones de Benavente, Luis
クリストバル・デ・カスティリェーホ　Castillejo, Cristóbal de
クリストバル・デ・ビリャローン　Villalón, Cristóbal de
ケベード　Quevedo y Villegas, Francisco de
コバルービアス　Covarrubias, Sebastián de
ゴメス・マンリケ　Manrique, Gómez

ゴンゴラ　Góngora y Argote, Luis de
ゴンサロ・デ・ベルセオ　Berceo, Gonzalo de
ゴンサロ・フェルナンデス・デ・オビエド　Fernández de Oviedo, Gonzalo

サバレータ　Zabaleta, Juan de
サラス・バルバディーリョ　Salas Barbadillo, Alonso Jerónimo de
サンチェス・デ・バダホース　Sánchez de Badajoz, Diego
ジル・ビセンテ　Vicente, Gil
スアレス・デ・フィゲロア　Suárez de Figueroa, Cristóbal
聖イシドロ　San Isidoro de Sevilla
セバスティアン・デ・オロスコ　Horozco, Sebastián de
セルバンテス　Cervantes Saavedra, Miguel de
ソール・マルセーラ・デ・サン・フェリス　Marcela de San Félix, Sor

ティルソ・デ・モリーナ　Tirso de Molina ＝Téllez, Gabriel
ディエゴ・グラナード　Granado Maldonado, Diego
ディエゴ・デ・スーニガ　Zúñiga, Diego de
ディエゴ・デ・バレーラ　Valera, Diego de
ディエス・デ・カラタユー　Dies de Calatayud, Manuel
ディエス・デ・ガメス　Díez de Games, Gutierre
トーレス・ビリャロエル　Torres Villarroel, Diego de
ドン・フアン・マヌエル　Juan Manuel, Don

ニコラス・モナルデス　Monardes, Nicolás
ノラ　Nola, Ruperto de ＝Mestre Rubert

ハイメ・ファルコー　Falcó, Jaime
バルタサール・グラシアン　Gracián, Baltasar
バルタサール・デル・アルカーサル　Alcázar, Baltasar del
バルトロメ・デ・カランサ　Carranza, Bartolomé de
ビセンテ・エスピネル　Espinel, Vicente
ビリューガ　Villuga, Pero Juan
フアン・ウアルテ・デ・サン・フアン　Huarte de San Juan, Juan
フアン・ソラパン・デ・リエーロス　Sorapán de Rieros, Juan

フアン・デ・エレーラ　Herrera, Juan de
フアン・デ・カラムエル　Caramuel, Juan de
フアン・デ・ティモネーダ　Timoneda, Juan de
フアン・デ・バルデース　Valdés, Juan de
フアン・デ・マル・ララ　Mal Lara, Juan de
フアン・デ・ルナ　Luna, Juan de
フアン・トマス・ポルセール　Porcell, Juan Tomás
フアン・バウティスタ・フアニーニ　Juanini, Juan Bautista
フアン・バルベルデ・デ・アムスコ　Valverde de Amusco, Juan
フアン・ヒネース・デ・セプルベダ　Sepúlveda, Juan Ginés de
フアン・ルイス　Ruiz, Juan ＝Arcipreste de Hita
フアン・ルイス・ビーベス　Vives, Juan Luis
フェラン・マルティネス　Martínez, Ferrán
フェルナンド・デ・エレーラ　Herrera, Fernando de
フェルナンド・デ・ロハス　Rojas, Fernando de
フライ・ルイス・デ・グラナダ　Granada, Fray Luis de
フライ・ルイス・デ・レオン　León, Fray Luis de
フランシスコ・デ・エスコベール　Escober, Francisco de
フランシスコ・ディアス　Díaz, Francisco
フランシスコ・デリカード　Delicado, Francisco
フランシスコ・マルティネス・カストリーリョ　Martínez Castrillo, Francisco
フランシスコ・ロペス・デ・ビリャローボス　López de Villalobos, Francisco
ヘロニモ・デ・カランサ　Carranza, Jerónimo de
ベレス・デ・ゲバーラ　Vélez de Guevara, Luis
ペドロ・アントニオ・ホフレウ　Jofreu, Pedro Antonio
ペドロ・コルネホ　Cornejo, Pedro
ペドロ・シルエロ　Ciruelo, Pedro
ペドロ・フェルナンデス・ナバレーテ　Fernández Navarrete, Pedro
ペリセール　Pellicer, Juan Antonio
ペロ・タフール　Tafur, Pero
ペロ・メシーア　Mexía, Pero
ペロ・ロペス・デ・アヤーラ　López de Ayala, Pero
ホアキン・ビリャルバ　Villalba, Joaquín

ホセ・デ・サラゴサ　Zaragoza, José de

マテオ・アレマン　Alemán, Mateo
マルティネス・デ・トレド　Martínez de Toledo, Alfonso ＝Arcipreste de Talavera
マルティネス・モ[ン]ティーニョ　Martínez Mo[n]tiño, Francisco
マルティン・デ・カスタニェーガ　Castañega, Martín de
ミカエラ　Luján, Micaela de
ミゲル・サブーコ　Sabuco, Miguel
ミゲル・セルベー　Servet, Miguel
ミゲル・ヘロニモ　Santa Cruz, Miguel Gerónimo de
ミラ・デ・アメスクア　Mira de Amescua, Antonio
メネーセス　Meneses, Alonso de

ラス・カサス　Casas, Bartolomé de las
ラモン・リュル　Llull, Ramón ＝Lulio, Raimundo
リニャン・イ・ベルドゥーゴ　Liñán y Verdugo, Antonio
ルイス・オルティース　Ortiz, Luis
ルイス・サパータ・デ・チャベス　Zapata de Chaves, Luis
ルイス・デ・アビラ　Ávila, Luis de
ルイス・デ・アラルコン　Ruiz de Alarcón y Mendoza, Juan
ルイス・デ・センテーリェス　Centelles, Luis de
ルイス・パチェコ・デ・ナルバーエス　Pacheco de Narváez, Luis
ルイス・メルカード　Mercado, Luis
ロドリゴ・カロ　Caro, Rodrigo
ロドリゴ・ディアス・デ・イスラ　Díaz de Isla, Rodrigo
ロハス・ソリーリャ　Rojas Zorrilla, Francisco de
ロペ・デ・ベガ　Vega Carpio, Lope Félix de
ロペ・デ・ルエダ　Rueda, Lope de
ロペス・デ・ウベダ　López de Úbeda, Francisco
ロペス・デ・ゴマラ　López de Gómara, Francisco
ロペス・ピンシアーノ　López Pinciano, Alonso

引用書目一覧

本書に引用した作品の中から，16,7 世紀のスペイン人著作家の手になるものを中心に列挙した．

合図による恋　*Amar por señas*
アギラフエンテ教会会議議事録　*Sinodal de Aguilafuente*
悪魔の奴隷　*El esclavo del demonio*
アポロニオの書　*Libro de Apolonio*
アマディース・デ・ガウラ　*Amadís de Gaula*
アラウカ族　*La Araucana*
アルカディア　*Arcadia*
アルジェー物語　*El trato de Argel*
アルフォンソ表　*Tablas alfonsíes*
アルマン・ド・リシュリュー枢機卿の頭の訪問と解剖　*Visita y anatomía de la cabeza del Cardenal Armando de Richelieu*
アルメリーナ　*Armelina*
アンダルシアのあばずれ女　*La Lozana andaluza*
アントーナ・ガルシア　*Antona García*
イエズスの幼時期と死の書　*Libro de la infancia y muerte de Jesús*
医学提要　*El sumario de la medicina*
生ける死者たち　*Los muertos vivos*
いつわりの結婚　*El casamiento engañoso*
犬の対話　*El coloquio de los perros*
犬の夢　*El sueño del perro*
医療集成　*Flos de medicines*
インディアス自然誌提要　*Sumario de la natural historia de las Indias*
インディアス破壊を弾劾する簡略なる陳述　*Brevísima relación de la destruición de las Indias*
インディアス発見・征服史　*Historia general de las Indias*
ヴェネチアの奴隷　*El esclavo de Venecia*
嘘っぱちの娘　*La niña de los embustes*
疑わしき真実　*La verdad sospechosa*
美しさの武器　*Las armas de la hermosura*
馬の書　*Libro de los caballos*

生まれ故郷の巡礼者　*El peregrino en su patria*
エステバニーリョ・ゴンサレスの生涯と出来事　*Vida y hechos de Estebanillo González*
王なればこそ　*El rey abajo, ninguno*
おかしな長子身分　*El mayorazgo dudoso*
オリーノス伯爵のロマンセ　*Romance del Conde Olinos*
オルメドの騎士　*El caballero de Olmedo*
愚かなる淑女　*La dama boba*
女形　*Los mariones*
女妖術使いの笑劇　*Farsa de la hechicera*
女妖術使いの幕間劇　*Entremés de la hechicera*

簡潔な総括の対話．歯のことと口のすばらしき業について　*Coloquio breve y compendioso. Sobre la materia de la dentadura y maravillosa obra de la boca*
感謝する恋人　*El amante agradecido*
完全なる妻　*La perfecta casada*
既婚女性たちの鑑と忍耐の試練　*El ejemplo de casadas y prueba de la paciencia*
騎士シファールの書　*Libro del caballero Cifar*
騎士道の書　*Llibre del ordre de cavalleria*
騎士と準騎士の書　*Libro del caballero y del escudero*
奇跡なき時は一瞬もあらず　*No hay instante sin milagro*
貴族のありかた　*Los nobles como han de ser*
ぎや ど ぺかどる　*Guía do（＝de）pecador*
旧法令集　*Fuero Viejo*
驚異の魔術師　*El mágico prodigioso*
享楽の日々　*Días geniales o lúdicros*
聖き愛の書　*Libro de Buen Amor*
キリスト教女性養育論　*De institutione feminae christianae*
キリスト教占星術指標論　*Apotelesmata astrologiae christianae*
キリスト教の復活　*Christianismi restitutio*
キリスト教要理　*Catechismo cristiano*
キリストによる結婚　*El casamiento por Cristo*
記録　*Memorial*

グスマン・デ・アルファラーチェ　*Guzmán de Alfarache*
クラロス伯爵のロマンセ　*Romance del Conde Claros*
クリストバル・コロンによって発見された新世界　*El Nuevo Mundo descubierto por Cristóbal Colón*
クロタロン　*El Crótalon*（＝*El Crotalón*）
原因一つから結果が二つ　*De una causa, dos efectos*
賢者の石に関する俗謡　*Coplas sobre la piedra philosophal*
剣の偉大さに関する書　*Libro de las grandezas de la espada*
恋する淑女　*La discreta enamorada*
恋の女瀉血師　*La barbera de amor*
恋人の召し使い　*La esclava de su galán*
高貴この上なく類稀なる忠誠の町セビリアの，我らカトリック国王ドン・フェリペ陛下歓待　*Recibimiento que hizo la muy Noble y muy Leal ciudad de Sevilla a la Católica Real Majestad del Rey D. Felipe nuestro señor*
皇帝カール五世史　*Historia del Emperador Carlos* V
皇帝の御業　*Los hechos del Emperador*
幸福なごろつき　*El rufián dichoso*
高名なるカルロス　*Carlo*（＝*Carlos*）*famoso*
告解集　*Confesionario*
告解法　*Arte de bien confesar*
国語問答　*Diálogo de la lengua*
語源論　*Etymologiarum*
古代の詩哲学　*Philosophía poética antigua*
国家維持論　*Conservación de monarquías*
言葉と羽根　*Palabras y plumas*
ことわざ集成　*Teatro universal de proverbios*
この世で信ずべきこと　*Lo que hay que fiar del mundo*
コルバチョ　*Arcipreste de Talavera o Corbacho*
コンスタンティヌスのライ病　*La lepra de Constantino*

策略家ペドロ　*Pedro de Urdemalas*
雑録　*Miscelánea*
サラゴサでのペスト報告と治療およびペスト全般の予防　*Información y curación de la peste en Zaragoza y preservación contra peste en general*

サラマンカの洞窟　*La cueva de Salamanca*
サラメアの村長　*El alcalde de Zalamea*
時間の勅令　*Pregmática del tiempo*
獅子たちの子　*El hijo de los leones*
七部法典　*Siete Partidas*
死ぬまでの友　*El amigo hasta la muerte*
自分の名誉のための医者　*El médico de su honra*
邪眼論　*Tratado del aojamiento*
十字架の奉献　*La devoción de la cruz*
十字の書　*Libro de las cruces*
修道女に敬虔で，多数の修道院をかけもちでまわっていた二人の男性に　*A dos devotos de monjas que acudían en un mismo tiempo a muchos conventos*
準騎士マルコス・デ・オブレゴンの生涯　*Vida del escudero Marcos de Obregón*
正気の狂人　*El cuerdo loco*
諸学のための才知の検討　*Examen de ingenios para las ciencias*
シロスの聖ドミニクスの生涯　*La vida de Santo Domingo de Silos*
信仰の象徴序説　*Introducción del símbolo de la fe*
人体構造史　*Historia de la composición del cuerpo humano*
人徳案内と聖母倣いの書　*Libro de la guía de la virtud, y de la imitación de Nuestra Señora*
新法律集成　*Nueva recopilación de leyes*
親密書簡集　*Epístolas familiares*
森羅渉猟　*Silva de varia lección*
数学教程　*Cursus mathematicus*
数学的自由学芸四教程　*Cursus quattuor mathematicarum artium liberalium*
ずだ袋少年　*El talego-niño*
スペイン擁護論と今の時代　*España defendida y los tiempos de ahora*
スペイン全道路便覧　*Repertorio de todos los caminos de España*
聖人と仕立て屋　*Santo y sastre*
静謐この上なき海軍大将ドン・フアン・デ・アウストリアの王室帆船の描写　*Descripción de la galera real del Serenísimo Señor Don Juan de Austria, capitán general de la mar*

聖母マリア頌歌　*Cantigas de Santa María*
聖母マリアの奇跡　*Milagros de Nuestra Señora*
世界各地の行脚と旅　*Andanzas y viajes por diversas partes del mundo avidos*
世俗哲学　*Filosofía vulgar*
接待客　*El convidado*
セビリアの色事師と石の招客　*El burlador de Sevilla y convidado de piedra*
剪断術——庖丁による切り方の書——　*Arte cisoria o tratado del arte del cortar del cuchillo*
千のことわざの書　*Llibre dels mil proverbis*
聡明な主人への奉公　*Servir a señor discreto*
俗語による格言もしくはことわざ　*Refranes o proverbios en romance*

大女帝ドニャ・カタリーナ・デ・オビエド　*La gran sultana doña Catalina de Oviedo*
対ペスト医薬管理に関する神学的検討　*Hexameron theologal sobre el regimiento medicinal contra la pestilencia*
第六講・寸法論　*Repetitio sexta de Mensuris*
対話集　*Diálogos*
鷹狩りの書　*Libro de cetrería*
ダガンソの村長選び　*La elección de los alcaldes de Daganzo*
多国語訳聖書　*Biblia políglota*
旅人　*El pasajero*
旅人たちの食後の団欒と息抜き　*Sobremesa y alivio de caminantes*
治療と病い　*La cura y la enfermedad*
帝国およびシーザーの歴史　*Historia Imperial y Cesárea*
天国の恋人同士　*Los dos amantes del cielo*
天文学の知識の書　*Libros del saber de astronomía*
道徳的寓意　*Emblemas morales*
道路便覧　*Repertorio de caminos*
時計と旅籠の性癖　*El reloj y genios de la venta*
床屋　*El barbero*
トラパーサ学士の冒険　*Aventuras del Bachiller Trapaza*
トルコ旅行　*Viaje de Turquía*

トルメスの山娘　*La serrana de Tormes*
トレドの別荘　*Cigarrales de Toledo*
トレド表　*Tablas toledanas*
ドン・キホーテ　*El Ingenioso Hidalgo Don Quijote de la Mancha*
ドン・キホーテ贋作　*Segundo tomo del Ingenioso Hidalgo Don Quijote de la Mancha*（*apócrifo*）
ドン・フアン・デ・カストロ　*Don Juan de Castro*
ドン・ペロ・ニーニョの年代記　*Crónica de don Pero Niño o El Victorial*

内密の婚約　*El desposorio encubierto*
にせのおばさん　*La tía fingida*
贋の占星術師　*El astrólogo fingido*
鶏の舞　*Baile de los gallos*
人間本性の新哲学　*Nueva filosofía de la naturaleza humana*
猫騒動　*La gatomaquia*
猫の書　*Libro de los gatos*

梅毒論　*Tratado del mal serpentino*
莫連女フスティーナ　*La pícara Justina*
パルナッソス山への旅　*Viaje del Parnaso*
バレンシアの狂人たち　*Los locos de Valencia*
万人の時と分別ある運勢　*La Hora de todos y la Fortuna con seso*
万物の書　*Libro de todas las cosas*
びいどろ学士　*El licenciado Vidriera*
びっこの悪魔　*El diablo cojuelo*
ヒデスの導師　*Fides no Dŏshi*
人の世は夢　*La vida es sueño*
病人に関する有名な幕間劇　*Entremés famoso de enfermo*
風刺対話　*Coloquios satíricos*
フエンテ・オベフーナ　*Fuente Ovejuna*
武器の哲学とその技法　*Philosophía de las armas y de su destreza*
復讐なき罰　*Castigo sin venganza*
不信による地獄行き　*El condenado por desconfiado*
侮蔑には侮蔑を　*El desdén, con el desdén*
平民は自分の片隅で　*El villano en su rincón*

ペストの書　*Libro de la peste*
ペテン師　*Historia de la vida del buscón llamado don Pablos*
ベリーサのあでやかさ　*Bizarrías de Belisa*
ペルシーレスとシヒスムンダの苦難　*Los trabajos de Persiles y Sigismunda*
ベントーサ夫人　*Doña Ventosa*
宝石論　*Lapidario*
ボニウム　*Bonium o Bocados de oro*
ホラティウスの詩法　*El arte poética de Horacio*
ポリュペーモスとガラテアの寓話　*Fábula de Polifemo y Galatea*

祭りの日の朝　*El día de la fiesta por la mañana*
三つの裁きを一つに　*Las tres justicias en una*
身分高きはしため　*La ilustre fregona*
身分の書　*Libro de los estados*
未亡人の哀悼　*El pésame de la viuda*
都を訪ねる異郷の人の案内と警告　*Guía y avisos de forasteros que vienen a la Corte*
娘テオドール　*La doncella Teodor*
迷信と妖術排撃　*Reprobación de las supersticiones y hechicerías*
迷信と妖術論　*Tratado de las supersticiones y hechicerías*
メンデス宛のエスカラマーンの手紙　*Carta de Escarramán a la Méndez*
模範小説集　*Novelas ejemplares*

野次馬たち　*Los mirones*
夕食　*Una cena*
愉快な旅　*El viaje entretenido*
癒瘡木活用法　*El modo de adoperare el legno de India Occidentale*
夢　*Sueños y discursos*
揺り籠と墓　*La cuna y la sepultura*
ヨブ記注解　*In Iob commentaria*

ラ・ガラテア　*La Galatea*
ラサリーリョ第二部　*Segunda parte de Lazarillo de Tormes y de sus fortunas y adversidades*

ラサリーリョ・デ・トルメスの生涯　*Vida de Lazarillo de Tormes y de sus fortunas y adversidades*
ラ・セレスティーナ　*La Celestina*（*Tragicomedia de Calisto y Melibea, libro también llamado La Celestina*）
ラテン語演習(会話)　*Exercitatio Linguae Latinae*
ラ・ドロテア　*La Dorotea*
離婚裁判官　*El juez de los divorcios*
リサンドロとロセリアの悲喜劇　*Tragicomedia de Lisandro y Roselia*
料理　*Los guisados*
料理の書　*Llibre de coch*
料理法の書　*Libro del arte de cocina*
リンコネーテとコルタディーリョ　*Rinconete y Cortadillo*
ルカノール伯爵　*El Conde Lucanor*
ルシタニアの劇　*Auto da Lusitânia*
論評の書　*El Criticón*

わがシッドの歌　*Cantar de Mío Cid*
我らが国語の通俗なることわざに盛り込まれたスペイン医学　*Medicina española contenida en proverbios vulgares de nuestra lengua*